E-Z DICKENS SUPERHEROO
LIBRO LA KVARA: SUR GLACIO

Cathy McGough

Stratford Living Publishing

Aŭtorrajto Copyright © 2021 Cathy McGough

Ĉi tiu versio publikigita en marto 2026.

Ĉiuj rajtoj rezervitaj. Neniu parto de ĉi tiu eldonaĵo rajtas esti reproduktita aŭ transdonita en ajna formo aŭ per ajna rimedo, elektronika aŭ mekanika, inkluzive de fotokopio, registrado aŭ ajna alia inform-stokada kaj elserĉa sistemo, sen antaŭa skriba permeso de la eldonisto ĉe Stratford Living Publishing.

ISBN: 978-1-997879-37-4

Cathy McGough asertis sian rajton laŭ la Leĝo pri Kopirajto, Dezajnoj kaj Patentoj de 1988 esti identigita kiel la aŭtoro de ĉi tiu verko.

Cover Art Powered by Canva Pro.

Ĉi tiu estas fikcia verko. Ĉiuj roluloj en ĝi estas fikciaj. Simileco al iuj ajn personoj, vivantaj aŭ mortintaj, estas tute hazarda. Nomoj, roluloj, lokoj kaj okazaĵoj aŭ estas produktoj de la aŭtoro imago, aŭ estas fikcie uzataj.

Kion diras legantoj

KINKO STELOJ – AMAZONA RECENZISTO

"Post kiam mi legis la trian parton, mi simple devis plonĝi en ĉi tiun. Ĝi estis tiel plenplena je agado. Mi ŝatis la novajn rolulojn kaj la unikajn kapablojn, kiujn ili alportis al la teamo. Ankaŭ estis bone lerni pli pri la roluloj el la unua parto. Kiel en la antaŭa parto, estis multaj agrablaj detaloj, kiuj ridetigis min. Mi ŝatis la kanton kun la Furioj kaj la rakonton pri la ŝtonoj. Kaj la epilogo vere tuŝis min."

Enhavtabelo

Dediĉo	IX
Epigrafio	XI
PROLOGO	XIII
ĈAPITRO 1	1
ĈAPITRO 2	8
ĈAPITRO 3	17
ĈAPITRO 4	28
ĈAPITRO 5	39
ĈAPITRO 6	52
ĈAPITRO 7	62
***	66
***	67
***	69
ĈAPITRO 8	73
ĈAPITRO 9	79

ĈAPITRO 10	89
ĈAPITRO 11	104
ĈAPITRO 12	112
ĈAPITRO 13	117
ĈAPITRO 14	132
ĈAPITRO 15	143
ĈAPITRO 16	152
ĈAPITRO 17	156
ĈAPITRO 18	162
***	164
ĈAPITRO 19	166
***	172
ĈAPITRO 20	179
ĈAPITRO 21	189
ĈAPITRO 22	195
ĈAPITRO 23	199
ĈAPITRO 24	201
ĈAPITRO 25	206
ĈAPITRO 26	212
***	217
***	219

***	222
***	228
***	232
Epiloĝo	245
DANKON!	249
Pri la aŭtoro	251
Ankaŭ de:	253

Por ĉiutagaj superherooj.

"Oni simple ne povas venki tiun, kiu neniam rezignas."

Babe Ruth

PROLOGO

LA SEKVAN TAGON ESTIS lerneja tago, sed kun la mondo minacanta pereon, nek E-Z nek Lia intencis iri.

"Mi havas tre malbonan senton," diris Lia.

Estis matenmanĝa horo kaj ŝi kaj E-Z estis solaj. Sam kaj Samantha ankoraŭ dormis, same kiel la ĝemeloj Jack kaj Jill.

"Kian malbonan senton?" li demandis, kulere metante plian cerealon en sian buŝon.

"Ĉu vi memoras hieraŭ nokte, kiam mi pensis, ke mi aŭdis ion?"

"Jes, sed vi diris, ke estis falsa alarmo. Ke la sonoj ĉesis, kaj ĉio normaliĝis."

"Jes kaj ne. Estas malfacile klarigi. Mi aŭdis Rozalian vokantan min, poste ŝi ĉesis. Ŝi ne provis denove, do mi pensis, ke ĉio estas en ordo. Sed nun, mi maltrankviliĝas, ĉar mi provis kontakti ŝin kaj ne povis. Ŝi ne respondis al iuj ajn el miaj tekstmesaĝoj. Mi pensas, ke ni devus iri, kaj kontroli pri ŝi. Por ĉia okazo. Mi trankviliĝos sciante. Alie, mi povos fari nenion hodiaŭ."

"Eble ŝi dormas pli longe? Aŭ la baterio de ŝia telefono elĉerpiĝis." Li finis sian glason da oranĝajo kaj leviĝis de la tablo. Li metis la telerojn en la vazlavilon.

"Eble. Sed mi tamen ŝatus vidi ŝin."

"Ni iru viziti ŝin, por trankviligi vin," li diris, dum li vokis taksion. "Mi esperas, ke ili enlasos nin. Finfine ni ne estas parencoj."

Ili trairis la urbon kaj demandis pri Rosalie ĉe la akceptejo. La virino demandis, "Ĉu vi du estas parencoj?" Ambaŭ diris, ke ne. "Bonvolu sidi," ŝi diris.

"Vidu," Lia flustris. "Ŝi aspektis suspekteme. Kvazaŭ ŝi kaŝas ion."

"Jes, mi ankaŭ tion vidis. Sed eble ni nur imagas tion, ĉar ni maltrankviliĝas pri Rosalie. La sola, kion ni povas fari, estas atendi, kaj provi okupiĝi. Ni estas ĉi tie kaj ni ne foriros, ĝis ni vidos, ke ŝi fartas bone."

Tridek minutojn poste, ili ankoraŭ atendis, kaj iĝis pli senpaciencaj dum la tempo pasis.

Lia stariĝis. "Mi ne plu povas atendi."

E-Z diris, "Ho! Atendu momenton." Ŝi re-sidiĝis. "Ni donu al ni ankoraŭ tridek minutojn antaŭ ol ni kolerege atakos ilin."

"Kion signifas 'going postal'?" demandis Lia.

"Ho, mi daŭre forgesas, ke vi ne estas de ĉi tie. Ĝi signifas ataki ion per ĉiuj fortoj. Kiel lasta rimedo. Komprenebla, ĝi estas figura esprimo. Kvankam iuj poŝtaj laboristoj prenis ĝin laŭvorte."

"Mi vetas, ke se ni estus plenkreskuloj, ili jam estus parolintaj al ni. Foje mi malamas esti infano. Tio havas siajn avantaĝojn," diris E-Z. "Provu ludi ludon per via telefono, aŭ legi libron. Tio pasigos la tempon kaj ili estos pli helpemaj al ni, se ni paciencos."

"Mi deziras, ke mi kunportis miajn aŭdilojn. Mi povus esti aŭskultinta la novajn kantojn de Taylor Swift."

"Jen," li diris. "Vi povas prunti la miajn."

Pasis pliaj tridek minutoj kaj E-Z trankvile revenis al la vendotablo. Lia restis malantaŭe, aŭskultante muzikon. Li rerigardis. Ŝi havis la okulojn fermitajn. Ŝi eĉ ne rimarkis, ke li foriris.

"Nu, ĉu estas informo pri tio, kiam ni povos vidi Rosalie-n?" li demandis.

"Pardonu, iu venos por paroli kun vi tuj, kiam ŝi povos. Ŝi scias, ke vi atendas ĉi tie."

La virino klakis per sia klavaro. Kiam E-Z ne foriris, ŝi faris duan provon por instigi lin. "Mi persone parolis kun mia estro. Ŝi venos paroli kun vi tuj kiam ŝi povos. Bonvolu sidiĝi kun via amiko." Ŝi mansvingis en la direkton de Lia, kiu estis okupita per sia poŝtelefono.

E-Z maleme revenis al la flanko de Lia. Li observis, kiel homoj promeneis. Kelkaj estis loĝantoj, puŝantaj marŝhelpilojn. Kelkaj sidis en rulseĝoj, puŝataj de asistantoj, dum aliaj mem turnis siajn radojn. Plej multaj loĝantoj ridetis al li, kelkaj salutis per la mano.

Li scivolis, kiom da ili ricevis regulajn vizitantojn. Li esperis, ke la plimulto ja ricevis.Dum la pordoj malfermiĝis kaj fermiĝis, la odoro de tagmanĝo atingis liajn naztruojn kaj lia stomako bruegis. Li scivolis, kiajn delikataĵojn la loĝantoj ricevis hodiaŭ. Eble fiŝo kun terpomfingroj. Eble peceton da torto kun glaciaĵo. Li deziris, ke li estus manĝinta pli grandan matenmanĝon, kiam Lia redonis al li la aŭdilojn.

"Ĉu vi sukcesis pli rapidigi la aferojn? Mi mortas pro malsato!"

"Ankaŭ mi, kaj ne vere. Ŝi diris, ke la direktorino baldaŭ estos kun ni, sed mi ne komprenas, kial Rosalie simple ne elvenas por vidi nin mem. Kio estas la problemo?"

"Mi ne sentas ŝian ĉeeston ĉi tie," diris Lia. "Estas kvazaŭ ni estus malkonektitaj. La muziko helpis distri min dum iom da tempo, sed nun mi denove pensas pri tio kaj mi malsatas. Ne bona kombinaĵo."

"Mi komprenas vin," diris E-Z, dum alta virino portanta identigan insignon de Ĝenerala Direktoro paŝis al ili kaj sin prezentis.

"Mia nomo estas Eleanor Wilkinson kaj mi estas la Ĝenerala Direktoro ĉi tie." Ŝi manpremis ilin. "Mi komprenas, ke vi du estas amikoj de Rosalie. Ĉu vi vizitis ŝin ĉi tie antaŭe?"

"Ne, ni ne estis ĉi tie," diris Lia. "Sed ni estas ŝiaj amikoj, proksimaj amikoj. Kaj ni maltrankviliĝas pri ŝi. Ŝi ne respondis al miaj tekstmesaĝoj, nek respondis al sia telefono."

S-ino Wilkinson diris, "Mi bedaŭras diri al vi, sed Rosalie mortis iam dum la nokto. Ni atendas la alvenon de ŝia plej proksima parenco. Ili ne loĝas proksime. Mi pardonpetas pro la longa atendigo. Sed mi devis paroli kun ili antaŭ ol paroli kun vi. Vi komprenas. Ni devas sekvi niajn procedurojn."

Lia refalis en la seĝon kaj eksploregis, dum E-Z prenis ŝian manon en la sian kaj ili sidis silente dum kelkaj sekundoj antaŭ ol li demandis, "Kio okazis al ŝi?"

"Tio estas sub enketo," diris Wilkinson. "Pardonu, mi ne povas diri al vi ion ajn pli. Krom se vi estas familiano. Mi bedaŭras vian perdon."

"Ŝi estis mia tuta mondo," diris Lia.

"Kiel vi renkontis ŝin?" demandis Wilkinson. "Ŝi estis bonega sinjorino. Amata de ĉiuj."

"Ni renkontis nin per amiko," mensogis Lia.

"Interese," diris Wilkinson, "konsiderante vian aĝdiferencon."

"Ĉu vi celas, ĉar mi estas infano kaj ŝi ne estas? Mi volas diri, ne plu estas," demandis Lia kolere. Ŝi leviĝis.

"Pardonu, mi ne intencis ĉagreni vin. Kompreneble, multaj loĝantoj ĉi tie tre ŝatus havi amikojn por babili. Precipe infanojn kun intereso kiel la via, al kiuj ili povus rakonti siajn vivrakontojn. Por ke ili ne estu forgesitaj post kiam ili forpasos."

"Ni ĉiam memoros Rosalie-n," diris E-Z.

"Ĉu ni povas vidi ŝin, por adiaŭi?" demandis Lia.

"Mi timas, ke tio ne eblas. Ni havas procedurojn. Sed se vi lasos viajn informojn, telefonan numeron ĉe la akceptejo, ni povos telefoni al vi. Por sciigi vin, kiam okazos la vizitado kaj la entombigo."

E-Z lasis sian telefonnumeron ĉe la akceptejo. Ili estis survoje en taksion eniri, kiam li rememoris la libron.

"Atendu ĉi tie," li diris. "Mi tuj revenos."

Li alproksimiĝis al la akceptejo.

"Mi bedaŭras, sed ni ne povas akcepti la morton de nia amikino Rosalie. Ne, se almenaŭ unu el ni ne vidos ŝin. S-ino Wilkinson diris, ke ni ne rajtas eniri, sed ĉu mi povus simple enkapigi mian kapon en la ĉambron? Mi ne restus longe. Do, mi povos diri al mia amikino, ke mi vidis Rosalie-n kaj mi povas konfirmi, ke ŝi ne plu estas kun ni? Ŝi travivis tiom multe, perdinte la okulojn kaj ĉion. Estus por ŝi trankvilige scii certe de iu, kiun ŝi konas kaj fidas."

"Ha, kompatinda knabino. Mi komprenas. "Venu kun mi," diris la virino. Kiam ŝi estis sur la alia flanko de la skribotablo, ŝi petis kolegon anstataŭi ŝin. "Mi tuj revenos," ŝi diris.

E-Z sekvis ŝin pli profunden en la koron de la loĝejo por maljunuloj. Ĝi estis hela, ne deprima kiel li aŭdis, ke tiaj hejmoj povus esti, sed tre kvieta. Verŝajne ĉar ĉiuj ĝuis tagmanĝon en la kafeterio. Lia stomako ronkis denove.

"Ĉiuj estas en la manĝejo," diris la virino, kvazaŭ ŝi scius, kion li pensas. "Estas la tago de fiŝo kun frititaj terpomoj, kun ruĝa ĝelozo kaj ŝaŭmkremo kiel postmanĝaĵo. Ege populara manĝo, kiun ĉiuj volas provi. En iu ajn alia tago estus neeble enlasigi vin, ĉar estus tro multaj homoj promenantaj ĉirkaŭe."

"Certe bone odoras," diris E-Z. "Kaj dankon pro via helpo, mi, ni, vere aprezas ĝin."

Ŝi haltis kaj malfermis la pordon.

"Ĉi tio estas la ĉambro de Rosalie. Mi atendos ĉi tie. Vi havas du minutojn aŭ malpli, se iu rimarkos min."

"Denove dankon," diris E-Z, dum la pordo fermiĝis malantaŭ li. Odoris strange, kvazaŭ estus okazinta grandfajro. Li ĉirkaŭrigardis la ĉambron serĉante kameraojn. Laŭ lia scio, ne estis iuj.

Sub la blanka littuko ilia amiko estis kovrita de kapo ĝis piedo. Li alproksimiĝis, batalante kontraŭ la deziro fuĝi, sed bezonante scii certe, vidi per siaj propraj okuloj. Li tiris la litkovrilon flanken kaj rigardis, kiel ĝi falis sur la plankon kiel fantomo.

Tuj odoro atakis liajn naztruojn. Kiel kradrostado. Bruligita karno. Kaj li vidis la brakon de Rosalie pendanta, kovrita de brulvundoj kaj vezikoj. Kio okazis al ŝi? Kiu faris tiun teruran aferon al ŝi, kaj kial?

Li fortiris sian seĝon kaj ĉirkaŭrigardis la ĉambron, kiu estis senmakula, sen ajna spuro de fajro. Tio ne povis okazi ĉi tie. Se ne ĉi tie, do kie? Ĉu oni movis ŝin en ĉi tiun ĉambron, poste?

La virino ĉe la pordo frapis. "Bonvolu rapidi!" ŝi diris.

Li malfermis la tirkeston de ŝia nokttablo. Jen ĝi estis. La libro, pri kiu Rosalie parolis al ili. Tiu, en kiu ŝi registris la informojn pri la aliaj infanoj.

"La tempo elĉerpiĝis," diris la virino.

E-Z ŝtopis la libron malantaŭ sian dorson. Li premis la butonon por malfermi la pordon, kaj ili revenis al la akceptejo.

"Dankon," li diris. "De mia amiko kaj mi. Vi donis al ni pacon. Bonvolu sciigi nin, kiam okazos la entombigo kaj la vizitado. Ho, unu plian aferon, mi rimarkis, ke ŝi, eh, havis brulvundojn sur sia korpo. Ĉu iuj aliaj loĝantoj vundiĝis en la incendio?"

"Ho," diris la virino. "Mi ne scias. Mi aŭdis nenion pri incendio. Mi ne vidis la korpon; mi volas diri, Rosalie mem. Oni nur diris al mi, ke ŝi forpasis. Mi scias nenion pri la detaloj."

"Ne gravas," trankviligis ŝin E-Z. "Mi diros nenion. Mi dankas vin pro ĉio, kion vi faris. Dankon."

"Neniu fajro okazis ĉi tie," ŝi diris. "Neniu alarmo sonis, laŭ mia scio. Neniuj fajrobrigadaj veturiloj estis vokitaj. Mi... Ho, mia Dio."

E-Z mansvingis kaj foriris de la vendotablo. La virino ankoraŭ babiladis al si mem. Li konkludis, ke estas plej bone por li foriri de tie.

La ŝoforo helpis E-Z-on eniri la malantaŭan sidlokon apud la atendanta Lia, poste li enmetis lian rulseĝon en la kofron de la veturilo.

"Vi daŭris eterne," plendis Lia. "Kio estas tio?"

Ŝi provis kapti la libron, sed E-Z tenis ĝin. Li rimarkis, ke la sumo sur la таксметро jam estis pli granda ol la mono, kiun li havis kun si.

"Ne eblis eviti tion. Mi kaŝe ekrigardis Rosalie-n. Kaj mi kaptis ĉi tion. Ĝi estas la libro, pri kiu ŝi parolis al ni. Ni rigardos ĝin hejme." Li flustris, "Ĉu vi havas iom da mono?"

Kune, ili ne havis sufiĉe da mono por pagi la taksion."Vi devos peti vian Panjon aŭ Onklon Sam helpi nin," li diris, dum la ŝoforo haltis ĉe la domo.

La ŝoforo helpis E-Z-on reen en lian seĝon, dum Lia kuris enen. Ŝi elvenis kun sufiĉe da mono por pagi la taksion kaj la ŝoforo forveturis.

"Sam donis al mi la monon."

"Ĉu li demandis, por kio ĝi estis?"

"Ne, sed mi atendas, ke li demandos."

Ene, Sam kaj Samantha moviĝis ĉirkaŭ la kuirejo, haste provante prepari la matenmanĝon, dum la ĝemeloj serenadis ilin per malsataj krioj.

"Kial vi ne estas en la lernejo?" demandis Sam.

"Mi klarigos poste. Hm, ĉu ni povas helpi?"

"Ne, sed dankon," diris Samantha. Ŝi komencis manĝigi Jack-on. Sam kapjesis kaj ekmanĝigis Jill-on.

E-Z kaj Lia eniris lian ĉambron kaj fermis la pordon. Alfred legis la gazeton.

"Rosalie mortis," ekkriis Lia, poste ŝi falis sur siajn genuojn kaj eksploregis, dum E-Z ĉirkaŭprenis ŝin kaj Alfred rapidis al ŝia flanko. La Tri interbrakumis kaj ploris ĝis ili elĉerpis siajn larmojn.

"Kion vi tenas tie?" demandis Alfred.

"Mi prenis la libron."

Lia prenis ĝin, poste stariĝis kaj tenis ĝin kontraŭ sia brusto kvazaŭ ŝi brakumus sian amikinon, sed anstataŭe ŝi vidis ĉion. Rosalie en la Blanka Ĉambro. La Furioj en la Blanka Ĉambro kun ŝi. Brulantaj libroj. Falantaj bretoj. Fajro ĉie.

Lia falis sur siajn genuojn.

"Ŝi estis tiel kuraĝa. Tiel tre kuraĝa."

"Ĉu vi vidis la fajron?" demandis E-Z. "Kio okazis?"

"Ĉu vi sciis pri la fajro?"

Li kapjesis.

"Kial vi ne diris al mi?" Ŝi jam sciis la respondon al la demando. Li protektis ŝin kontraŭ la vero. "Kiam mi tuŝis la libron, mi vidis ĉion. Rosalie estis en La Blanka Ĉambro. Kaj La Furioj estis tie kun ŝi. Ili volis, ke ŝi rakontu al ili pri ni, kaj pri la aliaj infanoj. Ili turmentis ŝin, sed ŝi ne cedis."

"Kial ŝi ne vokis nin?"

"Ŝi provis. Mi ne sciis, ke temas pri vivo aŭ morto. Ĝi foriris, do mi pensis, ke ĉio estas en ordo."

"Ne estas via kulpo," diris E-Z.

"Ŝi mortis sola, sub la librobretoj, kun brulantaj libroj ĉirkaŭ ŝi. Ŝi ne meritis morti tiel. Neniu meritas morti tiel." Ŝi eksploregis en siajn manojn.

"Malriĉa Rosalie," li diris. "Ŝi povus esti vokinta min. Ŝi faris tion antaŭe. Kial ŝi ne vokis min?"

"Ĉar ŝi metintus vin en danĝeron. Ŝi mortis protektante nin."

"Do, La Furioj provis eltiri el ŝi niajn nomojn kaj la nomojn de la aliaj infanoj, kaj ŝi oferis sin por savi nin? Por konservi nian sekreton. Kia mirinda virino estis Rosalie. Ni neniam forgesos ŝin - neniam," diris Alfred, dum li subpremis la larmojn. "Ŝi meritas medalon. Honoran medalon."

"Atendu, eble ili malebligis, ke ŝi vokadu nin?" diris E-Z.

"Ŝi ja sendis al mi SOS-on, sed ŝi faris tion jam antaŭe. Unufoje ŝi faris tion, kiam la teo elĉerpiĝis en la hejmo, kaj ŝi volis plendaĉi pri tio. Mi ne sciis, ke ĉi tiu SOS signifis, ke ŝia vivo estas en danĝero."

"Vi ne povis scii. Neniu el ni povis. Ni ne povas kulpigi nin mem." Ambaŭ tri silentis. "Atendu, ni rigardu la libron."

"Ĝi estas ĉio, kion ŝi diris al ni, ke ĝi estos. Kompleta listo, kun detaloj pri ĉiuj infanoj, kiuj estas kiel ni. Feliĉe, ke La Furioj ne ekhavis ĉi tion!"

"Hej, atendu!" diris E-Z. "La nura ideo, ke ili torturis ŝin por eltrovi informojn pri ni kaj la aliaj – signifas, ke la Furioj scias, ke ni ĉiuj ekzistas. Tio signifas, ke tiuj infanoj estas tie ekstere, tute solaj, kaj ili eĉ ne scias, kio venos!

"Ni devas atingi ilin unue. Ĉar estas nur demando de tempo antaŭ ol – kiel ajn ili eksciis pri ni, ili – ekscios, kie ili estas."

"Kio se tio tamen estas kaptilo, por konduki La Furiojn rekte al ili?" demandis Alfred.

"Mi ne pensas, ke ili scias, kie trovi nin, alie ili estus ĉi tie, ĉu ne?" demandis E-Z. "Mi volas diri, ili havis la surprizan elementon. Per la mortigo de Rosalie, ili malkaŝis sian karton. Tio montras, ke ili scias ion… verŝajne por psikologie ataki nin, ĉar ni estas la estroj."

"Kio pri la aliaj infanoj?" demandis Lia. "Kiel ni atingos ilin, sen malkaŝi niajn planojn?"

"Hadz? Reiki?" vokis E-Z. "Se vi aŭdas min, ni bezonas vian konsilon kaj vian helpon."

POP.

POP.

"Ĉu vi scias pri Rosalie?" li demandis.

"Jes, ni scias, kaj estas tre, tre malĝoja rakonto por rakonti," diris Hadz, viŝante larmojn per siaj flugiloj. "Ili torturis ŝin en La Blanka Ĉambro. Kaj se tio ne sufiĉis – ili tute detruis ĝin kaj ĉion en ĝi. Ĉiuj tiuj belaj, flugilaj libroj – malaperintaj. Rosalie, malaperinta. Malaperinta." Ŝi ne plu povis paroli pro la singultoj.

"Jen, jen," diris Reiki. "Kaj tio ne estas ĉio. Ni ne scias, kio okazis al la animo de Rosalie."

"Atendu, ŝia korpo estas en la lito en ŝia ĉambro trans la urbo en la loĝejo por maljunuloj. Eble ŝia animo estas tie kun ŝi?" demandis E-Z.

Reiki diris, "Ĉu vi havas ion sigelitan, fermitan, kontraŭ la aero, kontraŭ ĉio? Se jes, bonvolu iri kaj alporti ĝin tuj – tiam ni iros vidi, ĉu la animo de Rosalie estas kun ŝi. Ni persvados ĝin eniri la ujon – provizore – ĝis ni eltrovos, kie estas ŝia Animo-Kaptilo. Mi ja esperas, ke tiuj Furioj ne prenis ĝin."

E-Z rapidis eksteren en la kuirejon, kie Sam kaj Samantha estis okupitaj manĝigante la ĝemelojn. "Ĉu ni ankoraŭ havas tiun grandan termoson?"

"Jes, ĝi estas en la ŝranko super la fridujo," diris Sam, poste li lulparolis al sia filo.

"Dankon," diris E-Z, dum li reiris al sia ĉambro. "Ĉu ĉi tio sufiĉos?"

Ilin ambaŭ necesis por porti la ujon.

"Atendu!" kriis Alfred, ĝustatempe por kapti ilin antaŭ ol Hadz kaj Reiki aperis. "Eble mi povas helpi? Mi havas resanigajn povojn. Kunportu min. Lasu min provi. Bonvolu."

POP.

POP.

FIZZLE.

Kaj la triopo malaperis, alteriĝante en la ĉambro de Rosalie.

"Jen ŝi," diris Alfred, saltante sur la liton, zorgante ne paŝi sur ŝin per siaj membruditaj piedoj. Uzante sian bekon, li levis la litkovrilon, dum Hadz kaj Reiki flosvingis proksime.

"Kion li faros?" demandis Reiki.

"Ŝŝŝ," diris Hadz.

Alfred metis sian bekon sur la frunton de Rosalie, kaj tuŝis ŝian koron per unu el siaj flugiloj. Nenio okazis.

"Lasu min provi ion alian," diris la cigno. Ĉi-foje, li flosis super la korpo de Rosalie, kun sia frunto premita kontraŭ la ŝia. Denove nenio.

"Vi faris vian plejeblon," diris Hadz, "nun ni devas sekurigi ŝian animon. Elvenu, elvenu, kie ajn vi estas."

Kaj jen tiel, la animo de Rosalie drivis al ili.

"Vi estos sekura ĉi tie," diris Reiki, dum la animo estis allogita en la ujon, kaj poste la kovrilo estis firme fermita.

POP.

POP.

ŜUŜ.

"Ĉu vi povis helpi ŝin?" demandis Lia, sed ŝi jam sciis la respondon pro la rigardo en la okuloj de Alfred. Ŝi brakumis lin, "Mi certas, ke vi faris vian eblan plejbonon."

"Li vere faris," diris Hadz.

"Tamen ŝia animo estas sekura, ĉi tie... neniu devus malfermi ĝin. Ĝi devas esti tenata sekura ĝis la Animkaptilo estos preta por preni ĝin. "Eble vi devus konservi ĝin ĉe vi?" diris Alfred. "Kaj dankon, ke vi lasis min provi."

En la ĉambro de E-Z, La Tri formis planon por kunvenigi la aliajn infanojn. Oni decidis, ke E-Z vojaĝos al Aŭstralio, por Lachie – ankaŭ konata kiel La Knabo en la Skatolo. Alfred flugus al Japanio, kie li kolektus Haruto-n, la knabon, kiu estis forlasita en la arbaro. Laste, sed ne malplej grave, Lia vojaĝus trans Usonon por kolekti Brandy-n, la knabinon, kiu povus revivi.

Iliaj misioj estis klaraj – kion ili faros, kiam ili alvenos tien, ne estis. La Aliaj estis de diversaj aĝoj, diversaj kulturoj, diversaj lingvoj. Iuj bezonus permeson de siaj gepatroj, kaj iuj ne.

"Mi scivolas, kion Rosalie diris al ili pri ni?" demandis Lia.

"Ni povas demandi ilin, kiam ni vidos ilin," sugestis Alfred.

"Dume, ni devas paki sakojn kaj fari planojn. Mi veturos tien per mia seĝo, sed vi du havas aliajn eblojn. Decidu, kio plej bonas por vi, kaj realigu vian planon. Mi fidas, ke vi faros la ĝustan decidon, kaj la tempo premas."

"Mi ĝojas, ke vi diris tion," diris Lia, "ĉar mi ne certas, ĉu mi volas flugi tien per aviadilo. Mi pensas, ke 'Little Dorrit' eble estas la plej bona opcio, sed mi ne certas, ĉu ŝi volos tion. Ŝi forflugos kun unu pasaĝero, kaj revenos kun du."

Ankaŭ mi ne certas," diris Alfred. "Mi povus flugi tien, de mia propra volo – sed, ĉar Haruto estas sufiĉe juna – mi bezonus akompani lin en la aviadilo – krom se liaj gepatroj ankaŭ kunvenos. Krome, mi devas zorgi pri malbona vetero – kaj la vojo estas longa."

"Kiel mi diris, vi du decidu, kio plej bonas por vi. Alfred, se vi decidas flugi per aviadilo – petu Onklon Sam aranĝi la detalojn por vi."

La Tri preparigis kunvenigi ĉiujn infanojn. Poste ili planos – por venki tiujn malicajn Furiojn. Eĉ se tio estus la lasta plano, kiun ili iam faris.

ĈAPITRO 1
Aŭstralio

E-Z ESTIS LA UNUA el la teamo, kiu forlasis Nordamerikon. Flugante tra la ĉielo en sia rulseĝo, li ĝuis la liberecon, kiun la libera aero permesis.

La nura ideo stoki sian rulseĝon en aviadilo timigis lin. Kio se ĝi perdiĝus? Aŭ detruiĝus? Tio ne estis risko inda por preni. Ĉu Batmano forlasus sian Batmobilon? Neniam.

Kvankam, li estis sufiĉe certa, ke li devos reveni per aviadilo kun Lachie. Ne estus ĝuste devigi la knabon flugi sole. Eble ili farus escepton por li kaj permesus al li flugi en sia rulseĝo? Indus demandi. Li solvos tiun problemon kiam venos la tempo. Krome, li eĉ ne volis PENSI pri aviadila manĝaĵo. Feliĉe, li nun havis kun si pakitan tagmanĝon.

Li ludis evitantajn koliziojn kun la nuboj – kaj unufoje aŭ dufoje trapasis ilin rekte. Sed li devis koncentriĝi. Finfine, Aŭstralio estis sur la alia flanko de la mondo.

La notoj de Rosalie pri la knabo en la skatolo ne estis tiel helpemaj, kiel li esperis. Li legis pri lia rakonto en la interreto. La afero, kiu plej frapis lin, estis, ke la knabo nun preferis bestojn ol homojn. Tio havis sencon, post ĉio, kion li travivis.

La kompatinda knabo estis tiel traŝirita, kiam oni trovis lin, ke li forgesis paroli. E-Z sciis, ke krueleco ekzistas en la mondo, sed ĉi tio estis neesprimebla.

E-Z havis multajn demandojn, al kiuj li esperis trovi respondojn, kiel ekzemple: kie estis la gepatroj de Lachie? Kiu manĝigis kaj purigis lian kaĝon? Kiu metis lin tien? Kial?

La artikolo diris, ke ili sendis raportistojn por foti la knabon, por vidi kiel li fartas, sed la bestoj ne lasis ilin alproksimiĝi. Eĉ kiam ili provis uzi telelenso. La pikoj atakis kaj bombardis ilin. Li spektis kelkajn filmetojn pri pikaj atakoj – ĝi estis kvazaŭ io el la filmo de Hitchcock, "The Birdoj". Fine, unu el la pikoj forflugis kun la lenso de raportisto. Post tio, ili lasis la knabon trankvila.

E-Z esperis, ke li povos gajni la fidon de la knabo. Kaj ke liaj bestaj amikoj ankaŭ fidus lin. Se ne, lia vojaĝo estus senutila. Nu, ne vere senutila, se li renkontus kaj parolus kun la knabo. Ĉu li volus helpi aliajn, post la maniero, kiel oni traktis lin? Nur la tempo diros.

Li flugis super la Atlantika Oceano. Li jam flugis ĉi tiun itineron, kaj tie li renkontis Alfredon unuafoje. Lia telefono en lia poŝo vibris – li ekrigardis kaj estis mesaĝo de Lia.

"Mi nur volis sciigi vin, ke mi vojaĝas kun Little Dorrit."

"Vi finfine decidis ne flugi – per aviadilo –?"

"Little Dorrit aperis, kaj ŝi estas en mia horaro."

"Sonas kiel plano." Li sendis emoĝion de suprenlevita polekso.

"Kie vi estas?" ŝi demandis.

"Ĝuste super la Atlantiko. Akvo, akvo kaj pli da akvo."

Ili malkonektiĝis kaj li plirapidiĝis, transflugante Afrikon, kie li ekvidis Robben Island – la malliberejon, en kiu oni tenis Nelson Mandela dum preskaŭ tridek jaroj.

Lia stomako bruegis; li ne havis apetiton por la sandviĉo en sia dorsosako.

Do, li alteriĝis en Kabo-Urbo kaj esperis, ke li povos uzi sian bankkarton por akiri ion manĝeblan. Li ekvidis ŝildon de loko vendanta "Tradician Fiŝon kaj Frititajn Terpomojn" kun brita flago, kaj ili akceptis bankkartojn. Li elportis sian preparitan manĝon, kaj flugis supren al la supro de Leona Kapo. Post kiam li finis manĝi sian manĝon, kiu estis bongusta, li faris memfoton kaj poste daŭrigis sian vojaĝon.

"Veku min post du horoj," li diris al sia rulseĝo, kiu vibris kaj poste akceliĝis. Kiam li denove vekiĝis, li transflugis la Hindan Oceanon. La grandega stela ĉielo ĉirkaŭ li iel sentigis lin malpli sola. Li plu vojaĝis, sentante sin triumfa, ke li preskaŭ alvenis, kiam li vidis la sunon sur la horizonto supreniri la ĉielon por enkonduki la novan tagon.

Tiam jen ĝi estis rekte antaŭ li – li ekvidis la marbordon de Aŭstralio. Ekscitite vidi ĝin propraokule, li plirapidiĝis kaj direktis sin al ĝi. Rimarkinte, ke li tre soifas, li enmetis la manon en sian dorsosakon kaj eltiris botelon da akvo, kiun li eltrinkis. Li remetis la malplenan botelon en sian sakon por forĵeti poste, kaj kvankam li ankoraŭ estis sufiĉe sata pro la fiŝo kun terpomfingroj, kiujn li manĝis pli frue.

Li decidis tuj manĝi la sandviĉon kun ŝinko kaj fromaĝo, kiun Onklo Sam estis pakinta.

Li flugis super Okcidenta Aŭstralio, kaj sentante la varmon, li demetis sian sveteron kaj metis ĝin en sian dorsosakon. Li daŭrigis en la Aŭstralian Internon en la Norda Teritorio, demandante sin, kie precize li alteriĝu, kiam etulo kun plumoj en nuancoj de bluo, akcentitaj per nigra ringo ĉirkaŭ sia kolo, flugis al li.

"Sekvu min, E-Z," ŝi diris. "Mi serĉis vin."

"Nu, kio vi estas?" li demandis.

"Mi estas feeca virpugo," ŝi diris. "Nu, li atendas."

Grupo da buteoj akompanis ilin.

"Ne zorgu," diris la feeca virpugo. "Ili estas niaj eskortoj."

Li observis la unikan formon, laŭ kiu moviĝis la blankaj strioj de la nigrobrosaj buteoj. Li aŭdis pri poezio en movo, nun li eksciis precize, kion tiu frazo signifis.

Tiam li ekvidis la knabon. Li estis sub ili, manante. E-Z respondis al la mano. Krom la fakto, ke li sidis sur la dorso de escepte granda birdo, li aspektis kiel iu ajn alia infano.

"Bonvenon al Aŭstralio," li diris. "Baldaŭ mallumiĝos, do sekvu min. Ho, kaj cetere, vi povas nomi min Lachie."

"Estis agrable renkonti vin, Lachie! Mi tre antaŭĝojas vidi pli el via fabela lando. Mi nur dezirus, ke mi povus resti pli longe."

"Ĉi tiuj estas la Savana Arbaro," diris la knabo. "Profunde enspiru kaj vi rimarkos la aromon de la eŭkalipto."

"Jes, ĝi odoras mirinde," diris E-Z.

Ili plu vojaĝis, tra ŝtona tereno, trans la inundebenaĵojn kaj la bilabongojn. Fine, ili atingis sian celon en La Eksterregiono.

"Jen kie mi loĝas," diris la knabo. "La Nacia Parko Kakadu estas la plej granda tera nacia parko de Aŭstralio, kun pli ol 20 000 kvadrataj kilometroj da tero. Mi loĝas ĉi tie kun la plantoj kaj bestoj." La fata vireto surteriĝis sur lian kapon. "Ho, vi denove estas laca," diris la knabo kun rideto. Poste al E-Z, "Ŝi ofte bezonas helpon."

Kiam ili alvenis al loko, kiu similis kampadejon, la knabo diris, "Bonvenon al mia hejmo."

"Dankon," diris E-Z. "Mi ja bezonus duŝon, aŭ banon, kaj mi devas pisi."

"Mi elfosis necesejon, tie malantaŭ la arbo. Vi estos sufiĉe sekura. Poste mi montros al vi, kie estas la akvofalo, por ke vi povu vin purigi."

"Akvofalo, ĉu? Ĉu estas krokodiloj en ĝi?"

"Estas krokodiloj ĉirkaŭe... sed ili kutimas, ke mi uzas la akvofalon. Ĉu vi volas, ke mi akompanu vin la unuan fojon?"

"Ne, mi havas flugilojn, kaj ankaŭ mia seĝo. Ni forflugos, se ni aŭdos iujn fortajn ŝprucojn!"

"Bonege," diris la plej juna. "Nur flosetu en la falanta akvo - ne surteriĝu - kaj vi devus esti sekura. Dume mi kolektos iom da manĝaĵo por la vespermanĝo. Se vi bezonos helpon, simple kriu kaj mi venos kurante."

Alproksimiĝante al la akvofalo, li rimarkis ŝildojn – kaj multajn el ili kun la vortoj DANGERO kaj AŬGARDO. Unu diris, ke troviĝas kaj salakvaj kaj dolakvaj krokodiloj. Ho ve!

"Supre, al la supro!" li direktis sian seĝon. Li iris rekte en la akvon, vizaĝon unue, kaj sidis tie ĝuante ĝin dum ĝi falis super kaj ĉirkaŭ li. Ĝi estis malvarma, unue, sed kiam li alkutimiĝis, ĝi sentiĝis agrable.

Dum li ĉirkaŭrigardis, li pensis pri la emu, sur kiu la knabo renkontis lin. Ŝajnis strange, ke birdo de ĝia grandeco – kun tiuj grandegaj flugiloj – ne kapablis flugi. Li legis pri neflugkapablaj birdoj rete. Li surpriziĝis vidi kiwin, kune kun emuoj, strutoj, pingvenoj, kasovarioj kaj reoj en la listo. Li legis rete, ke la DNA de la Ratitoj ŝanĝiĝis, tiel ke nun ili ne povas flugi.

Li sentis sin iom kulpa, ke li, knabo, povis flugi, dum tiuj belaj birdoj ne povis.

Kiam li estis pura kaj en nova vestaĵo, li reiris al la knabo, kiu diligente preparis ilian manĝon.

"Jen kapra pruno."

E-Z mordis. Ĝi gustis mirinde.

"Jen ruĝa arbust-pomo, kaj jen nigraj riboj."

E-Z manĝis ĉion kaj tre ŝatis ĝin.

"Nu, tio estis nia deserto, mi devas prepari la ĉefan pladon." La knabo fosadis, kaj jen li trovis poton, kiu estis tro varmega por ke li povu teni ĝin. Kiam li forprenis la kovrilon per bastono, la odoro de tio, kion li kuiris, salivigis E-Z-on.

"Ĉi tiuj estas mituloj," diris la knabo, metante kelkajn sur folion.

"Ili estas vere bonaj. Mi neniam antaŭe provis konkojn."

La suno subiris. "Dormotempo," diris la knabo.

"Denove dankon, ke vi sentigis min tiel bonvena." E-Z bosteis. Ĝis tiam, li ne rimarkis, kiom longe li estis maldorma.

"Vi dormos tie supre," li montris supren, al arbo en kiu estis arbodomo kaj ŝnurŝtuparo kondukanta malsupren. "Vi povas suprenflugegi, surmetu vian bremson, por ke vi ne moviĝu dumdorme. Mia ĉambro estas tie," li montris al alia arbo kun ŝnuro kondukanta malsupren kaj arbodometo ĉe la supro.

"Dormu nun," diris Lachie. "Ni ĉion eltrovos morgaŭ matene."

ĈAPITRO 2
JAPANIO

ALFREDON POVUS ESTI FORLASINTA E-Z survoje al Aŭstralio. Anstataŭe, li decidis flugi laŭ la tradicia homa maniero – per aviadilo.

Necesis iom da negocado fare de Sam, por konvinki la flugkompaniojn doni sidlokon al la trompet-cignulo. Des malpli tian antaŭe en la Unua Klaso. Sam uzis siajn konektojn ĉe la laborejo, por helpi Alfredon vojaĝi stile.

En la kabano, surhavante aŭdilojn kaj sian bonŝancan papilion, Alfred sentis sin hejme. Li estis malstreĉita kaj la kabana servisto estis atentema. Tamen, li apenaŭ povis atendi por alveni en Japanion. Kaj por renkonti la knabon nomitan Haruto.

Alfred metis sian dorsosakon proksime kaj en ĝi li havis kelkajn manĝetojn. Li atendus ĝis li vere malsatus antaŭ ol ekmanĝi el siaj sakoj da sovaĝa rizo kaj sovaĝa celerio. Kune kun la manĝaĵo, li havis rezervan baterion por sia telefono kaj la kreditkarton de Sam kun konsentletero por ke li uzu ĝin.

Dum li rigardis tra la fenestro, dum la nuboj preterflugis, li pensis pri Haruto. Laŭ la notoj de Rozalio, li estis multe pli juna ol la aliaj infanoj. Kaj ŝi havis nenian ideon, kiaj estis liaj povoj – supozante, ke li havis povojn.La plano de Alfred estis unue klarigi ĉion al la gepatroj de Haruto, kaj espereble akiri ilian subtenon. Poste, enprofundiĝi en pli da detaloj pri tio, kiel Haruto povus helpi, post kiam li konfirmus sian fakan kampon, t.e., kiajn povojn li havis.

La malfacila parto estus konvinki ilin lasi sian junan filon vojaĝi eksterlanden. Pagi ne estis problemo – Sam diris, ke li uzu lian kreditkarton por tio. Sed konvinki ilin konsenti, ke cigno portu ilian infanon al Nordameriko, tio ja postulus iom da konvinkado.

Li apogis sin malantaŭen en la seĝo kaj ĝi kliniĝis.

"Ĉu vi deziras ion?" demandis la bela servistino.

Estis bone, ke homoj nun povis kompreni lin. Tio tiom faciligis lian vivon, ĉar ne necesis tradukisto.

"Taso da teo estus ĝuste tio, kion mi bezonas," diris Alfred. "En bovlo," li aldonis. "Estas malfacile enmeti ĉi tiun bekon en tason da teo."

La servistino ridetis. Post momentoj ŝi revenis kun bovlo, teosaketo, sukero, lakto, kaj alia bovlo da pli malvarma akvo. "Se la teo estos tro varma," ŝi diris.

"Tre atentema ja," diris Alfred.Li lasis la teon malvarmiĝi, kaj daŭre rigardis tra la fenestro. Estis tiel agrable povi simple sidi kaj ĝui la vidon. Sen devi zorgi pri fortaj ventblovoj, aŭ neĝo, aŭ pluvo, aŭ predantoj.

Fine, li trinkis sian teon kun iom da lakto kaj sukero, poste ekdormetis.

Lin vekis anonco, ke la stevardoj preparas la pasaĝerojn por surteriĝo. Li dormis dum la tuta flugo!

Tra la fenestro li havis plenan vidon de la Flughaveno Haneda. Ĉirkaŭ ĝi li vidis amasojn da freŝa herbo por manĝi. Li gustumus iomete, kaj konservus sian rizon kaj celerion por poste.

Pli malproksime, estis la konturo de la plej alta monto en Japanio - Monto Fudži. Sam pravis, sidi sur la maldekstra flanko de la aviadilo estis la plej bona loko por vidi tion, kio estis konata kiel la koro de Japanio.

"Ĉu vi sciis, ke estas observejo, sur la kvina etaĝo? Vi eble havos pli bonan vidon de Monto Fuji de tie," diris la stevardino al Alfred.

"Mi volus havi pli da tempo, sed dankon. Eble dum la reveno."

La stevardinoj permesis al li eliri la aviadilon unue. Ili vicis por adiaŭi lin, kvazaŭ li estus rokstelulo.

Ĉar Alfred havis nur sian manpakaĵon kaj cignoj ne rajtas je pasportoj, li eliris el la flughaveno por trovi taksion.

Antaŭ la vojaĝo li serĉis enrete por ekscii, kiel lui taksion en Japanio. La informo diris, ke li serĉu ruĝan glumarkon en la malsupra dekstra angulo de la parbrakoj de taksioj. Tiu ĉi ruĝa glumarko konfirmis, ke la taksio estis disponebla por lui.

Kiam li trovis unu kun la glumarko, li estis tiel feliĉa. Li flugis al la malfermita fenestro kaj donis al la ŝoforo noteton per sia beko. La noteto indikis, kien li devis iri. La ŝoforo estis afabla, kaj li ne kontraŭis transporti cignan pasaĝeron. Li premis butonon sur sia stirilo, kiu malfermis la malantaŭan pordon, por ke Alfred povu eniri. La ŝoforo fermis la pordon, kaj ili ekveturis.

Haruto kaj lia familio loĝis en la dua plej granda urbo de Japanio, nomata Jokohamo. Kvankam li provis ĝui la vidindaĵojn, inkluzive de la urbosilueto, li povis pensi nur pri tio, kiel konvinki Haruton kaj lian familion partopreni en ilia batalo kontraŭ La Furioj.

La telefono en lia dorsosako vibris. Li enmetis la manon; ĝi estis mesaĝo de E-Z.

"Kun Lachie nun. Kiel vi fartas en Japanio?"

Li tajpis per sia beko, kapablo kiun li mem lernis dum sia sola vojaĝo al Japanio. Li ankaŭ estis rapida kaj ne faris multajn tajperarojn.

"Preskaŭ en Jokohamo nun per taksio. Espereble baldaŭ alvenos al la domo de Haruto."

E-Z sendis al li emojion de suprenlevita polekso.

La filo de Alfred amis konstrui Gundam-robotojn. En Jokohamo, giganta roboto estis konstruata. Kiam ĝi estos finita, ĝi estos 59 futojn alta, li malkovris, legante pri ĝi rete. Lia filo estus amis viziti Japanion por vidi ĝin. De kiam ili mortis, Alfred provis ne pensi pri ili, ĉar tio malĝojigis lin. Hodiaŭ tamen, ĉi tie en Japanio, li decidis vidi ĉion, kion li povis, kvazaŭ lia familio estus tie kun li, apud lia flanko. La vivo estis tro mallonga, eĉ kiel cigno, por esti malgaja la tutan tempon.

La ŝoforo haltis ekster Ĝardena Domo kun ŝtuparo havanta florojn ambaŭflanke de la balustradoj. La ŝoforo malfermis lian pordon kaj Alfred elpaŝis. Li supreniris kelkajn ŝtupojn, haltis kaj manĝis herbon, kiu abundis ambaŭflanke de la ŝtuparo.

La aero estis malvarmeta kaj bonodora kaj la privata ĝardeno antaŭ la domo estis bela. Preskaŭ ĉe la supro, li rimarkis, ke la antaŭa areo ĉirkaŭ la domo estis tre alloga, kun striga akvofontano maldekstre proksime al la enirejo. Tamen la domo mem havis ĉiujn rulkurtenojn mallevitaj, kvazaŭ neniu estus hejme. Li certe esperis, ke iu estos tie por saluti lin. Li deziris manĝeton kaj iom da ripozo.

Li frapis la pordon per sia beko. Voĉo eliris el skatolo proksime al la mezo de la pordo, kiun li ne povis atingi sen ekflugi – kion li faris.

"Mia nomo estas Alfred," li diris.

La pordo malfermiĝis kaj maljuna virino gestis al li enen. Li sekvis ŝin, scivolante, ĉu iu el la teamo kontaktis la familion por prezenti lin anticipe al lia alveno.

Li daŭre sekvis ŝin, kaj la sola aŭdebla sono estis la frapado de liaj membrigitaj piedoj sur la pargeton. La interno de la domo estis plena je ligno – kaj bonodoraj orkideoj plenigis la aeron. La maljuna virino kondukis lin al la salono, kiu estis plena je mebloj, plejparte el ledo.

La rulkurtenoj malantaŭe de la domo estis malfermitaj – li ĝuis la vidon de luksa verdo en la malantaŭa ĝardeno. Ŝi montris seĝon kaj li ekmoviĝis por sidiĝi.

Li apenaŭ komfortiĝis, kiam la virino revenis en la ĉambron kun pleto plena je fumvarmega teo kaj kelkaj kuketoj. Estis preskaŭ kvazaŭ ŝi atendis lin – aŭ ke teoboliloj bezonas multe malpli da tempo por boligi akvon en Japanio.

Malantaŭ ŝi estis knabeto, kiu tenis ŝian kruron kaj kaŝis sin malantaŭ ĝi. La knabo estis la ĝusta aĝa por esti Haruto, sed li legis, ke oni ne devus nomi japanon per ties antaŭnomo sen permeso. De tempo al tempo la knabo ekrigardis Alfredon, poste denove kaŝis sin. Li ŝajnis havi maksimume kvar aŭ kvin jarojn kaj surhavis T-ĉemizon kun Optimus Prime, mallongajn pantalonojn kaj pantoflojn.

"Ĉu vi ŝatas Optimus Prime?" demandis Alfred.

La knabo ridetis, poste revenis al sia kaŝejo.

La virino forpelis lin, por ke ŝi povu servi la teon.

Alfred havis tradukilon instalitan en sia poŝtelefono. Li legis la vortojn 'hello' sur sia ekrano kaj diris, "Kon'nichiwa." Li pardonpetis pro sia malbona elparolo.

"Li estas brita," diris la knabo, kaj kiam li faris tion, la pli aĝa virino tute ne aprobis.

Alfred estis surprizita pri tio, kiom bone ĉi tiu juna knabo parolis la anglan. "Ha, vi parolas la anglan. Kaj jes, mi estas. Vi estas lerta, ke vi rimarkis mian akcenton."

La knabo rigardis la virinon antaŭ ol paroli ĉi-foje. Ŝi kapjesis.

"Patro kaj patrino estas ĉe la laboro," li diris. "Jen mia Sobo" (kio tradukite signifas Avino) "kaj mia nomo estas Haruto."

"Saluton," diris la virino, ankaŭ angle. "Vi revenu poste."

"Mi nomiĝas Alfred. Ĉu mi rajtas nomi vian Haruto?" La knabo kapjesis, poste al la virino, "Kiel mi nomu vin?"

"Sobo," ŝi diris, "ĉiuj nomas min Sobo, ĉar mi estas la avino de Haruto, mi estas la avino de ĉiuj. Li ĝojas kunhavigi min."

Alfred kapjesis, "Mi tre ĝojas renkonti vin ambaŭ."

"Ĉu Rosalie sendis vin?" demandis la knabo.

"Ĉu vi memoras Rosalie?" demandis Alfred. Li estis tre kontenta, ke ili havis tiun ligon – kvankam la antaŭa scio, ke Haruto povas paroli la anglan, eble estus savinta al li iom da angoro. Tamen, li decidis sekvi la konsilon de la virino kaj leviĝis por foriri.

"Mia patro laboras proksime," diris Haruto.

"Mi devas trovi loĝlokon. Ĉu vi povas rekomendi lokon proksime?"

La avino de Haruto donis al Alfred adreson kun instrukcioj pri la piedira vojo tien.

"Mi telefonos al nia amiko, kiu administras la hotelon. Li helpos vin ekloĝiĝi, kaj vi povos poste aliĝi al mia filo en la kafejo."

"Dankon," diris Alfred.

La piediro al la hotelo estis mallonga, kaj li ĝuis la freŝan aeron. Li eĉ gustumis iom da japana herbo, kiu gustis sufiĉe bone, kaj ankaŭ trinkis kelkajn glutojn el fontanoj.

La ĉambro estis malgranda sed havis ĉion, kion li bezonis, kaj ĝi estis escepte pura kaj bone ekipita. Sur lia noktotablo estis lampo, kun piedo en la formo de strigo. Li ŝaltis kaj malŝaltis ĝin, rimarkante kiel la okuloj ekbrulis. Li duŝis sin, ŝanĝis al alia kravato-nodeto, poste iris al la kafejo, kie li renkontus la patron de Haruto.

Lia poŝtelefono zumis; ĝi estis mesaĝo de E-Z denove.

"Kiel fartas Japanio?"

"Bone," li tekstis responde, uzante sian bekon por tajpi. "Mi renkontis Haruton kaj lian avinjon. Ili parolas la anglan. Li estas tre timida, sed konis Rosalie. Li estis rimarkeble juna – eble kvar- aŭ kvinjara. Eble estos malfacile konvinki lian familion permesi al li veni al Nordameriko."

"Rosalie sciis, ke li havas povojn – sed jes, tio estas pli juna ol mi pensis, ke li estos," diris E-Z. "Bone, ke ili parolas la anglan. Kie vi estas nun?"

"Mi iras al kafejo por renkonti la patron de Haruto. Cetere, mi ne pensas, ke Rosalie havis tempon ĝisdatigi aŭ kompletigi siajn notojn pri Haruto. Ŝi nomis lin bebo."

"Mi ne certas, kiom zorgemaj ni devus esti en ĉi tiu stadio, sed mi legis rete – ĝi diris, ke La Furioj povas alpreni ajnan formon. Mi nur dividas la informon. Ĉar ni ne povas rekoni ilin, se ili ekscios pri ni, ni devos esti singardaj."

Alfred sendis emodion de suprenlevita dikfingro.

"Mi devas foriri nun," diris E-Z.

ĈAPITRO 3
Malbonaj sonĝoj

E-Z ESTIS SAMTEMPE DORMANTA kaj veka. Tio estas, li povis vidi la plafonon super sia lito, senti la matracon subtenantan sian dorson. Kaj tamen, en lia kapo tri bansheoj kriegis:

"Diru al ni, kie vi estas!"

"Diru al ni!"

"Diru al ni NUN!"

"Neeeeeeeeeeeee!" li kriis.

Tiam super lia kapo sur la plafono estis spegulo. Sed la persono en ĝi, reflektita al li, ne estis li mem. Anstataŭe, estis lia Onklo Sam. Kaj en la reflekto lia Onklo Sam kriis kaj turmentiĝis pro doloro.

"Onklo Sam estas en nia kaverno!" kriegis la unua sorĉistino.

"Kaj li neniam plu eliros!" diris la aliaj du unuanime.

Tiam la triopo ekkriis per ia rido, kia li neniam antaŭe aŭdis. La sonoj estis hienecaj, gorĝaj, bestaj.

"Parolu!" postulis la malbonaj sorĉistinoj kaj ili pikis kaj puŝis Onklon Samon kvazaŭ li estus peco da viando preparata por bakado.

"E-Z," diris Onklo Sam, kun sia voĉo tremanta kvazaŭ lia korpo estus en lia spegulaĵo. "Kion ajn ili volas, ne donu ĝin al ili. Kion ajn ili faros al mi, ne cedu."

"Se vi vundos lin," diris E-Z, "mi, mi..."

"Diru al ni, kie vi estas, kie ili ĉiuj estas, kaj ni liberigos lin," ili kantis kune per voĉo, kiu ne ŝajnus misloka en Hadeso.

"Ni nur bezonas unu indikon, aŭ du," diris la dua.

"Informu nin pri kiu estas kiu," diris la unua.

"Aŭ ni forigos tiun, kiun vi konas," diris la tria.

Tiam ili ridis. Iliaj voĉoj en lia kapo, tiel forte dolorigis. Sed li nur sonĝis. Li devis veki sin – NUN.

"Aaaaaaaaaaaaaaaah!" kriis Onklo Sam.

Pli da ridoj.

E-Z vekiĝis kaj rapide konstatis, ke li estas en Aŭstralio kun Lachie, ne hejme en sia propra lito. Li kontrolis sian poŝtelefonon, sed havis nur unu stangon. Li daŭre kontrolis, ĝis li havis sufiĉe da stangoj por telefoni al Onklo Sam. Por certigi, ke li fartas bone. Ke ĝi estis koŝmaro kaj nenio pli. Sub la arbodomo, li povis aŭdi Lachie moviĝantan. Verŝajne preparante la matenmanĝon. Estis bone vidi la vivon de la junulo. Kiel li remetis sin kune post ĉio, kion li travivis. Homoj estis sufiĉe rimarkindaj.

Kion ajn Lachie kuiris, tio bonodoris, kaj lia unua emo estis tuj flugi malsupren kaj rakonti al li pri sia koŝmaro. Sed io en lia subkonscio diris al li, ke li tenu ĝin por si – por nun. Finfine, la Furioj ja ne povus scii, kie li loĝas. Kie ili ĉiuj loĝas. Li denove kontrolis la signalforton de sia poŝtelefono – ĉi-foje eĉ ne unu stango. Li ŝtopis ĝin en sian poŝon kaj flugis malsupren.

"Ĉu vi bone dormetis?" demandis Lachie, kulere elprenante likvaĵon el poto staranta super fajro en bovlon.

E-Z akceptis ĝin. "Mi havis strangan sonĝon, sed alie, jes. Estas agrable tie supre. Dankon, ke vi estas tiel afabla."

"Ne zorgu. Estas multaj spiritoj ĉi tie. Kaj sonoj nekonataj al vi. Se vi volas paroli pri la sonĝo, bonvolu," diris Lachie.

"Eble poste."

"Bone, bonan apetiton. Mi esperas, ke vi ŝatas fungojn."

"Mi tre ŝatas ilin," diris E-Z, kulere metante grandan kvanton da la varma, vapora supo en sian buŝon. "Ĝi estas tre bona."

"Ho, atendu momenton, mi forgesis la damperon – tio estas pano." Li malfermis iom da aluminia folio, kiu estis en la centro de la fajrejo, kaj disŝiris ĝin en kvar partojn, donante la unuan al E-Z.

"Ĉi tiu estas la plej bona pano, kiun mi iam gustumis! Kiel vi lernis kuiri tiel?"

"Kelkaj lokanoj instruis min. Mi ĝojas, ke ĝi plaĉas al vi."

Ili sidis silente, dum la suno ridetis al ili de alte en la ĉielo. E-Z provis ne pensi pri sia koŝmaro. Li eltiris la telefonon el sia poŝo kaj denove kontrolis la signalon. Apenaŭ unu stango. Li amis teknologion – kiam ĝi funkciis.

"Nun, kiam via ventro estas plena, ni parolu pri tio, kial vi estas ĉi tie," diris Lachie. "Precipe, kiel mi povas helpi."

E-Z ne parolis, anstataŭe li denove ekrigardis sian telefonon kun esperplena koro. Lachie ŝajne ne ĝenis tio, dum li deŝiris plian pecon da damper. Fine, li sin rekolektis kaj fokusigis sian atenton al la temo.

"Pardonu, miaj pensoj estis milionojn da mejloj for."

"Tio ne gravas. Ĉu vi volas pli da damper?"

"Ne, mi sufiĉas. Do, mi ŝatus scii unue, kion Rosalie diris al vi pri ni tri. Mi celas, pri Alfred, Lia kaj mi."

"Jes, ŝi rakontis al mi ĉion pri vi tri. Estis kvazaŭ ŝi estus ĉi tie kun mi, rakontante al mi antaŭdorman rakonton. Ju pli ŝi parolis, des pli mi volis renkonti vin, por helpi vin."

"Mi ĝojas aŭdi, ke vi volas helpi. Tamen, mi unue informu vin pri la detaloj, antaŭ ol vi engaĝiĝas. Ne estos facila vojo antaŭ ni."

"Mi ne timas defion," diris Lachie. "Kion Rosalie diris al vi pri mi?"

"Sincere, ŝi ne multe rakontis al mi, sed mi legis pri vi en la interreto. Ĉu vi iam eksciis, kio okazis al viaj gepatroj?"

"Ne, kaj mi ne volas. Mi estas feliĉa ĉi tie, memsufiĉa. Mi bezonas neniun."

"Ĉiuj bezonas amikojn," diris E-Z.

"Eble."

"Ĉu Rosalie rakontis al vi pri La Furioj?"

"Ne, sed ŝi diris, ke vi iam vokos min, kiam vi bezonos mian helpon por batali kontraŭ la malbono. Kaj ŝi menciis La Furiojn – pri kiuj mi jam aŭdis."

"Ĉu vere? Kion vi aŭdis?" demandis E-Z.

"La indiĝenoj, de kiuj mi lernas ion novan ĉiufoje, kiam mi estas kun ili, scias ĉion pri La Furioj. Ili celis la originalulojn, provante puni ilin, kaj forpelante ilin de iliaj teroj."

Lachie stariĝis, verŝis iom da akvo sur la fajron, kaj certigis, ke ĝi tute estingiĝis.

"Mi, por mia parto, kredas, ke malbono devas ekzisti por ke bono supervivu – sed devas ekzisti ia kodo – kaj ili ne sekvas kodon. Ĉio, kion ili faras, estas por ilia propra memkonservo, kaj tio ne estas maniero vivi."

"Tio estas saĝaj vortoj, por infano de via aĝo," diris E-Z. Post kiam li diris tion, li iom hontis, kvazaŭ li tro penis ŝajni saĝa, estante la pli aĝa el la du. "Mi supozas, ke vi verŝajne havas sep aŭ ok jarojn, ĉu ne?"

"Mi pensas, ke jes, sed pri mia vera aĝo mi ne certas. Kiam ili trovis min, ili trovis neniun dokumenton por pruvi ĝin. Kiam mia voĉo komencos ŝanĝiĝi, mi havos pli bonan ideon." Li ridis.

"Dume, vi povas elekti vian propran aĝon," sugestis E-Z.

"Kiel mi elektis mian propran nomon," diris Lachie. "Ĉiuokaze, kion ajn vi bezonas, ke mi faru, mi pretas."

"Jen kio okazas pri La Furioj: ili uzas la interreton. Vi scias pri la interreto, ĉu ne?"

"Jes. Ili havas vifion en la biblioteko. Mi amas legi. Mitologio estas sufiĉe mojosa. Ankaŭ sciencfikcio."

"La Furioj uzas retajn multludajn ludojn por kaptiligi la infanojn. Plej multaj infanoj ludas, inkluzive de mi," diris E-Z.

"Ludoj estas tempoperdo," diris Lachie. "Tion instruis al mi la indiĝenaj instruistoj. La vivo estas tro mallonga por malŝpari ĝin per sencelaj distraĵoj."

"Tamen ĉiuj amas ludojn," diris E-Z. "Mi povus doni al vi tutmondajn ciferojn, sed la ĉefa afero estas, ke La Furioj profitas de ĉi tiu fenomeno. Estas kvazaŭ ĉiu infano, kiu ludas, donis al ili aliron al siaj koroj kaj mensoj."

"Kiel do?"

"Por supreniri nivelon en la ludo, oni devas plenumi liston da taskoj. Tio estas la sola maniero progresi en la ludo. Se oni ne farus tion, kion oni petas, ne estus senco ludi la ludon. Kaj tamen, tio, kion oni ofte petas de vi, estas kontraŭleĝa en la reala vivo."

"Kontraŭleĝa! Kiel ekzemple?" demandis Lachie.

"Kiel murdo."

Lachie skuis la kapon.

"Ĝi estas ludo, do oni faras tion, kion oni devas por atingi la sekvan nivelon."

"Bone, mi pensas, ke mi komprenas. La mandato de la Furioj estis puni tiujn, kiuj faris krimojn kaj restis nepunitaj. Ili tordas tiun mandaton, por vundi infanojn ludantajn imagan ludon."

"Ĝuste, Lachie. Ekzakte. Kaj kiam la infanoj mortas, ili ŝtelas iliajn animojn."

"Por kio?"

"Ĉu vi iam aŭdis pri Animkaptiloj?"

"Ne," diris Lachie.

"Kiam vi mortas, via animo havas lokon de eterna ripozo. Ĝi nomiĝas Animkaptilo. Sed ĉi tiuj infanoj ne devus morti kiam la Furioj forprenas ilin, do neniu Animkaptilo atendas ilin."

"Kiel vi scias ĉiujn ĉi aferojn?" demandis Lachie.

"La arĥanĝeloj ne nur diris al mi, sed ankaŭ montris al mi. Mi estis en mia Animan-Kaptilo kelkfoje. Ili alvokis min tien. Mi eĉ ne sciis, kiel ĝi nomiĝas, ĝis ĉio ĉi aperis. Tio ne estas io, pri kio homoj devus zorgi. Plej multaj pensas, ke ni iras al la ĉielo aŭ al la infero."

"Se via animo-kaptilo estis preta, kaj vi estas nur infano, kial la iliaj ne estas pretaj?"

"Bona demando. Unu, pri kiu mi ne pensis antaŭe. Mi supozas, ke mi konsideris min speciala kazo," diris E-Z. "Sed mi ja scias, ke la arĥanĝeloj fuŝis ion. Ion, pri kio ili ne volas paroli. Eble tial ili bezonas nian helpon, por ripari ĉi tiun aferon."

"Kiel ili tamen faras tion? Tion mi ne komprenas."

"Ili fleksis la regulojn, esperante ekkontroli ĉiujn Animan Kaptilojn. Kiam ni mortas, niaj animoj devus eniri tiun, kiu atendas nin. Ili ne estas destinitaj esti transdoneblaj. Se ili kontrolos ĉiujn, tiam ĉiu animo havos nenien por iri. Tio ĵetos la postvivon en kaoson. Do, nun kiam vi aŭdis ĉion – ĉu vi ankoraŭ partoprenas?"

"Jes, certe. Krome, ne estas io pli bona farebla ĉi tie. Ĝi devus esti interesa aventuro."

"Por esti centprocenta honesta," diris E-Z, "ne estos facile. Kaj vi riskos vian vivon kune kun ni ceteraj. Sed ni protektos unu la alian.

"Ni venkos!"

"Mi ja esperas, sed unue, ni devas eltrovi, kiel ni tien iros. Onklo Sam rezervis por ni kelkajn flugbiletojn. Ni devas nur preni ilin ĉe la plej proksima internacia flughaveno. Li rezervis ilin."

"Ne necesas!" diris Lachie. "Mi havas mian propran transportilon." Li metis du fingrojn en la buŝon kaj fajfis.

Dum kelkaj minutoj nenio okazis.

"R---R---R---RRRRRRRRRRRRRRR."

"K-kio estis tio?" demandis E-Z.

Lachie staris tre senmova dum la arboj susuris kaj moviĝis.

Poste E-Z aŭdis flugilojn frapantajn. Laŭ la sono, kio ajn alvenis havis gigantajn flugilojn.

Tiam la estaĵo elrompis sin tra la arbara foliaro. Ĝi ne estus misloka en iu ajn el la filmoj pri Harry Potter.

"Ĉu tio estas drako?" demandis E-Z.

"Li estas Aussiedraco," diris Lachie. "Ankaŭ konata kiel pterozauro, do li estas loka." Al la drako li diris, "Saluton, amiko," kaj li foriris por saluti lin. La grandega skvama estaĵo mallevis sian kapon. Lachie karesis ĝin, poste saltis sur ĝian dorson.

"Nu, E-Z, kion vi atendas?"

"E-hm, mi havas mian propran transportilon."

Lachie ĵetis reen sian kapon kaj ekridegis.

"HAR-HAR-R-R-R-R!"

la estaĵo akompanis. "Lia nomo estas Bebio," diris Lachie. "Salton, ĉar Bebio volas veturigi vin, kaj kion Bebio volas, tion Bebio ricevas."

"Sed mia seĝo!"

Bebio etendis sian longan kolon, prenis E-Z-on. Senseĝe li ĵetis lin sur sian dorson. E-Z kaptis Lachie-n dum Bebio saltis en la aeron.

"Atentu la arbojn!" kriis E-Z. Lachie kaj Baby ridis.

Ili forflugis, super mejloj kaj mejloj da ruĝa sablo.

Baldaŭ E-Z ne plu timis.

Ili flugis super pluraj rokformacioj, unu el kiuj aspektis kiel kuŝanta Homero Simpson. Poste, ili vidis Uluru, la grandegan ruĝan monoliton.

Ili pasigis la tutan tagon flugante tra Aŭstralio, admirante la vidaĵojn.

"Ni revenu," diris Lachie. " Ni bezonas bonan noktan dormon antaŭ ol ni foriros al Nordameriko kaj renkontos la ceteron de la teamo."

"Sonas kiel plano," diris E-Z, nun ĝuante la flugon pli kaj pli kaj dezirante, ke ĝi neniam finiĝu. Li ne falus, li havis flugilojn, se li bezonus ilin – sed li sciis unu aferon certe: flugi kun Baby estis la plej bona vivo.

Li nur scivolis, kie li konservos ŝin, kiam ili revenos hejmen. La drako estis tro granda por eniri la garaĝon. Li solvos tiun problemon kiam li alproksimiĝos al ĝi. Eble se li kaj Little Dorrit amikiĝus, ili povus loĝi kune?

"Ne zorgu pri mi," diris Baby.

E-Z mire duoble rigardis.

"Nu, jes, mi povas legi mensojn. Ne ĉiam, kaj ne la mensojn de ĉiuj," diris Baby. "Mi mem aranĝos mian dormadon. Kaj koncerne la Malgrandan Dorrit, nu, Unikornoj kaj Drakoj kutime ne interkonsentas – sed mi pretus provi."

Bebo lasis ilin, kaj forflugis en la nokton.

E-Z rememoris pri Onklo Sam, sed li estis tro laca por fari ion pri tio. Li telefonos al li matene. Kompreneble, ĉio estos en ordo.

ĈAPITRO 4

OZ-FORIRO

LA SEKVAN MATENON, DUM E-Z kaj Lachie prepariĝis por siaj vojaĝoj, ili babilis kaj pli bone ekkonis unu la alian.

"Mi devas reŝargi mian telefonon kaj telefoni al mia onklo Sam. Mi ŝatus fari mallongan halton por fari ambaŭ aferojn antaŭ ol ni forlasos Aŭstralion."

"Neniuj problemoj, ĉar mi ankaŭ ŝatus aĉeti kelkajn provizojn. Ni povas fari ĉion samtempe. Mi aĉetos, vi povas ŝargi vian telefonon kaj telefoni al via onklo. Ĉu estas io, kion mi devus scii?"

"Nur stranga sonĝo, kiun mi havis. Tio igas min voli kontroli pri li, por ke mi ne zorgu vane."

"Tute prave," diris Lachie, dum li forstokis kelkajn kuirajn aĵojn, por ke ili estu sekuraj ĝis lia reveno. "Mi certe sopiros ĉi tiun lokon."

"Mi scias, kaj ankaŭ viaj amikoj, sed vi faros novajn, kaj ĉiuj igos vin senti vin hejme. Krome, vi revenos antaŭ ol vi rimarkos."

"Tio estas mia zorgo. Kio se mi ne volos reveni? Kio se mi alkutimiĝos havi homojn ĉirkaŭe? Esti dorlotita per komfortaĵoj?" Li paŭzis, dum du pikoj alteriĝis, unu sur ĉiu el liaj ŝultroj. La birdoj leĝere piketis liajn orelojn, kvazaŭ ili flustrus al li. Lachie ridetis kaj ili forflugis.

"Kion ili diris?" demandis E-Z.

"Nu, nenion vere. Ili nur diris, ke ili amas min, kaj ke ili sopiros min." Korvo flugis malsupren kaj surteriĝis sur lian ŝultron. "Jen mia kunulo Erroll."

"Plezure renkonti vin, Erroll," diris E-Z. "Hm, kiel vi du amikiĝis?"

Lachie ridis. "Kurioze, ke vi demandas tion. La Erroll-oj ekzistas jam de treege longa tempo. Fakte, lia avo, multfoje, estis dorlotbesto de iu, kiu eble estas via malproksima parenco. Tio estas, se vi estas parenco de Charles Dickens?"

E-Z kliniĝis antaŭen, kapjesante. Lachie nun certe havis lian plenan atenton.

"Charles Dickens havis dorlotbestan korvon nomitan Grip. Laŭ rakontoj transdonitaj tra la jaroj, estis Grip, kiu inspiris Edgar Allan Poe verki lian plej faman poemon nomitan La Korvo."

"Ŭaŭ, tio estas tiel mojosa!" ekkriis E-Z.

Birdoj estas treege inteligentaj. Same kiel la Indiĝenaj Aĝestroj, kiuj protektis min kiam mi unue alvenis en la Aŭstralian

Kamparon. Ili instruis min legi kaj skribi, prepari manĝaĵon. Ili ankaŭ instruis min rekoni kaj eviti venenan flaŭron kaj faŭnon.

"Mi lernas ion ĉiutage de la estaĵoj, kiujn mi renkontas kaj kun kiuj mi parolas. Oni diras, ke en la malnovaj tempoj, ĉiuj povis paroli kun bestoj – ne nur mi – sed io ŝanĝiĝis. Ili pensas, ke tio okazis en niaj cerboj, sed kio ajn okazis al ĉiuj aliaj, ne okazis al mi."

"Kiel ili sciis, ke vi estis malsama?"

"Ili diras, ke ili aŭdis pri mi, kiam mi naskiĝis kaj kiam mi fariĝis la knabo en la skatolo. Antaŭ ol mi eĉ naskiĝis, onidiroj pri mi flugis tra la mondo en flustroj. Ili atendis min, tion ili diris al mi dum longa tempo."

"Dum kiom longe?" demandis E-Z.

"Mi ne volas soni aroganta, sed oni diras, ke Mozart sciis pri mi – li havis dorlotbestan sturnon kaj vivis en la 17-a jarcento. Tio estas pli freŝdata. Antaŭ li, la spuroj kondukas reen al Virgilio en 70 a.K. Ĉu vi sciis, ke li havis dorlotbestan muŝon?"

"Ĉu vere? Muŝo – dorlotbesto?"

"Mi parolis kun arbara muŝo, kiu estis parenco de Vergilio – lia nomo estis Leonardo, aŭ mallonge Leo, kaj li konfirmis ĉion." Lachie prenis poton kaj kaŝis ĝin en la arbustoj, kune kun kelkaj aliaj aĵoj. "

Mi ankaŭ babilis kun parenco de la papago de Andrew Jackson.

La birdo de Jackson nomiĝis Pol – ĝi estis donaco por lia edzino – kaj estis vira, sed ĉar lia parenco estis ina, ŝia nomo estis Polly. Ŝi havis strangan humursenton!"

"Ŝajnas tiel. Hum, mi esperas, ke ni povos paroli pli, sed mi devas demandi vin pri viaj specialaj povoj – kaj ni devus ekiri baldaŭ, se vi jam sekure ĉion forstokis."

Lachie kapjesis, "Komprenite. Preskaŭ preta. Mi nur bezonas sekurigi kelkajn pliaĵojn. Dume, kial vi ne unue rakontas al mi pri vi mem."

"Nu, vi jam vidis min kaj mian seĝon en agado – jes, ni povas flugi. Mia seĝo havas specialajn povojn, krom flugi ĝi ankaŭ povas kapti krimulojn kaj ĝi havas guston por sango. Ni estas paro, mia seĝo kaj mi, kiel Batmano kaj lia Vesperto-veturilo."

"Multege!" diris Lachie. "Sed tio pri la sango estas iom stranga."

"Kio ne estas uzata, ne estas perdita, mi ne scias, kiu diris tion, sed mia seĝo ŝajnas konsenti. Anstataŭ lasi ĝin guti sur la teron, ĝi sorbas ĝin. Nia unua savado estis de knabineto – ni savis ŝin de trafo de veturilo. Poste ni savis aviadilon plenan de pasaĝeroj. Mi ne volas fanfaroni kaj mi certas, ke vi komprenas la esencon. Helpe de aliaj, mi malkovris, ke mi nun estas superforta, kaj ankaŭ mia seĝo. Ho, kaj ni estas kugloprovizoraj."

"Ĉu vi volas diri, ke homoj pafis al vi?"

"Jes, ni havis kelkajn situaciojn kun pafiloj. Nun estas via vico."

Mia plej mirinda povo estas, kiel vi jam vidis, ke mi povas paroli kun iuj ajn estaĵoj, absolute iuj ajn. Fakte, hieraŭ, kiam vi pensis, ke vi parolas kun Baby, nu, vi iel ja parolis, sed se mi ne estus ĉi tie, ŝi parolus sensencaĵon. Ŝi komunikas al vi, per mi. Mi estas kvazaŭ reto, sekureca reto. Mi povas malŝalti ĝin aŭ malfermi ĝin, depende de tio, kion mi decidas.

"Kiam mi estis en tiu kaĝo, bestoj kutimis sidi ekstere kaj babiladi. Foje mi pensis, ke ili komunikas kun mi, sed tiam, mi pensis, ke eble mi freneziĝas. Unufoje blato flugis enen tra la kradoj de mia kaĝo kaj diris, ke li povus helpi min eliri, se mi volus. Fuj, mi malamas blatojn. Tamen mi neniam aŭdis pri flugantaj blatoj."

"Ili fakte estas sufiĉe inteligentaj kaj havas grandegan instinkton por supervivado – mi volas diri, ili manĝas ion ajn."

"Bedaŭrinde, ili ne manĝis la homojn, kiuj metis vin en tiun skatolon." E-Z pensis momenton. "Kial vi ne lasis lin provi savi vin? Mi volas diri, vi havis nenion por perdi."

"Kio estas tiu malnova diraĵo, 'pli bona estas la diablo, kiun oni konas'?"

"Mi komprenas tion, do vi ne timis la homojn, kiuj tenis vin?"

"Ĝi ne vere estis skatolo – ĝi estis kaĝo. Sed sonas pli bone, se oni nomas ĝin skatolo. Krome, ili neniam vundis min. Ili provizis min per manĝaĵo kaj trinkaĵo. Anstataŭigis la gazeton. Kaj mi fakte neniam vidis, kiuj ili estis, ĉar ili portis maskojn. Mi ne komprenas, kial ili tenis vin tie unue."

"Tion mi pensas, ke mi neniam scios. Kaj mi ne restis por ricevi iujn respondojn, post kiam ili liberigis min."

"Kiel tio okazis?"

"Ili preparis ĉambron por mi en la sama domo. Ili sendis kun mi afablan sinjorinon, por prizorgi min. Mi neniam eliris el la domo. Estis tro timige por mi."

"Ĉu vi povis paroli? Mi volas diri, se vi estis en kaĝo por ĉiam, ĉu vi havas memorojn pri la antaŭa tempo? Pri viaj gepatroj?"

"Mi ne ŝatas paroli pri tio. La pasinteco estas pasinteco. Mi ne povas ŝanĝi ĝin. Mi ĉiam rigardas antaŭen. Sed mi ne naskiĝis en kaĝo. Foje mi pensas, ke mi memoras, ke mi iris al lernejo. Sed tio povus esti songo. Kelkfoje estas malfacile distingi inter la du."

E-Z memorigis sin telefoni al Onklo Sam.

"Do, kiel vi finis ĉi tie, vivante kun bestoj kaj centprocente memsufiĉa? Mi supozas, ke vi ne sopiras homojn?"

"Oni ne povas sopiri tion, kion oni ne memoras. Koncerne la bestojn, mi ne elektis ilin, ili elektis min. Ili venis al la domo, kvazaŭ ili sciis, ke mi ne plu estas en la kaĝo, kaj ili atendis, ke mi eliru. Ili jam sciis, ke mi povis paroli kun ili, kompreni ilin – sed mi ne sciis, ke mi povas, ĝis mi provis. Tiam tuta mondo malfermiĝis por mi kaj mi devis esti parto de ĝi. Mi ne plu estis sola. Tiam ili proponis forporti min kaj teni min sekura. Nun vi estas ĝisdata pri la rakonto de Lachie."

"Ĝi estas mirinda rakonto. Do, paroli kun bestoj. Ĉu vi malkovris ion alian?"

"Nu, jes. Sed tio estas sufiĉe nova."

"Rakontu al mi pri tio."

"Pli bone mi montru al vi."

"Bone," diris E-Z.

Li rigardis, dum Lachie stariĝis kaj paŝis al proksima eŭkalipto. Li restis apud la arbo dum momento, poste paŝis antaŭen tiel, ke li staris antaŭ la dika, veterizita arbotrunko. Tiam li malaperis.

"Kio?"

Lachie moviĝis al la alia flanko de la arbo, poste reen kontraŭ la trunkon.

"Ho, do vi estas nevidebla?"

"Ne, rigardu pli atente." Li paŝis for de la arbo. "Daŭre rigardu miajn okulojn."

E-Z faris tion, kaj li povis vidi la okulojn de Lachie en la arbotrunko, sed li ne povis vidi Lachie-n. "Atendu momenton," diris E-Z. "Mi komprenas. Tio estas kamuflaĝo – vi estas kameleono. Ho!"

Lachie ridis, poste revenis al sia sidloko.

"Kiel vi malkovris ĝin? Ĝi estas vere mojosa povo. Vi povas kamufli vin preskaŭ ĉie kaj neniu iam ajn ekscius!"

"Post kiam mi loĝis kun bestoj dum iom da tempo – ne vidante iujn homojn – iun tagon aro da migrantoj trapasis ĉi tien. Mi kuris por grimpi arbon kaj kaŝi min, sed mi ne havis sufiĉe da tempo – do mi simple haltis kontraŭ arbotrunko kaj restis senmova. Ili pasis rekte preter mi, kvazaŭ mi ne ekzistus. Mi ne povis kompreni tion. Birdo surteriĝis sur mian ŝultron kaj serpento rampis supren laŭ mia kruro. Ili povis vidi min, sed homoj ne povis. Tiam mi sciis, ke mi estas kameleono."

"Kiel tio sentiĝas? Mi celas, kiam vi eniras kamuflan reĝimon?"

"Tio ne sentiĝas alimaniere. Ĝi simple okazas."

"Bone. Nu, ĉu vi volas scii pri la cetero de la teamo kaj kiajn kapablojn ili alportas?"

Lachie kapjesis.

"Vi ŝatos Lian. Ŝi vidas. Ŝiaj okuloj estas en ŝiaj manoj kaj ŝi povas vidi la nunon, en la mensojn de iuj homoj kaj ŝi povas ekvidi la estontecon, kio foje okazos. Tiu parto de ŝia potenco ŝajnas kreski. Kompreneble, estas ankaŭ la aĝa afero. Kiam ni unue renkontiĝis, ŝi havis sep jarojn kaj nun ŝi havas dek du."

"Tio estas vere mojosa," diris Lachie. "Kaj mi aŭdas, ke ŝia patrino kaj via Onklo Sam estas..."

"Ĉu vi ne ĝenus, se ni ekiras? Nur aŭdi la nomon de Sam denove kreskigas mian anksion."

"Neniuj zorgoj," diris Lachie. Li fajfis kaj Baby alvenis kaj ili forflugis al la plej proksima urbo, kie Lachie aĉetis kelkajn aferojn, E-Z ŝtopis sian telefonon en la ŝargilon kaj kiam ĝi sufiĉe ŝargiĝis, li tuj telefonis al la numero de Sam.

Neniu respondis, anstataŭe la voko rekte iris al la voĉpoŝto de Sam. Li provis la telefonon de Samantha kaj ŝi tuj respondis.

"Saluton, estas E-Z, ĉu Onklo Sam estas disponebla?"

"Kompreneble, E-Z, nur sekundo." Iom da flustrado. "Saluton, karulo," diris Sam. "Kie vi estas nun, ĉu vi jam flugas super la oceano?"

"Nu, mi nur kontrolas, ĉu ĉio bonas ĉe vi," diris E-Z. "Se jes, bonvolu diri la kodvorton."

"Sponga Bob Kvadrataj Pantalonoj," diris Onklo Sam.

"Ho, dank' al Dio," diris E-Z. "Mi havis strangan sonĝon, ke La Furioj kaptis vin."

"Ha, kelkaj amikoj estas ĉe ni kaj ni ĵus pretas sidiĝi kaj trempi iujn aĵojn en la fonduojn. Ni havas ĉokoladan kun fruktoj, kaj fromaĝan kun legomoj, kaj alian fromaĝan kun pano kaj viando. Estas sufiĉe granda elekto kaj ni havas plurajn specojn de vino. La ĝemeloj jam dormas."

"E-hm, tio sonas…"

"Mi devas foriri, E-Z, ĝis baldaŭ. Zorgu pri vi."

"Mia onklo fartas bone, kaj ili manĝas fonduon – ŝajnas esti iom da festo."

"Kio estas fonduo?" demandis Lachie.

"Ĝi estas poto, en kiu oni fandas aĵojn kaj poste oni trempas aliajn aĵojn en ĝin. Ekzemple, trempi fragojn en ĉokoladon kaj panerojn en fromaĝon. Kaj vi pravas, ili nun estas geedzoj, kaj ili lastatempe havis ĝemelojn, do la domo estas sufiĉe plena kaj brua."

"Ho, tio sonas bongustega," diris Lachie.

Kun la telefono de E-Z plene ŝargita, la provizoj de Lachie sekure metitaj sur la dorson de Bebio, la duopo forflugis el Aŭstralio. Ili babilis dum la vojo. Post horoj da nenio interesa, kaj kun grumantaj stomakoj ili prepariĝis por surteriĝo por manĝi kaj por paŭzoj por la necesejo.

"Ni ĉiuokaze devos baldaŭ surteriĝi por tagmanĝi – krome, mi jam mortas pro malsato! Kaj cetere, gratulon!"

"Dankon! Ni povas halti en Havajo por ĉizburgeroj kaj terpomfingroj," sugestis E-Z.

"Mi ne sciis, ke Havajanoj specialiĝas pri hamburgeroj kaj terpomfingroj."

"Ili estas parto de Usono, do, ĉizburgeroj kaj frititaj terpomoj – por ne mencii dikajn milkshakes, estas bonegaj tradiciaj manĝaĵoj por vi provi kaj mi garantias al vi, vi amos ilin."

"Mi ne manĝas viandon. Bovinoj ankaŭ estas homoj."

"Ili havas ion vegetaĵan, ĝi tamen estas ĉizburero kaj vi amos ĝin. Ho, vi ja ne havas ion kontraŭ trinki bovinlakton, ĉu ne?"

"Ne, mi ne."

"Bone, Seĝo kaj Bebo - ni iru al la plej proksima ĉizburger-manĝejo, kiu ankaŭ servas vegajn burgerojn," sugestis E-Z, dum lia bruanta stomako sin sciigis.

"Antaŭen!" kriis Lachlan, dum Bebo serĉis taŭgan lokon por alteriĝi.

ĈAPITRO 5
BRANDY

L IA KAJ ŜIA UNUKORNA vojaĝkunulo Little Dorrit flugis tra la nuboj. Lia aprezis la graciajn sed rapidajn movojn de sia flugkunulo. Kune ili inventis ludon nomatan "Salti la Nubojn". Depende de la tipo de nubo, ili aŭ saltis super ĝin, sub ĝin aŭ tra ĝin. Pasi tra ĝi estis la plej amuza.

"Mi amas, kiam ni estas ene de la nubo," diris Lia. "Mi etendas la manon por tuŝi ĝin, sed estas nenio tie."

"Ŝajnas, ke la butikcentro sube estas nia celo," diris Little Dorrit, antaŭ ol fari trioblan salteton, transirante, poste subirante, poste trairante la saman nubon.

"Niiiiiii!" ekkriis Lia.

"Dankon, dankon," diris la unukorno, dum ŝi montris malsupren.

"Aĉetado, ĉu ne?" diris Lia, dum ŝi ĉirkaŭrigardis. Ĝi estis granda butikcentro, preskaŭ bloko-longa. "Mi esperas, ke mi bezonos ne multe da mono, sed Panjo ja donis al mi sian kreditkarton, se mi bezonus ĝin."

"Brandy staras en la koridoro de la nutraĵvendejo, plenigante aĉetĉareton por pasigi la tempon. Ni prefere rapidu, aŭ ŝia patrino baldaŭ serĉos ŝin," diris la unukorno.

"Tio estas vere mojosa, vi povas tiel precize lokalizi ŝin. Mi apenaŭ povas atendi renkonti ŝin kaj ekscii pli pri ŝiaj povoj," diris Lia, ĉirkaŭbrakante la kolon de Malgranda Dorrit por prepari sin por la surteriĝo. "Mi ĉiam volis havi pli aĝan fratinon, do ĉi tio eble estas mia sola ŝanco."

"Hululu, kiam vi bezonos min," diris Little Dorrit, dum Lia malsupreniris, "kaj mi renkontos vin ĝuste ĉi tie."

Lia eniris la butikcentron tra la svingpordoj. Tuj ŝi vidis knabinon, kiu laŭ ŝia espero estis Brandy, puŝantan aĉetĉareton en la nutraĵvendejo. Surbaze de la priskribo de Rosalie, tio devis esti ŝi. La knabino estis vestita neformale, en griza kapuĉoŝemo. Ĝi estis parte zipfermita, sed sufiĉe malfermita por malkaŝi ruĝan T-ĉemizon 'Mi amas min.' sub ĝi. Ŝiaj nigraj ĝinzoj havis glumarkojn de muziknotoj sur la poŝoj. Ŝiaj kanvasaj sportŝuoj estis ruĝaj por kongrui kun la T-ĉemizo.

Lia observis la knabinon dum kelkaj momentoj, antaŭ ol paŝi al ŝi. Ŝi sentis sin iom timigita. Kvazaŭ ŝi renkontus famulon. Laŭ ŝi, Brandy estis la epitomo de stilo kaj mojoseco.

Dum Lia proksimiĝis, ŝi imagis, ke ili baldaŭ fariĝos plej bonaj amikinoj. Ili vizitus la butikcentron kune. Aĉetus vestaĵojn kune. Eble Brandy eĉ helpus ŝin elekti kelkajn novajn tute usonajn vestaĵojn.

"Kion vi fiksrigardas, knabino?" demandis Brandy per tono, kiu ne estis tre amika aŭ fratina. Poste, per subita movo, ŝi forfrapis la manojn de Lia.

"Tio estas tre malĝentila," ekkriis Lia. "Ĉu neniu instruis al vi ian ajn bonajn manierojn?" Ŝi turnis al ŝi la dorson. Ŝi retenis la spiron, nombris ĝis dek, poste turniĝis por denove alfronti ŝin. "Rosalie hontus pro vi."

"Ĉu vi konas Rosalie?"

"Jes, mi estas Lia, kaj mi ne povas vidi vin sen miaj okuloj, kiuj estas en miaj manoj." Lia levis siajn brakojn denove.

"Ŭaŭ!" ekkriis Brandy. "Mi pensis, ke mi estas stranga, sed knabino, mi volas diri, eh, Lia, vi superas ĉion." Ŝi ŝovis siajn manojn en siajn poŝojn. "Sed ĉiu amiko de Rosalie estas mia amiko."

"Ehm, dankon," diris Lia. "Ĉu ni povas ie sidi por paroli?"

"Mi ne povas diri, kion ni havus komune – krom Rosalie," diris la adoleskantino, puŝante la aĉetĉareton antaŭen kaj lasante Lian malantaŭe.

Lia subpremis singulton, sed sukcesis eldiri la vortojn, "Ni bezonas vian helpon, ĉar Rosalie estas morta."

Brandy haltis kaj profunde enspiris, dum larmo degelis laŭ ŝia vangon, kiun ŝi turnis kaj forviŝis. "Sekvu min, knabineto." Ŝi forlasis la aĉetĉareton kun ĉiuj aĵoj en ĝi, kaj ili iris al budo tuj ene de la butikcentro kaj sidiĝis.

"Mi volas glason da akvo," diris Lia. "Sen glacio, mi petas."

"Nu, knabino, vivu danĝere. Ŝi prenos 'Radikbiera flosero' – kaj faru du por ni." Post kiam la kelnerino foriris, "Vi tre ŝatos ĝin, ne zorgu. Nun, rakontu al mi pli pri tio, kial vi estas ĉi tie, kaj diru al mi, kio okazis al tiu dolĉa sinjorino Rosalie."

"Unue, kion Rosalie diris al vi pri mi, pri ni?"

"Nenio. Mi sciis, kiu ŝi estis, kaj mi sciis, ke ŝi gardas min. Mi unue pensis, ke ŝi estas anĝelo, ĉar ŝi povis paroli al mi en mia kapo, kiel kiam mi preĝis kiel infaneto. Poste mi konstatis, ke ŝi estis reala persono, same kiel mi, kaj nun ŝi estas morta. Mi ŝatus helpi kapti la homojn, kiuj mortigis ŝin – se tial vi estas ĉi tie, do mi partoprenas. Kurioze, mi pensas, ke ŝi estas anĝelo nun, ankoraŭ gardanta min."

"Ankaŭ mi," diris Lia. "Ĝuste."

"Do, kiel tio okazis?" demandis Brandy. "Se tio ne estas sentema temo por demandi. Mi ĉiam trovas, ke estas plej bone paroli pri la strangeco, kiun nin difinas. Mi havas miajn proprajn strangecojn, kredu min. Ĉiuj havas. Mia panjo riproĉus min pro tio, ke mi faras al vi tiel personan demandon. Sed mi ŝatas iri rekte al la afero. Ĉu vi ĉiam havis okulojn sur viaj manoj? Mi pensus, ke vin postkurus ĵurnalistoj kaj fotistoj, homoj volas paroli kun vi, aŭdi kaj rakonti vian historion por vendi revuojn kaj gazetojn."

"Ho," diris Lia, "plej multaj homoj pli interesiĝas pri famaj fikciaj roluloj, kiel Harry Potter, ol pri realaj homoj. Se Harry Potter estus reala, homoj evitus lin, aŭ mokus lin. Tamen en lia mondo, li estis la heroo, do lia cikatro fariĝis parto de lia rakonto. Tio igis lin pli homa por ni, do ni povis identiĝi kun li. Sed neniu infano volas elstari, ĉar en ĉi tiu mondo diferencoj ne ĉiam estas aprezataj. Estas kurioze, kiel ni povas identiĝi kun kaj havi empation por fikciaj roluloj kaj ne rekoni la realajn heroojn en niaj ĉiutagaj vivoj."

"Ho, frato," diris Brandy, 'vi estas iom enuiga, ĉu ne? Estas kvazaŭ paroli kun dudekjara infano."

"Pardonu," diris Lia. "Mi saltis de la sepa al la deka al la dekdua, en mallonga tempo. Mi ne havis tempon por alkutimiĝi."

"Tio ne gravas," diris Brandy. "Kaj mi principe konsentus kun vi, knabino, sed, de kiam realecaj televidprogramoj aperis, ni interesiĝas pri la vivoj de ordinaraj homoj. Tio estas, ordinaraj sed riĉaj homoj kiel la Kardashian-oj. Mi ne spektas ĝin, sed milionoj da homoj ja spektas."

Iliaj trinkaĵoj alvenis. Brandy unue manĝis la ĉerizon sur la supro de sia glaciaĵo, poste demandis al Lia, ĉu ŝi volas sian. Kiam Lia diris ne, Brandy deprenis ĝin kaj tuj enbuŝigis ĝin. "Pruvgustu. Se vi provos ĝin, vi certe ŝatos ĝin."

Lia prenis grandan gluton per la pajntrinkilo kaj ŝia vizaĝo ekbrilis. "Ĝi estas vere bona!" Poste ŝi kirlis la glaciaĵon per la pajntrinkilo, dum ŝi pensis, kion diri sekve. Mi naskiĝis kun okuloj, kiuj bone funkciis. Sed akcidento blindigis min, kaj kiam mi vekiĝis, mi havis ĉi tiujn okulojn kaj mi ankaŭ havis tion, kion oni nomas vidkapablo. Mi povas vidi, kion homoj pensas, tiel Rosalie kaj mi unue ekparolis. La tempo por mi ne estas tia, kia ĝi estas por ĉiuj aliaj, sed mi jam delonge ne saltis iujn jarojn. Ankaŭ, dum la tempo pasas, mi foje povas vidi, kio okazos al mi kaj al aliaj, vi scias, en la estonteco."

"Ĉu vi sciis, ke Rosalie mortos, antaŭ ol tio okazis?"

"Ne, mi ne sciis. Tio venas kaj iras. Foje ĝi tute ne funkcias. Ĝi ne estas centprocente fidinda. Cetere, mi ne povas legi viajn pensojn; se vi scivolas."

"Bone. Scii, ke vi povus legi mian menson, estus tre timiga," diris Brandy, prenante grandegan gluton, kiu tuŝis la fundon de la ujo kaj faris sonon kvazaŭ "jen ĉio, amikoj".

"Mi tre ŝatus ankoraŭ unu, sed mi ne prenos," ŝi diris. "Plej bone estas modereco, ĉar se ni ĉiam indulgas nin per la aferoj – aferoj, kiujn ni pensas, ke ni vere deziras, tiam ni ne tiom aprezos ilin."

"Tre saĝe," diris Lia. "Vi povas preni la reston de la mia, se vi volas."

"Estus domaĝe lasi ĝin malŝpariĝi."

La du knabinoj silentis dum iom da tempo, ĝis la telefono de Brandy vibriĝis. "Mia panjo baldaŭ estos ĉi tie por aliĝi al ni."

"Kiel ŝi sciis, kie ni estas?"

"Nu, ŝi havas siajn manierojn, t.e., spurilon en mia telefono."

"Kaj vi ne ĝenas vin?"

Ne. Mi malaperis kelkfoje, sed ĉiam revenis al la butikcentro. Plejofte, kiam mi foriras, ŝi tute ne scias. Ĝis mi telefonas kaj petas ŝin veni preni min ĉi tie. Tio kutime estas ŝia unua indiko, mia tekstmesaĝo aŭ voko. La aplikaĵo tamen ja savas ŝin de zorgo pri mi. Mi supozas, ke ne estas facile havi filinon, kiu povas morti kaj revivi. La patrino de Brandy alvenis kaj oni prezentis sin. Ili informis ŝin pri la rakontoj de Rosalie kaj Lia, kaj ĝisdatigis ŝin pri tio, kion ili diskutis ĝis nun.

"Kion vi du knabinoj planis?" ŝi demandis. "Vi aspektas kvazaŭ vi intencas ion malbonan."

"Nur la troa sukero," diris Brandy, ridetante. "Lia ĵus estis dironta al mi, por kio ili bezonas min."

"Do, ĉu vi klarigis pri via, ripetiĝanta situacio?"

"Mallonge. Mi ankoraŭ ne atingis tion, Panjo, ŝi ĵus rakontis al mi pri la akcidento kaj kial ŝiaj okuloj estas sur ŝiaj manoj."

La kelnerino alproksimiĝis kaj la patrino de Brandy mendis kafon. Ŝi tuj revenis kun taso, kiun ŝi plenigis. "Ripetoj estas senpagaj," diris la kelnerino. "Nur levu vian tason kiam ĝi estos malplena, kaj mi tuj venos por plenigi ĝin denove."

"Dankon," diris la patrino de Brandy.

"Mi tre ŝatus aŭdi pri tio," diris Lia, forpuŝante sian hararon malantaŭ la orelon. Ŝi amis la manieron, kiel Brandy kaj ŝia patrino interrilatis. Ili estis terure proksimaj; tion oni povis rimarki laŭ la maniero, kiel ili daŭre tuŝis unu la alian. Ilia proksimeco memorigis ŝin pri ĉiuj fojoj, kiam ŝia patrino laboris nokte kaj dum semajnfinoj kaj ŝi devis fidi je Hannah, sia infanvartistino, por ĉio. Estis alie nun, kiam ili estis ĉi tie kaj ŝia patrino estis edziĝinta al Sam, sed la novaj beboj certe ŝajnis forpreni multan tempon de ŝia patrino.

Brandy elparolis, "La unuan fojon, kiam mi mortis, mi estis malgranda. Estis en ĉi tiu sama butikcentro. Unu minuton mi estis morta, la sekvan mi denove vivis. Kiel mi diris al vi antaŭe, mi ĉiam finas ĉi tie. Tiel granda estas mia amo al ĉi tiu butikcentro."

"Tio estas amuza," diris Lia.

"Mi ja amas butikumadon!"

"Tion vi ja faras!" diris la patrino de Brandy, dum ŝia filino vokis la kelnerinon reen kaj petis glason da glacikakvo.

"Estu du glasoj da akvo," diris Lia.

Ĉar ŝi jam estis tie, la kelnerino replenigis la kafotason de la patrino de Brandy.

Lia sentis, ke estas nun aŭ neniam – ŝi devus veni al la afero. Malfruiĝis kaj Little Dorrit atendis.

"E-Z, kiu estas nia gvidanto, estas en rulseĝo kaj li povas savi homojn, eĉ aviadilojn plenajn de pasaĝeroj. Li havas superforton kaj superrapidecon, kaj kaj li kaj lia rulseĝo havas flugilojn." Alfredo estas trumpet-cigno, kaj li havas eksterajn sensojn, krome li povas revivigi homojn kaj estaĵojn. Krom vi, estas du pliaj infanoj, kiujn ni aldonos al la grupo, plus la kuzo de E-Z, Karlo – do entute estos sep el ni."

"Ha, la bonŝanca sepopo," diris la patrino de Brandy.

Lia daŭrigis, "Post kiam vi aŭdos ĉion, se vi konsentos helpi nin batali kontraŭ La Furioj, via vivo estos en danĝero. Ili estas tri malbonaj fratinoj – diinoj – kiuj mortigis Rosalian."

"Malbonaj, ĉu? Mortigi Rosalian estis malkuraĝa ago! Ŝi neniam vundus eĉ muŝon!" diris Brandy.

"Ĉu ĉi tiu informo estas publika?" demandis la patrino de Brandy. "Ĉio ĉi sonas tiel, fikcia."

"Kial ili faris tion?" demandis Brandy. "Kion ili gajnas, mortigante dolĉan maljunulinon kiel Rozalio?"

"Ili uzas infanojn. Mortigante infanojn," diris Lia.

Kaj Brandy kaj ŝia patrino ĉesis trinki.

"Estas malfacile klarigi, sed mi provos laŭeble. Kiam ni mortas, niaj animoj estas destinitaj al niaj atendantaj Animonkaptiloj – nia eterna ripozejo. Ĉiu el ni havas sian propran unikan Animan Kaptilon – do ni neniam povas morti. Niaj animoj pluvivas. Ĝi ne estas la ĉielo, kiun ni imagis, sed ĝi estas reala, kaj la Furioj mortigas senkulpajn infanojn – kaj metas ilin en Animan Kaptilon, kiu apartenas al aliaj homoj. Fakte, kiam Rosalie mortis, ŝia animo havis nenien kien iri. Feliĉe, niaj amikoj Hadz kaj Reiki – ili estas aspirantaj anĝeloj - sukcesis kapti la animon de Rosalie. Ili sekurigas ĝin ĝis ni forigos la Furiojn kaj denove ordigos ĉion kun ĉiuj Animan-Kaptiloj. Post kiam ni forigos ilin, la arĥanĝeloj transprenos kaj riparos la fuŝon, kiun ili kaŭzis. Ĉio denove normaliĝos."

"Mi pensis, ke arĥanĝeloj estas fiuloj," diris Brandy. "Kiel ni scias, ke ni povas fidi ilin? Kaj kial ni volas helpi ilin?"

"Tio estas tre granda peto al vi infanoj," diris la patrino de Brandy.

"Ĝi estas tre longa rakonto. Unu, kiun ni povos rakonti al vi, post iom da tempo. Sed nun ni devas reveni al la ĉefsidejo. Tio estas nia domo. Kiam ni ĉiuj estos sub la sama tegmento, ni povos klarigi ĉion kaj elpensi planon."

"Mi partoprenas," diris Brandy. "Vi jam konvinkis min, kiam vi diris, ke ili mortigis Rosalie, sed nun, kiam mi scias, ke ili ankaŭ mortigis senkulpajn infanojn, nu, lasu min ataki ilin." Ŝi levetis sian glason da akvo kaj tostis kun Lia.

"Atendu," diris la patrino de Brandy, "se la arĥanĝeloj ne povas venki ĉi tiun estaĵon, kiel do ili povas atendi, ke vi infanoj..."

"Panjo," Brandy frapetis ŝian manon. "Mi ne estas kiel aliaj infanoj. Ŝajnas, ke ni estas aro da misadaptuloj kun specialaj kapabloj, kaj mi perfekte taŭgos. Ne surprizas, ke la arĥanĝeloj petus nin helpi ilin. Rosalie kunigis nin ĉiujn, por ke ni povu formi teamon. Se ŝi estus ĉi tie, ŝi estus kun ni en la teamo. Nun ŝi estas kun ni spirite. Kune ni estos forto, kiun oni devos konsideri. Krome, ni devas certigi, ke Rosalie reakiros sian eternan ripozejon. Ĉio okazas pro kialo, ĉu ne vi ĉiam diras tion al mi?"

"Do, kio okazos poste?" demandis ŝia patrino.

"Ni bezonas esti kune kaj la domo de E-Z estas sufiĉe granda por ni ĉiuj. La aliaj kaj Charles Dickens – longa rakonto – renkontiĝos kun ni tie."

"Ne CHARLES DICKENS mem?"

"La sola kaj unika, sed li aĝas nur dek jarojn. Li alvenis kaj estis malkovrita de du Detektistoj en Londono, Anglio. Li estis resendita al la tero pro kialo. Krom la fakto, ke li kaj E-Z estas kuzoj. Li estas unu el ni. Kune ni venkos tiujn fratinojn kaj denove reordigos la mondon."

"Ni iru!" diris Brandy. "Panjo havas mian dorsosakon en la aŭto, kaj ĝi havas ĉiujn necesaĵojn. Mi ĉiam havas sakon pretan por ĉia okazo. Ĝi utilis al mi sufiĉe multfoje. Ĉu la domo havas lavmaŝinon kaj sekigilon? Ho, kaj harsekigilon?"

"Jes, jes kaj jes," diris Lia, poste ŝi fajfis.

Brandy kaj ŝia patrino kovris siajn orelojn. "Por kio tio estis?"

"Venu eksteren kaj mi prezentos vin al mia amikino Little Dorrit – ŝi estas unukorno – kaj vi povos preni vian sakon samtempe." Ili eliris tra la pordoj kaj ŝi montris supren al la ĉielo, kie la unukorno alteriĝis.

"Atendu momenton," diris Brandy, "Ni rajdos trans la landon sur unukorno?"

La patrino de Brandy sulkigis la frunton. Ŝi sentis sin svenema kaj ŝiaj kruroj fariĝis kvazaŭ trokuiritaj spagetoj.

"Venu ĉi tien kaj karesu ŝin," diris Lia. "Malgranda Dorrit, jen Brandy kaj ŝia panjo."

"Ŝia felo estas bela kaj mola," diris la patrino de Brandy.

"Ĉu vi ŝatus veturon al via aŭto?" demandis Malgranda Dorrit.

"Ne, dankon," diris la patrino de Brandy. Poste al sia filino, "Mi ne scias, kiel mi klarigos tion al via patro. Eble vi ĉiuj venu hejmen kun mi kaj kune ni klarigos tion kaj decidigos, ĉu vi povas iri..."

"Mi devas iri," diris Brandy. "Tio estas mia sorto." Ŝi brakumis sian patrinon.

"Ĉu helpus, se vi parolus kun mia panjo?" demandis Lia, kaj sen atendi respondon ŝi rapide telefonis al ŝi, klarigis la situacion kaj pasigis la telefonon al la patrino de Brandy, kiu babilis kun Samantha kaj poste redonis la telefonon. Subite ili jam flugis ĉirkaŭ la parkejo, serĉante la aŭton, dum malsupre homoj hupis, fotis per siaj poŝtelefonoj kaj koliziis unu kun la alia per aŭtoj kaj aĉetĉaretoj.

"Jen ĝi," diris la patrino de Brandy.

Little Dorrit surteriĝis, kaj ŝi elglitis. "Restu ĉi tie kaj mi prenos la sakon de mia filino."

Ŝi revenis kaj ĵetis ĝin supren al Brandy. "Dankon pro la veturado," ŝi diris al Little Dorrit. Al Brandy ŝi diris, "Brandy, telefonu hejmen. Ĉiutage. Kiel E.T." Ŝi flustris al ŝi kiseton. Poste al Lia, "Estis agrable renkonti vin."

"Ankaŭ vi," diris Lia, dum Little Dorrit leviĝis de la tero. "Ne zorgu, ni sekurigos vian filinon."

La patrino de Brandy rigardis ilin forflugi, ĝis ŝi ne plu povis vidi ilin. Tiam la scivolemuloj jam ĉiuj trovis ion alian por rigardi, do ŝi eniris sian aŭton kaj ekveturis hejmen. Ŝi faris la longan vojon hejmen. Ŝi devis pripensi, kiel ŝi klarigos ĉion al la patro de Brandy.

ĈAPITRO 6

HARUTO

Alfred atendis ĉe la fronto de la kafejo ĝis la posedanto, kiu atendis novan klienton. La avino de Haruto ne menciis, ke la kliento estis trompet-cigno. Kiam la posedanto vidis Alfredon, li kondukis lin al tablo malantaŭe.

Al Alfred ne gravis esti flankenmetita. Fakte, li eĉ preferis tion, ĉar estis ŝildo, kiu indikis "Neniuj hejmbestoj" – ne ke cignoj estus konsiderataj hejmbestoj en Japanio aŭ ie ajn alie en la mondo, kiun li konis.

Dum li sidis kviete, atendante la alvenon de la patro de Haruto, li uzis la senpagan vifion de la kafejo kaj malkovris kelkajn vere mojosajn aferojn pri la japana kafeja kulturo. Ekzemple, en Jokohamo estis kafejoj por katamantoj kaj unu dediĉita al erinacoj.

Post dek kvin minutoj viro eniris la kafejon. Alfred tuj rekonis, ke tio estas la patro de Haruto, kiam la viro rapide alproksimiĝis al lia tablo.

"Naze watashitachiha daidokoro no chikaku ni iru nodesu ka?" li demandis la kafejestron (kio tradukiĝas kiel: kial ni estas proksime al la kuirejo?

"Kare wa hakuchōdakara!" diris la kafejestro antaŭ ol li foriris de la tablo (kio tradukiĝas kiel: Ĉar li estas cigno!)

Kiam li revenis kelkajn minutojn poste kun pleto plena je Bulteao, la posedanto diris, "Mōshiwakearimasen" (kio tradukiĝas kiel, Mi pardonpetas.)

"Ī nda yo," diris la patro de Haruto kun rideto (kio tradukiĝas kiel: Estas en ordo.)

La teo de Alfred estis servita en bovlo sufiĉe granda, ke li povu enmeti sian bekon. Lia teo estis glacita – bonŝance, ĉar li ne volis bruligi sian langon aŭ longe atendi ĝian malvarmiĝon.

"Domo arigato gozaimasu," diris Alfred (kio tradukiĝas kiel: dankon tre multe.)

"Ne menciu," respondis la patro de Haruto (kio tradukiĝas kiel: ne menciu.)

Ili sidis silente, rigardante unu la alian dum iom da tempo, sorbetante sian teon.

"Kial vi estas ĉi tie?" abrupte demandis la patro de Haruto. "Mia edzino timas, ke vi volas forpreni nian filon de ni, kaj vi ne rajtas havi lin. Jes, ni trovis lin, sed ni estas la solaj gepatroj, kiujn li iam ajn konis."

"Ho!" ekkriis Alfred. "Nenio okazos, krom se vi tion volos. Cetere, la angla de via filo estas bonega," diris Alfred. "Kiel ankaŭ via propra."

"Ludado ne utilos al vi ĉi tie. Kiel mi diris antaŭe, vi ne povas havi mian filon."

"Se Haruto povus helpi nin, por savi la mondon? Ĉu vi ankoraŭ dirus ne?"

"Haruto estas nur knabo. Vi estas cigno. Kion povas fari knaboj kaj cignoj, kion viroj ne povas? Vi ne povas havi lin." Li krucis la brakojn.

"Kio se ni ne povas savi la mondon sen lia helpo? Kio se li volas helpi nin?"

"Haruto scias nenion pri la vivo. Li ne povas helpi vin. Trovu la filon de iu alia, iun pli aĝan. Iun, kiu naskiĝis por savi la mondon. Ne knabo. Ne mia knabo, Haruto. Ne hodiaŭ, morgaŭ aŭ iam ajn."

"Kio se ni lasos lin decidi?" diris Alfred. "Post kiam mi klarigos ĉion, komprenble."

"Rakontu al mi ĉion nun. Kaj mi decidigos, kion li devus scii. Sed unue, permesu, ke mi demandu vin - kio igas vin pensi, ke knabeto kiel mia filo povas helpi vin?"

"Ni pensas, ke, kiel la ceteraj el ni, li havas donacojn, unikajn donacojn. Li ne estas kiel aliaj infanoj, ĉu ne? Kiam Rozalio menciis lin, li ankoraŭ estis bebo. Ĉu li maljuniĝis pli rapide ol aliaj infanoj?"

La patro de Haruto skuis la kapon. "Kiam ni trovis lin antaŭ kvin jaroj, li estis bebo. Li kreskis, kiel kreskas ĉiu infano."

"Ho, pardonu. Rozalio ne havis tempon por ĝisdatigi aŭ kompletigi siajn notojn. Tamen, ĉu vi ne volas, ke via filo estu kun aliaj infanoj, kiuj estas talentaj kiel li? Li estus unu el ni, akceptita de ni. Kaj ni honorus liajn talentojn kaj protektus lin."

"Ĉu vi sugestas, ke mi ne povas protekti mian propran filon?"

"Ne, Sinjoro. Mi tute ne diras tion. Mi diras al vi, ke ni bezonas lin kaj eble, nur eble, li bezonas nin. Knabo, kiu staras sola, neniam povas esti tiel forta kiel knabo, kiu estas membro de teamo."

"Eble li estas sola. Eble, sed li estas juna, kaj li kreskos el tio." La patro de Haruto restis silenta antaŭ ol li demandis, "Kio estas via donaco kaj kiu estas la malamiko?"

"Mi havas resanigajn povojn, por homoj kaj bestoj – ĉefe la lastaj. Mi povas legi mensojn. Lia povas vidi en la estontecon. E-Z savas vivojn. Mi kapablas resanigi la malsanulojn kaj legi mensojn. Ni eĉ havas retejon de Superherooj, kiun mi povas montri al vi, se vi volas vidi ĉion mem por konfirmo."

"Mi jam vidis vian retejon," diris la patro de Haruto. "Vi estas konataj kiel La Tri. Ĉu vi tri ne estas sufiĉe potencaj por alfronti iujn ajn malamikojn, kiujn vi renkontas? Kiel knabeto kiel Haruto povas helpi vin? Li apenaŭ memoras brosi siajn dentojn."

"Mi komprenas. Ankaŭ mi havis filon, kiam mi estis homo."

"Vi iam estis homo? Kio okazis al via filo?"

"Ili mortis, kaj mi fariĝis cigno. Estas longa, komplika rakonto. La ĉefa afero estas, ke ĝis antaŭ nelonge ni ne sciis, ke ekzistas aliaj infanoj. Tio estis Rosalie. Ŝi estis mirinda sinjorino, kun la kapablo komuniki kun infanoj en sia menso. Ŝi parolis kun Lia, Haruto, Brandy kaj Lachie. Ŝi kunigis ĉiujn kaj pagis altan prezon por tio. La Furioj mortigis ŝin, kiam ŝi rifuzis malkaŝi al ili iun ajn informon pri la infanoj. Sen Rosalie, ni ne scius pri la ekzisto de la aliaj, kaj ni ne estus ĉi tie por protekti vian filon, aŭ peti lian helpon por venki tiujn malbonajn fratinojn. Mi estis sendita por paroli kun Haruto kaj por klarigi, kontraŭ kio ni alfrontas. Kompreneble, li povas rifuzi, vi povas rifuzi por li – sed sen li ni eble ne povos venki la malbonajn diinojn konatajn kiel La Furioj."

La posedanto proponis plian teon. Alfred rifuzis, tamen la manoj de la patro de Haruto iomete tremis, dum li levis sian ĵus replenigitan tepoton kaj trinketis.

"Ĉu Haruto estas la plej juna infano?" Alfredo kapjesis.

"Rakontu al mi pri la aliaj du novuloj."

"Brandy mortas, kaj denove naskiĝas. Lachie povas paroli kaj esti komprenata de ĉiuj estaĵoj."

"Ĉu ĉi tiu Brandy denove naskiĝas kiel si mem ĉiufoje?" demandis la patro de Haruto.

"Tiel mi komprenas."

"Kiom-jara ŝi estas?"

"Tion mi ne scias certe, sed mi kredas, ke ŝi estas adoleskantino. Kial tio gravas?" demandis Alfred.

"Ĉar esti reenkorpigita ripete dum oni restas en la homa stato signifas, ke Brandy estas blokita en la Lernada stadio. Tial, ŝi bone progresos kun aliaj, kiuj estas pli progresintaj ol ŝi. Ŝi lernos de ili kaj eble tio helpos ŝin atingi la sekvan stadion." Alfredo iom komprenis, sed diris nenion.

"Mia filo ne progresigus la vivon de Brandy, tial mi ne permesos al li partopreni en ĉi tiu batalo. Pardonu, ke mi malŝparas vian tempon."

"Nu, mi ja venis tiom malproksimen – do, kion malbonan faros al mi paroli kun li, kun vi, via edzino kaj patrino ĉeestantaj. Donu al li la elekton. Lasu lin decidi. Se tio ne taŭgas por li, se vi pensas, ke li estas tro juna aŭ nepreparita – ni komprenos – sed bonvolu, ni almenaŭ parolu kun li pri tio. Vidu, kiom multe li povas kompreni. Lasu lin esti tiu, kiu diras ne – tiam mi reiros al la aviadilo kaj vi neniam plu vidos min."

"Vi estas cigno, kaj vi flugas per aviadilo?" li laŭte ridis. Aliaj klientoj de la kafejo aliĝis, kvankam ili tute ne sciis, kial li ridis. Ili ridis, ĉar la sono de la rido de la patro de Haruto estis kontaĝa.

"Diru al mi, kion via teamo intencas fari kaj kial. Tiam mi decidos. Se vi povos konvinki min, tiam eble mi permesos al vi provi konvinki Haruton."

"Kiam ni mortas, niaj animoj forlasas niajn korpojn, kaj iras al sia eterna ripozo en tio, kio nomiĝas Animonkaptilo. Mi scias, ke tio malsamas ol tio, kion ni kredas, sed ĝi estas vera. La Furioj mortigas infanojn – infanojn, kiuj ludas komputilajn ludojn – kaj poste metas iliajn animojn en Animonkaptilojn destinitajn por aliaj animoj. Kiam aliaj mortas, ne estas kien iliaj animoj povas iri."

La patro de Haruto silentis dum kelkaj momentoj.

"Se li volos, mia filo, Haruto helpos. Li diros al vi, kio estas lia talento. Li diros al vi tion, kion li volas, ke vi sciu, kaj li decidos."

"Dankon," diris Alfred.

Ili stariĝis, forlasis la kafejon, kaj iris al la hejmo de Haruto. Kiam ili alvenis, la vespermanĝo estis tuj servita, kaj ĉiujn oni informis pri la misio.

"Kio okazas al la aliaj animoj? Se ili havas nenien por iri?" demandis Haruto, demetante siajn manĝbastonetojn kaj trinketante akvon.

"Tion ni ne scias certe," respondis Alfred. Li ekrigardis la patron de Haruto, kiu kapjesis. "Sed Rosalie. Ĉu vi memoras Rosalie?"

"Jes, mi konis ŝin, kaj mi scias, ke ŝi mortis," diris Haruto. Li sidiĝis tre rekta, "Ĉu vi volas diri, ke ŝia animo ne havas hejmon? Kiel mi povas helpi ŝin atingi sian hejmon?"

"Mi ĝojas, ke vi volas helpi, Haruto," diris Alfred. "La animo de Rosalie estas sekure tenata de du aspirantaj anĝeloj, kiuj helpis nin kaj E-Z-on en la pasinteco. Do, ŝi estas tute sekura por nun.

Antaŭ ol mi klarigos pli, mi scivolas pri viaj specialaj povoj, kiujn vi posedas?"

Haruto stariĝis, rigardis sian patron, kiu kapjesis, kaj poste diris. "Mi moviĝas tre rapide." Kaj li komencis turniĝi, pli kaj pli rapide, ĝis li malaperis.

"Ŭaŭ!" diris Alfred. "Vi estas kiel malaperanta versio de la Tasmania Diablo!"

"Ni neniam laciĝas vidi lin agi," diris lia patrino. Ŝi estis rimarkeble silenta ĝis tiu komento. "Revenu nun, infano," ŝi diris. "Revenu."

Li alvenis sammaniere kiel li malaperis, nur ke ĉi-foje ili ne povis vidi lin turniĝi ĝis li reaperis. "Mi denove malsatas!" ekkriis Haruto. Kaj li sidiĝis, replenigis sian teleron kaj manĝis voreme.

"Ĉu tio ĉiam malsatigas vin?" demandis Alfred.

"Ĉiam," diris Sobo, proponante al sia nepo pli da manĝaĵo. Li kapjesis, tro okupita de manĝado por respondi.

Post kiam Haruto satiĝis, Alfred klarigis, ke E-Z's servos kiel la teamoficejo, aŭ bazo. Li tempeis, serĉante la ĝustajn vortojn por rakonti al ili pri la danĝero, en kiu ili ĉiuj estos.

"Permesu, ke mi diru al vi, antaŭ ol vi konsentos – ke la Furioj estas malbonaj, teruraj estaĵoj, kiuj punas infanojn eĉ se ili faris nenion malbonan. Ili forprenas la vivojn de infanoj pro malbonaj pensoj, ne pro malbonaj faroj, kaj rabas animkaptilojn de aliaj. Ni devas haltigi ilin kaj denove restarigi la ordon. Kaj ili estas ekstreme danĝeraj kaj potencaj diinoj."

La patro de Haruto diris, "Mi malpermesas al vi iri!"

"Sed patro, vi instruis al mi, ke miaj agoj en ĉi tiu vivo daŭros en la sekvan. Tial, mi devas diri jes." Li rigardis Alfredon kaj diris, "Kalkulu min!"

"Haruto, kiel via patrino kaj patro, ni volas, ke vi sukcesu – sed ni volas, ke vi estu proksime al ni, ne tute sur la alia flanko de la mondo kun fremduloj."

Haruto leviĝis de sia seĝo kaj ĵetis siajn brakojn ĉirkaŭ la kolon de sia avino. La du el ili flustris unu al la alia en la japana, por ke Alfred ne povu kompreni.

"Sobo diras, ke ŝi akompanos min, sed ŝi timas, ke ŝia tempo proksimiĝas. Se ŝi mortos kaj ne estos en Japanio, kiel ŝia animo trovos sian vojon hejmen?"

"Ni havas kelkajn arĥanĝelojn kaj arĥanĝelajn helpantojn, kiuj laboras kun ni. Ili sekurigas la animon de Rosalie, kaj, se io okazus al via avino, mi certas, ke ili ankaŭ protektus ŝian animon. Ĝis iliaj Animkaptiloj estos pretaj."

"Mi tiom fieras pri vi," diris Sobo, "kaj estos mia plezuro akompani vin en la flugo. Mi ĝojas renkonti la ceterajn superheroeajn infanojn. Ĉi tiu Sobo havos pli da genepoj." Ŝi brakumis Haruton.La patrino kaj patro de Haruto aliĝis. Estis familia brakumo. Larmoj gutis laŭ la vizaĝo de Alfred. La plorado de cigno estas la plej malĝoja afero en la mondo.

Disiĝinte, la teleroj estis kolektitaj kaj preparitaj por lavado. Teo estis servita al ĉiuj, krom Haruto.

"Mi pretigos mian sakon," li diris. "Bonan nokton."

"Mi rezervos niajn flugojn kaj sciigos al vi la detalojn," diris Alfred.

Li reiris al la hotelo kaj rezervis sian flugon. Poste li sendis ĉiujn detalojn al Charles Dickens. Li esperis, ke Charles povos renkonti ilin ĉe la Flughaveno Heathrow kaj ke ili ĉiuj kune flugos al la loko de E-Z.

Post elĉerpiga tago, Alfred saltis sur sian reĝin-grandan liton. Li kunpremis la kusenojn, kaj spektis televidon ĝis li finfine ekdormis.

ĈAPITRO 7
SURVOJE

DUM ĈIUJ INFANOJ ESTIS survoje al la domo de E-Z, en la aero sentiĝis energio nomata espero. Tiu energio ŝajnis disvastiĝi de unu flanko de la mondo ĝis la alia. Tiom, ke ĝi atingis la Furiojn.

La tri malbonaj diinoj dancis ĉirkaŭ la fajro, kiun ili kreis en kaldrono el la mortintaj ostoj de la mortintoj. Leviĝis multkapula flamanta globo. Ĝuste antaŭ iliaj okuloj, ĝi disiĝis en tri fajrokuglojn.

La diinoj plenigis la fajrokuglojn per plia energio, ĝis ŝajnis, ke la koleraj sferoj eksplodos. Tiam ili sendis ilin survoje, por trovi kaj dispremi la esperon, kiu vivis en la koroj de iliaj malamikoj.

La unua fajrokuglo ekflugis, al la plej fora celloko, por renkonti kaj detrui E-Z-on, Lachie-n kaj Bebion. La fajra objekto disiĝis survoje, diseriĝante pro la pura rapido, ĝis ĝi fariĝis granda kiel bolpilko. Ĝi celis la senzorgan trioparon, kiun ĝi alproksimiĝis por ataki.

Estis la sensiloj de la rulseĝo de E-Z, kiuj avertis lin pri la venanta danĝero danke al la plibonigo de Hadz kaj Reiki. La GPS detektis senvivan objekton rapide moviĝantan, rekte al ili.

"Io venas rekte al ni!" kriis E-Z. "Ni surteriĝu kaj foriru el ĝia vojo."

"Bone," diris Lachie, dum la triopo surteriĝis.

Sed la flamanta globo sekvis ilin, kvazaŭ ĝi havus propran spurilon. Kiom ajn malalte ili iris, ĝi persiste sekvis ilin.Ili haltis, flosante, grupiĝis kune – necertaj, ĉu alteriĝi nun, aŭ ĉu provi trompi ĝin alimaniere. Se ili alteriĝus kaj la aĵo sekvus ilin, ĝi povus mortigi aŭ vundi aliajn. Ili ne volis endanĝerigi iun ajn alian, ĉar ĝi postkuris ilin.

"Kion ni faros?" demandis Lachie.

"Vi kaj Baby kaŝiĝu, lasu min kaj mian seĝon okupiĝi pri ĝi."

"Ni ne forlasos vin!" ekkriis Lachie kaj Baby kapjesis.

"Bone, do kaŝiĝu malantaŭ mi," diris E-Z. Li sciis, ke li kaj lia rulseĝo estas kugloprovaj, sed ĉu ili estis fajrokugloprovaj? Li ekscios, post 5, 4, 3, 2, 1.

Baby etendis sian kolon, eligis muĝon kun la buŝo malfermita kiel eble plej larĝe – kaj la fajrokuglo iris rekte en ĝin. La drako kunpremis la okulojn, kaj liaj lipoj tremis dum li tenis la fajran beston interne. Tiam li ekflugis, dum Lachie sin tenis al lia kolo por la vivo, flugante malproksimen, serĉante lokon por liberigi sin de la aĵo, kiu bruligis lin interne.

Finfine, ili trovis la lokon por sekure ĵeti ĝin en la maron. Baby malfermis sian buŝon, kaj ĝi elflugis. Ankoraŭ brulanta, la aĵo glitis sur la akvo, kvazaŭ ĝi decidis resti viva, sed finfine ĝi cedis kaj estingiĝis dum ĝi subakviĝis en la oceanon.

"Jes!" kriis E-Z.

"Bonege, Baby!"

Bebo kaj Laĉio revenis al la flanko de E-Z, "Kio okazis?"

"Bebo estis mirinda! Li ĵetis la fajroglobon en la maron. Ĝi nun estas nur plia roko."

"Dankon, Bebo," diris E-Z. "Tio estis iom tro proksima por komforto."

"Jes. Kaj Bebo meritas frandaĵon. Ion malvarmetan por lia gorĝo."

"Kion ajn Bebo volas," diris E-Z. "Ni malsupreniru kaj paŭzu antaŭ ol ni daŭrigos."

Lachie brakumis la kolon de Baby kaj ili malsupreniris por forŝuti sian unuan kaj, kiel ili esperis, lastan renkonton kun freneza fajrglobo.

"Ĉu vi pensas, ke tio estis La Furioj?" demandis Lachie.

"Mi ne pensas, ke ili scias pri ni. Nu, ili scias, ke ni ekzistas, sed ne la detalojn."

"Tiu afero celis nin. Provis mortigi nin. Kiu alia volus nin mortaj?"

"Vi pravas, ĝi venis rekte al ni. Verŝajne nur koincido. Mi esperas."

"Ĉu ni ne devus averti la aliajn?"

E-Z rigardis sian poŝtelefonon. Li havis neniun signalon. "Mia teamo povas prizorgi sin mem kaj mi ne volas timigi ilin. Ni esperu, ke tio estis unufoja okazaĵo."

***

La Furioj sendis duan flamantan diskon en la direkton de Jokohamo. La aviadilo de Alfred kaj Haruto jam estis sur la kurejo, pretiĝante por ekflugi.

La fajroglobo flugis al ili, sed elektis malfeliĉan vojon – preterpasante la 59-futan roboton, kiu etendis sian brakon, kaptis ĝin, kaj poste dispremis ĝin. Cindroj brulis sur la platformo sube.

En la flughaveno, la aviadilo de Alfred kaj Haruto sekure ekflugis, kaj la duopo neniam sciis, ke ili estis celo.

***

La tria kaj fina flamanta globo ekflugis en la direkton de Fenikso, Arizono. Ĝi flugis ĉirkaŭe dum horoj, serĉante sian celon, sed ne povis trovi ĝin.

Little Dorrit estis escepta unukorno, kun kontraŭdetekta ŝildo je sia dispono, kaj ĝi ĉiam estis preta. La protektado de ŝiaj pasaĝeroj ja estis la ĉefa rolo de Little Dorrit.

Post sencelaj rondflugoj, la flamanta globo anstataŭ rapide diseriĝi, pligrandiĝis, ĝis ĝi fariĝis tiel granda kiel kometo. Tiam ĝi revenis hejmen al siaj rajtaj posedantoj – La Furioj.

La flamanta objekto, kiu ne distingis amikon de malamiko, ĉasis la kriegantajn Furiojn tra la Valo de la Morto dum horoj. Ili kuris por savi siajn vivojn, ĝis Tisi elpensis sorĉon.

Unue la globo haltis meze de la aero, kaj la tri diinoj kontente rigardis ĝin, dum ĝi falis en la kaldronon kaj estis kovrita per funga stufaĵo.

Alli flugis al ĝi, firme fermante la kovrilon.

Tiam la Furioj ĵetis siajn kapojn malantaŭen kaj mokis ĝin, dum ili dancis kaj kantis kaj ridis.

Ĝis, ene de la kaldrono, aŭdiĝis kraketado. Kiel maizeroj de pufmaizo, varmiĝantaj. La sonoj plifortiĝis, dum la kovrilo de la kirlobreto estis enpremita de interne, kaj finfine leviĝis sufiĉe por ke la novnaskitaj fajrokugloj povu eskapi.

La malgrandaj fajrokugloj, nehavante kien iri, celis la Furiojn, ĉasante ilin ĉirkaŭe, dum ili unu post la alia estingiĝis.

Bruligitaj, elĉerpitaj kaj ĉagrenitaj, la tri diinoj vokis Erielon veni kaj helpi ilin, sed ĉi-foje li ne respondis.

***

Dum li flugis trans la ĉielon sola, ĉar Lachie kaj Baby vojaĝis pli malrapide pro la kromefikoj de Baby pro la engluto de la fajrokuglo, E-Z taksis sian teamon. Kelkfoje sinsekve li ricevis tekstmesaĝojn, kiuj konfirmis, ke ili ankaŭ pensis pri li.

Lia sendis mesaĝon, kiu konfirmis la povojn de Brandy, kaj Alfred faris la samon koncerne la kapablojn de Haruto.

E-Z ne reciproke informis ilin pri la povoj de Lachie. Anstataŭe, li volis pripensi la aferojn por vidi, kiel la kapabloj de li kaj lia teamo de sep (inkluzive de Charles) eltenus kontraŭ la tri potencaj, tamen malbonaj diinoj.

Farante inventaron en sia menso, li memorigis sin pri la fortoj de sia teamo:

Mi povas flugi, kaj mia seĝo ankaŭ. Ni estas kugloprovaj kaj mi estas treege forta. Mi estas bona gvidanto, mi estas inteligenta kaj mi havas fortan empation.

Lia estas perspicaca, empatia, afabla, inteligenta, kaj ŝi povas legi pensojn kaj antaŭvidi la estontecon.

Alfred estas fortanimeca, inteligenta, kaj kiel la plej aĝa membro, saĝa pro aĝo. Li estas empatia, foje povas legi mensojn, kaj povas resanigi la malsanulojn.

Lachie komunikas kun estaĵoj. Li estas solulo, sed tio ne estas lia kulpo. Li estas empatia, inteligenta. Li scias kiel postvivi malgraŭ ĉio, kaj lia kamufla kapablo utilos.

Haruto estas la plej juna, sed li estas postvivanto. Li kapablas fari sin nevidebla.

Brandy mortis – plurfoje – kaj reviviĝis. Ŝi certe estas postvivanto.Laste, sed ne malplej grave, estas Charles Dickens. Liaj kapabloj estas nekonataj. Sed li estas inteligenta, empatia kaj adaptema.

Uzante sian poŝtelefonon kiam li havis sufiĉe da signalaj strioj, li serĉis historiajn dokumentojn rete por ekscii, kiajn kapablojn La Furioj alportus:

Superhoma forto.

Eltenemo, inkluzive de alta toleremo al doloro.

Vigleco.

Arane-simila lerteco.Rezisto al vundiĝo kaj superrapidaj resanigpotencoj.

Flugo.

Transformiĝo – en la formon de alia persono.

Nevidebleco.

Ili povis kaŭzi doloron al siaj viktimoj.

Meg povis sekrecii parazitojn.

NAĤA!

Atendu momenton, estas skribite, ke la Furioj historie reprezentis justecon. Estas skribite, ke en la pasinteco, ili damaĝis nur la malicajn kaj la kulpajn... ke la bonaj kaj la senkulpaj havis nenion por timi. Do, kio ŝanĝiĝis? Kial ili sentis la bezonon mortigi senkulpajn infanojn, uzante ludon por fari tion?

Li plu legis, scivolante kiel precize ili mortigadis la infanojn. Laŭ la legendo, la Furioj neniam fizike damaĝis iun ajn el la malbonfarantoj. Anstataŭe, ili uzis kulpon – por frenezigi ilin.

Li rememoris la knabon, kiu provis pafi lin. Ili konvinkis lin, ke se li ne faros tion, kion ili diris, ili damaĝos lian familion. Li scivolis, kie nun estas tiu infano. Ĉu li estis en unu el la Animan-Kaptiloj?

Li daŭrigis serĉi, por eltrovi ĉu La Furioj kapablis je kompato, kaj trovis neniun pruvon pri tio.

Li aldonis al la listo ion, kion ili jam sciis – La Furioj estis mortemuloj. Tio estis unu afero komuna al li kaj la malbonaj diinoj, kaj li kaj lia teamo devus trovi manieron uzi tion por sia avantaĝo.

Lachie kaj Baby atingis E-Z-on.

"Kiel fartas Baby?" li demandis.

"Li fartas pli bone nun," respondis Lachie.

Baby ĵetis sian kapon malantaŭen, eligis muĝon kaj rapidis antaŭen.

"Atendu min!" kriis E-Z.

ĈAPITRO 8
LA FURIOJ

KUN LA MALPURA SENTO de espero ankoraŭ fetoranta en la aero, la Furioj atendis. Ili riparigis siajn kruditajn vestojn kaj tondis sian brulintan hararon. Feliĉe, la serpentoj restis sendifektaj. Por prezenti sin decaj por la alveno de sia baldaŭa gasto.

Li estis ilia bonfaranto. La unu, kiu reportis ilin sur la teron. Sugestante, ke ili establu bazon en la nedetektebla koro de la Valo de la Morto.

Antaŭ la fiasko de la fajrokuglo, ili vidis signojn. Signojn, ke ĉio nun turniĝis kontraŭ ili. Ŝanĝo estis bona, sed nur se ili regis ĝin. Ilia tempo venis. Ili devis esti pretaj por agi. La aferoj turniĝis je ilia avantaĝo. Ili nur devis atendi ĝin. Kaj poste esti pretaj por salti.

"Eriel," Meg siblis.

La arĥanĝelo, ilia amata gvidanto, finfine alvenis.

"Kio estas la plej nova?" demandis Tisi. "Ni naŭziĝas pro tiu ĉi tuta espero en la aero."

"Jes, tiu ĉi espero-afero deprimas nin" kantis Tisi kaj Allie, dancante ĉirkaŭ la brulanta fajro.

Li rigardis ilin, dancantajn nudajn kiel bansheoj. Krevigante siajn vipojn, dum la serpentoj, kiujn ili havis kiel brakojn kaj hararon, glitis kaj spitis senorde.

Eriel malsupreniris sur ilin kiel nigra nubo, surteriĝis, kaj poste faldis siajn flugilojn. Lia grandega staturo igis la Furiojn aspekti kiel pupoj. Li staris kun la manoj sur la koksoj, poste kliniĝis sur unu genuo por esti je la sama nivelo kiel ili. Tio estis lia maniero mallevi sin al ilia nivelo, dum samtempe restante super ili. Li volis, ke ili sciu, ke ili laboras por li kaj ne inverse.

Li laciĝis ripeti tion al la fratinoj, kaj tamen, li timis, ke ĝi estas la sola maniero teni ilin en ordo.

"Ne ekzistas espero – ne nun, kiam ni laboras kune," diris Eriel. "Kaj ne ridu. Nu, mi supozas, ke vi povas ridi. Tion mi faris, kiam mi unue aŭdis, ke ili sendas teamon da infanoj por mortigi vin."

La Furioj estis histeriaj. Iliaj voĉoj eĥis ĉirkaŭ la Valo de la Morto kaj forpelis ĉiujn birdojn.

"Tiuj stultuloj!" diris Meg.

"Ni manĝos tiujn infanojn, por matenmanĝo, tagmanĝo kaj vespermanĝo," diris Tisi, lekante siajn lipojn.

"Ni ne manĝas infanojn," diris Alli. "Sed vi estas amuza, fratino. Ĉio, kion ni volas, estas iliaj animoj. Kaj mi ne memoras KIAL ni volas ilin. Klarigu tion denove, kara fratino.

"Meg diris, "Ni plenumas la ordonon de Eriel. Li volas la Animan Kaptantojn kaj ni akiras ilin por li. Kiam ni plenumos liajn postulojn, ni denove estos Filinoj de Nokto – La Bonkoraj – kaj ni regos la nokton kaj faros laŭplaĉe."

"Do se mi volos gustumi unu el la infanoj – mi povos, ĉu ne?" demandis Tisi. "Mi ĉiam scivolis, kia estas ilia gusto." Ŝi rulis la okulojn kaj flaris la aeron. La serpento sur ŝia kapo sin ĵetis al li.

Eriel mokridis. "Ĉi tiuj ne estas ordinaraj infanoj, kiel tiuj, kiujn vi ĉasas en ludoj. Ĉi tiuj estas talentaj infanoj, kun povoj kaj kapabloj. Tamen, mi informos vin, kaj vi bezonos mian helpon."

"Via helpo? Por venki infanojn, nur bebetojn?!" la tri ridis, kaj ili flugetis, leviĝante de la grundo per siaj potencaj vespertaj flugiloj. "Ni venkos ilin antaŭ ol ili eĉ atakos." La serpentoj siblis kaj spitis konsente.

"Kiel ni faris en la blanka ĉambro. Kiel ni faris kun ilia amikino Rozalio. Ŝi ne volis diri al ni, kiu estis sendita por ni. Ni volis scii kaj laciĝis atendi, ke vi diru al ni. Do, ni forigis ŝin," diris Meg.

"Jes, kaj vi preskaŭ malkaŝis la ludon! Ankaŭ, estas domaĝe, ke vi ne kaptis ŝian animon kaj ne metis ĝin en Animan Kaptilon," diris Eriel. "Nun restas nefermitaj demandoj. Nefermitaj demandoj povas fariĝi spuroj por tiuj, kiuj serĉas ilin. Ili suprenrigardis al la ĉielo kaj vidis strion da koloroj kiel ĉielarko, kiu etendiĝis de unu flanko al la alia. Nur ke ĝi ne estis ĉielarko, ĝi estis energio. La energio de tiuj, kiujn la arĥanĝeloj varbis por fari tion, kion ili mem ne kapablis fari. Ni scias, ke ili venas – kaj ili havos neniun ŝancon kontraŭ ni!" kriegis Tisi.

"Nu, ili sukcesis venki tiujn infanecajn fajrobulojn, kiujn vi sendis!" ekkriis Eriel. "Kia malbona kaj amatoreca provo ĝi estis! Ĝi hontigis min labori kun vi! Bonŝance neniu scias pri nia ligo."

Kun premitaj pugnoj kaj dentoj, la Furioj ne antaŭeniris ĝis Alli rompis la silenton.

"Patrinoj, lia opinio pri ni ne gravas. Ni faris nian plejeblon. Indis provi.

Cetere, ni jam havas sufiĉe da animoj je nia dispono." Ŝi movis la poton, gustumante iom da supo per kulero, poste elspuante ĝin. "Tro da salo," ŝi diris. Ŝi aldonis akvon, poste sovaĝajn fungojn, kaj kelkajn junajn terpomojn. "Kaj ni kolektas pli da infanaj animoj ĉiutage. Mi laciĝis atendi ĉi tie, ke la infanaj superherooj venu al ni. Ke ili organiziĝu. Kiam ili ĉiuj estos kune, kial ni ne simple MORTIGU ILIN?"

"Fratino, vi devas esti pacienca."

"Mi laciĝis esti pacienca. Mi laciĝis – mi simple kaj nure laciĝis," diris Alli. Ŝi kirlis kaj, post kiam ŝi enĵetis kelkajn sovaĝajn herbojn kaj spicaĵojn, ŝi gustumis la supon, kaj ĝi estis bona. "La vespermanĝo pretas," ŝi diris.

"Vi estos paciencaj kaj vi ne agos – krom se mi ordonas al vi agi. Tio estas mia ludo kaj mi invitis vin ludi. Sen mi, vi estas nur tri senutilaj diinoj, dormantaj for la reston de viaj vivoj." Li piedbatis la sablon per sia boto. "Kaj estas vera domaĝo, ke vi devas konsumi homan manĝaĵon. Tute granda malaltiĝo – ĉar nun vi bezonas nutraĵon por travivi. Kiam mi regos la teron kaj ĉiuj Animmalkaptantoj loĝos ĉi tie, mi aktivigos TERAN PAŬZO-N. Mi regos la teron, se vi ĝuste ludos la ludon. Se vi faros, kion mi petas, tiam vi estos ĉe mia flanko, kunhavigante la gajnojn. Se vi kontraŭos min, tiam vi revenos al polvo."

Post kiam li elparolis la vorton polvo, li malfermis siajn brakojn kaj flugilojn, leviĝis de la grundo kaj malaperis.

La Furioj kune kantis dum ili sorbis sian supon. La serpentoj, kiuj estis la plej malsataj, ĝin lamis, kaj kvankam ili purigis la poton, ili tamen volis pli.

"Nun, kiam li foriris," diris Meg, "ni parolu pri nia propra fina ludo."

Tisi kaj Alli krake ridis. "Eriel kredas, ke li restarigos nin al nia Diineca stato, sed ni ne lasos tiun arĥanĝelon transpreni la teron. Kiu scias, ĉu li ne forlasos nin en la polvo, kiam ni finos la tutan laboron? Arĥanĝeloj ne ĉiam plenumas siajn promesojn. Ni ankaŭ ne bezonas plenumi la niajn, ĉu ne, fratinoj?"

"Kiu li pensas, ke li estas? La Elektito?" demandis Alli.

Meg ridis. "Lin elektis nek io, nek iu – sed ni tamen bezonas lin."

"Jes," diris Tisi. "Lia memgraveco estas lia difekto." Ŝi malaltigis sian voĉon al flustrado, "Ĉiufoje kiam li parolas, li malfortigas sin.

Ĉiufoje kiam li perfidas la aliajn arĥanĝelojn, li fordonas iom pli da sia potenco."

Denove la fratinoj ekkantis:

"Sango de varbitaj infanoj estos morgaŭa supo.

Post kiam ni vespermanĝos, ni amuziĝos per hulahoopo,"

Meg daŭrigis la kanton,

"Beboj, infanoj, malbonaj etaĉoj kaj kulpaj kiel ŝlimo

Ni diros 'for kun iliaj kapoj', se ni havos la bonŝancon!" Alli kantis,

"Filinoj de Mallumo kontraŭ infanoj, kiuj tute ne komprenas.

La ĉielo pluvos per sango, antaŭ ol ni finos!"

Ili krake ridis kaj siblis, ŝirante siajn vipojn kaj dancante dum la luno leviĝis pli kaj pli alte en la ĉielo. Elĉerpitaj, ili falis sur la teron kaj dormis en la polvo. La serpentoj preferis tiun pozicion – kaj ankaŭ dormis – ol sibli kaj moviĝi la tutan nokton.

"Bonan nokton, fratinoj," ili diris koruse, ĝuste kiel ili vidis la homojn fari en la televida serio *La Walton-oj* per sia satelita anteno. Ĝi estis unu el iliaj plej ŝatataj programoj. "Kaj matene, ni revidos la planon."

ĈAPITRO 9
PAFHS 9

Estis konkurso por Sam kaj Samantha, kiuj atendis por vidi, kiu grupo da infanoj unue revenos. La gajninto devus leviĝi kun la ĝemeloj ĉiunokte dum tuta monato, do la risko estis alta.

Sam elektis E-Z-on, Lian, poste Alfredon. Samantha elektis Alfredon, E-Z-on, poste Lian.

"Sed E-Z estas en Aŭstralio," riproĉis Samantha. "Vi certe malgajnos. Mi pensos pri vi – NE – kiam mi dormos tra la tuta nokto dum unu monato."

"Vi elektis Alfredon kaj li flugas per aviadilo! Vi scias, kiel ili ĉiam superrezervas kaj malofte respektas siajn horarojn. Dum E-Z povas veni kaj iri laŭplaĉe kaj lia rulseĝo vojaĝas mirinde rapide! Mi certe venkos, kaj mi estas tiel certa, ke mi dolĉigos la veton kaj plilongigos ĝin al ses monatoj. Ĉu vi pretas plialtigi la veton?"

Samantha pripensis ĉi tiun novan proponon. Tiaj vetoj povus damaĝi geedzecon, kaj ili jam suferis pro dormomanko, vekiĝante ĉiunokte por prizorgi la ĝemelojn. Ŝi brakumis lin, "Ni simple tenu ĝin simpla. Unu monato."

"Kokido," diris Sam, ĉirkaŭprenante sian edzinon. Li kisis ŝin sur la frunto, dum Jill eligis plorĝemon, al kiu Jack baldaŭ aliĝis. "Mi iros," li diris.

"Ni iru kune," diris Samantha, prenante la manon de sia edzo, kaj ili ekiris laŭ la koridoro.

Little Dorrit flugrapidis reen, plenrapide.

"Ĉu ni ne povas iri malsupren por trinkaĵo?" demandis Brandy.

"Ne, tute ne," diris Little Dorrit.

"Nu," diris Lia, "tio daŭros nur kelkajn minutojn."

"Mi ne volas timigi vin," diris Little Dorrit, "sed mi havas malbonan senton kaj volas, ke ni foriru el la malferma spaco kiel eble plej baldaŭ."

"Bone," konsentis la du knabinoj.

Jam preskaŭ hejme, Lia sendis tekstmesaĝon al Samantha, informante ŝin, ke ili estos hejme post kelkaj minutoj.

"Aĥ, ni ambaŭ eraris!" ŝi diris.

"Sed unu el ni tamen devos leviĝi ĉiunokte kun la ĝemeloj," diris Sam.

"Ni vicos," diris Samantha, kaj ŝi kaj Sam nun eliris en la ĝardenon, ĉar la ĝemeloj denove trankviliĝis por sia dormeto.

Baldaŭ ŝi povis vidi Little Dorrit, alvenantan por alteriĝo.

Lia kaj Brandy saltis malsupren.

"Tio estis vere mojosa," diris Brandy. "Dankon, Malgranda Dorrit." Ŝi brakumis la unukornon, kiu respondis, "Bonvolu."

"Jes, dankon, ke vi prizorgis nin," diris Lia.

"Prizorgante vin, ĉu estis iuj problemoj?" demandis Sam.

"Nenio, kion mi ne povis solvi," diris Malgranda Dorrit. "Nu, se vi ne bezonos min dum iom da tempo, mi ŝatus preni iom da akvo kaj manĝeton."

"Iru," diris Sam, "kaj dankon, ke vi prizorgis niajn knabinojn."

Malgranda Dorrit okulemetis al Sam, poste ekflugis kaj baldaŭ malaperis el vido.

Post la prezentiĝoj kun Sam kaj Samantha, Brandy telefonis hejmen por sciigi sian patrinon, ke ili sekure alvenis.

Kelkajn horojn poste, Alfred, Charles, Haruto kaj lia avino alvenis. Kiel antaŭe, okazis prezentadoj, al kiuj aliĝis Brandy kaj Lia.

"Vi ne povas esti LA Charles Dickens," diris Brandy, kun levitaj brovoj. "Kaj vi estas nur infaneto, apenaŭ el la vindotukoj," ŝi diris al Haruto, kiu responde fariĝis nevidebla.

"Ho ve!" ekkriis Brandy. "Kaj vi, vi estas granda plumhava cigno! Kiel vi helpos nin venki La Furiojn!"

"Unue," Alfred komencis, "vi estas multe pli malĝentila ol vi devus esti. Eĉ nesofistika cigno kiel mi havas manierojn."

"Anata wa gakidesu!" diris la avino de Haruto, kio tradukite signifas "Vi estas fiulo!"

Oni aŭdis subridon de la nevidebla Haruto. Lia intervenis kaj pardonpetis, "Mi klarigos al ŝi. Ŝi estas en ordo. Nur donu al ŝi iom da tempo por alkutimiĝi," ŝi diris. "Mi ne sciis ĝis nun, kiam mi mem vidis tion, kion Haruto povas fari." Al la knabeto ŝi diris, "Revenu, Haruto, bonvolu. Ŝi ne intencis vundi viajn sentojn."

"Pardonu," diris Brandy, mallevante la rigardon al la planko.

Haruto revenis, aperante kaj malaperante. Li staris kun sia brako ĉirkaŭ la talio de sia avino. Alfred kaj Charles alproksimiĝis al ili.

"Ni ĵus eliris el aviadilo kaj ni estas lacaj – do, ni iros refreŝiĝi. Kiam ni revenos, mi atendas, ke vi metos ŝnureton al ŝi, aŭ pecon da glubendo sur ŝian buŝon. Aŭ instruos al ŝi iom da bonaj manieroj," li diris, poste forpaŝetis laŭ la koridoro, kun la aliaj du post li.

"Ŭaŭ!" diris Brandy. "Ĝuste ŬAŬ! Mi ja pardonpetis."

"Ne, li pravis," diris Lia.

Samantha diris, "Vi nun estas en nia domo, kaj ni ne toleros, ke vi malĝentile traktu iun ajn."

Sam krucis la brakojn sur sia brusto, ĝuste kiam la ĝemeloj denove eksploregis.

"Ili certe malsatas. Ne zorgu, mi eltenos," diris Samantha, sed antaŭ ol ŝi foriris, ŝi minace rigardis Brandy-n.

"Brandy, vi estas en fremda loko, kie vi ankoraŭ konas neniun krom Lia kaj Little Dorrit," diris Sam. "Se vi volas esti parto de ĉi tiu teamo, por venki La Furiojn – tiam vi devas kunlabori. Insulti viajn samteamanojn ne estas efika maniero por komenci. Mi sugestus, ke vi pardonpetu denove, sincere, kiam ili revenos, kaj petu novan ŝancon."

La okuloj de Brandy pleniĝis je larmoj. "Mi simple surpriziĝis, vidante la aliajn teamanojn, kun kiuj mi laboros. Sed vi pravas, mi denove pardonpetos kaj petos alian ŝancon. Mi esperas, ke ili pardonos min. Panjo ĉiam diras, ke mi estas tro rekta por mia propra bono."

Lia ridetis. "Vi amos Alfredon, kiam vi ekkonos lin. Ankaŭ por mi estas la unua fojo, ke mi renkontas Charleson persone. Charles estas en stranga situacio. Kiam li havis dek jarojn, tio estis en 1822. Pripensu tion. Kaj ankaŭ estas mia unua fojo renkonti Haruton kaj lian avinon."

"Tio estas freneza! James Monroe estis Prezidanto tiam – kaj li estis nia kvina Prezidanto!" Brandy ekkriis. Ŝi milde kubutis Lian, "Panjo kaj Paĉjo estus treege impresitaj, ke mi memoris tiun informon! Kaj la knabo, mi volas diri Haruto, nu, li ŝajnas multe tro juna por riski sian vivon."

Lia ekridis kaj Sam ankaŭ ridis, poste, aŭdinte ke lia edzino vokas lin por helpi pri la ĝemeloj, li elkuris el la ĉambro.

Charles respondis, "George la 4-a estis sur la trono, kiam mi estis ĉi tie laste. Almenaŭ mi ne devas zorgi pri reveno al la labor-domo venontjare," li diris kun rideto, kiu rapide malaperis.

Lia eligis nevolan krion, dum Brandy ekploregis kaj diris, "Mi tiom bedaŭras, Charles."

"Ha, do vi aŭdis pri labor-domoj do," li diris. "Sed mi estas ĉi tie kaj mi travivis ĝin kaj ŝajne uzis mian sperton por verki pri roluloj kiel Oliver Twist kaj Little Dorrit, por nomi nur du. Jes, mi legis pri mi mem en la interreto kaj mi devas diri al vi, mi eĉ impresis min mem."

"Vi ankoraŭ ne renkontis Little Dorrit la Unikornon," diris Lia. "Ŝi foriris por refreŝiĝi, sed ŝi baldaŭ revenos."

"Kiu?" demandis Karlo.

Ĝuste tiam, la Unikorno Dorrita reaperis, cirklante super iliaj kapoj kaj rapide surteriĝante.

"Unikorno Dorrita, jen Karlo Dickens. Karlo, jen la Unikorno Dorrita," diris Lia.

Karlo restis senvorta, dum la amika unikorno frapetis lin per sia frunto. "Mi neniam eĉ sonĝis, ke mi renkontos unikornon."

"Plezure renkonti vin, Charles," diris Little Dorrit.

Charles ekkriis, "Kaj krome lerta parolanto!" Li havis milionon da demandoj por fari al ŝi, sed ili devos atendi, ĉar supre en la ĉielo, E-Z, Lachie kaj Baby alteriĝis. "Ĉu mi vekiĝas aŭ sonĝas?" demandis Charles. "Piku min, por ke mi certiĝu."

Kiam Bebio alteriĝis kaj Laĉio malsupreniris, okazis ĝenerala prezentado, dum E-Z rapidis enen por uzi la necesejon. Kiam li revenis kun Sam kaj Samanta, akompanataj de la ĝemeloj, Haruto kaj Alfred aliĝis al ili.

"La tuta bando estas ĉi tie," diris Alfred.

"Ĉu mi povas paroli kun vi kaj Haruto," demandis Brandy. Kiam ili kapjesis, ŝi diris, "Mi tre, tre bedaŭras. Bonvolu pardoni mian malĝentilecon kaj donu al mi duan ŝancon." Ŝi rigardis siajn piedojn.

"Ni rekomencu," diris Alfred.

"Saikai suru," diris Haruto, poste tradukis, "Kion li diris."

"Anata wa yurusa rete imasu," diris la avino de Haruto, kio tradukiĝas kiel, "Vi estas pardonitaj."

Estis tre stranga vidaĵo vidi Baby kaj Little Dorrit starantajn flank-al-flanke. Little Dorrit ne estis malgranda; ŝi estis unukorno, kiu staris pli ol 8 futojn alta, dum Baby, laŭ sia staturo, tute ne estis bebo, ĉar li estis pli ol 18 futojn alta.

"Nu, mi pensas, ke vi du – aludante al Baby kaj Little Dorrit – devos trovi alian lokon por dormi, ĉar la ĝardeno ne sufiĉe grandas por vi ambaŭ," diris E-Z.

Little Dorrit diris, "Mi konas lokon, kie ni povas trovi ion bongustan por manĝi kaj ankaŭ iom da akvo."

"Tio plaĉas al mi," diris Baby.

La avino de Haruto frapetis la kapon de Baby kaj demandis, "Josha wa dodesu ka?" kio tradukiĝas kiel, "Kion vi diras pri veturo?"

Baby diris, "Tashika ni, tobinotte!" kio tradukiĝas kiel, "Certe, saltu sur!"

Haruto kuris tien kaj diris, "Matte watashi o wasurenaide!" kio tradukiĝas kiel, "Atendu, ne forgesu min!"

Baby malleviĝis, por ke Haruto kaj lia avino povu grimpi sur lian dorson. Ili forflugis, dum Malgranda Dorrit proksime sekvis.

Sam diris, "Mi pensas, ke ĉiuj devus ekloĝiĝi, kaj vi povos morgaŭ paroli kaj plani laŭplaĉe." Bona ideo," diris E-Z, dum Baby demetis Haruton kaj lian avinon. La haroj de Sobo staris tute vertikale, kvazaŭ ŝi metus fingron en kontaktujon.

Ĉar la avino de Haruto restis senvorta, Samantha kondukis ŝin al ŝia ĉambro. "Haruto dormas en mia ĉambro," ŝi diris.

"Komprenite, mi tuj revenos." Ŝi iris laŭ la koridoro al la ĉambro de E-Z.

"Kiel estis?" demandis E-Z al Haruto.

"Subarashi!" li ekkriis, kio tradukiĝas kiel "Fantasta!"

"Ni ricevis liveritajn hodiaŭ litanon kaj kelkajn duetaĝajn litojn," diris Sam, "do Haruto, Charles kaj Lachie, vi loĝos kun E-Z kaj Alfred en ilia ĉambro. Alfred dormos ĉe la fino de la lito de E-Z."

"Dankon," diris E-Z, dum ili iris al lia ĉambro. "Ho, cetere," li diris, kiam ili estis solaj, "ĉu iu el vi havis problemojn survoje reen?"

Alfred diris, ke ne."Kaj vi, Lia?" li demandis en sia menso.

"Ne."

"Do, kio okazis?" demandis Alfred.

"Nu, flamanta fajrokuglo estis sur nia pado."

Lia ekĝemis.

"Sed danke al la rapida pensado de Baby, ĝi estis detruita."

"Kiel li sukcesis detrui ĝin?" demandis Alfred.

"Baby englutis ĝin, poste ĵetis ĝin en la oceanon."

"Tio estas timiga," diris Haruto.

"Mi ankoraŭ iom zorgas pri Baby," diris E-Z, "ĉar survoje reen mi rimarkis, ke li tuseis kaj ŝprucis kelkfoje."

Lachie diris, "Eĉ fajreroj elflugis el lia buŝo kaj naztruoj. Li diras, ke li fartas bone, sed mi atente observas lin."

"Ni ja ne povas precize porti lin al la bestkuracisto, ĉu ne?" diris Alfred.

Haruto ridegis kaj ridegis.

"Kio estas tiel amuza?" demandis E-Z.

"Hyoryu Doragon," li diris. "Hyoryu Doragon!" – kio tradukiĝas kiel draka bestkuracisto - kaj li denove ridegis.

Alfred kaj E-Z levis la ŝultrojn, same kiel Charles, kiu ŝanĝis la temon demandante, ĉu la aliaj pensas, ke ili devus elpensi novan nomon por sia teamo, ĉar nun estas sep el ili anstataŭ tri.

"Eble," diris E-Z.

"Kiuj estas niaj ĉefaj trajtoj?" demandis Charles.

"Promeso," sugestis Haruto, ĉar li trankviliĝis kaj ĉesis ridi.

"Aspiro," diris Charles."Kredo," diris E-Z.

"Espero," diris Alfred.

Samantha aŭskultis ekster la pordo dum kelkaj minutoj. Ĉio sonis sufiĉe amikeca, do ŝi reiris por paroli kun la avino de Haruto.

"Haruto alkutimiĝas al la aliaj knaboj kaj ili babilas. Vi povas translokigi lin ĉi tien morgaŭ, se vi volas. Li havas sian propran liton tie. Ili planis novan nomon por sia superheroa teamo – do mi ne volis interrompi ilian cerbumadon."

La avino de Haruto kapjesis, "Dankon."

Lia kaj Brandy nun partoprenis en la interparolo de ĉambro al ĉambro.

"Forto x 7," sugestis la knabinoj.

"Nu, ŝi foje povas legi niajn pensojn," konfirmis E-Z.

Charles ekkriis, "Kaj PAFHS7?"

"Mi ŝatas ĝin," diris E-Z, "sed ĉu ni ne forgesas du kernajn membrojn de nia teamo? Mi celas Little Dorrit kaj Baby. Ili estas nemalhaveblaj membroj kaj ili jam kelkfoje savis nin."

Alfred ripetis la vortojn, same kiel Haruto.

"Kio pri PAFHS9!" kriis Lia kaj Brandy.

PAFHS9 ne povis sin deteni, ili ekridegis – ĝis ili aŭdis iun paŝantan supre de iliaj kapoj sur la tegmento.

"Kio diable estis tio?" demandis E-Z.

"Juu-huu! Jen ni!" diris Rafael. "Eriel kaj mi.

ĈAPITRO 10
TUMULTO SUR LA TEGMENTO

Sam scivolis, ĉu Kristnasko venis frue, kiam li elpaŝis en sia banrobo por esplori la tumulton sur la tegmento. Li ne povis vidi, kiu estis tie supre, ĝis li staris en la mezo de sia antaŭa gazono.

"Ŝŝ!" li flustris. "Ni ĵus endormigis la bebetojn."

La arĥanĝeloj ne respondis. Anstataŭe, ili pendigis la kapojn kiel du riproĉitaj infanoj.

"Ĉu vi volus enveni?" li demandis.

"Dankon, tre multe," respondis Rafaelo.

POOF.

POW.

Ŝi kaj Eriel malaperis.

Sam ne tuj foriris de la gazono. Liaj piedoj estis malsekaj pro la roso sur la herbo, kaj dum li ŝovis siajn pugnojn en la poŝojn de sia dormrobo, li ekvidis Little Dorrit kaj Bebion rondirantajn la domon.

"Ĉu ĉio estas en ordo tie sube?" demandis Little Dorrit.

"Jes," diris Sam, "sed ne iru tro malproksimen, por ĉiu okazo. Mi fajfos, se ni bezonos helpon." Li mansvingis, poste reeniris la domon, kiu nun estis plena je voĉoj kaj skrapado de seĝoj. Li grincis la dentojn kaj esperis, ke la ĝemeloj dormas profunde. Nun en la kuirejo, li rimarkis, ke ĉiuj estis vekaj kaj aktivaj, krom la avino de Haruto.

Raphael, kiu sidis ĉe la kapo de la tablo, nun similis al la virino, kiu estis vestita kiel flegistino en la hotelo, kiam la vivo de Alfred estis savita. Ŝia longa, flua, diplomiĝeca robo altigis ŝian statuson inter la aliaj, kvazaŭ ŝi estus sidanta Profesoro aŭ Juĝisto. Eriel, aliflanke, ŝanĝis sian aspekton, tiel ke li aspektis kiel forpasinta kantisto, kies markostampo estis vesti sin de kapo ĝis piedo en nigro, inkluzive de sunokulvitroj kun malhelaj randoj.

"Ĉu ni bezonas pliajn seĝojn?" demandis Samantha.

"Mi pensas, ke sufiĉas," diris Sam. "Mi esperas, ke tio ne daŭros tre longe. Ho, kaj E-Z, sidu ĉe la alia fino de la tablo, ĉar vi estas nia elektita gvidanto."

"E-hm, dankon," diris E-Z, ekokupante la lokon. "Do, kion diable vi du faras ĉi tie meze de la nokto?"

Brandy ridis, "Kaj kiu diris, ke mi estas la malĝentila?"

Lia diris, "Ŝŝŝ."

Raphael ekrigardis ĉiun el la infanoj. Estis la unua fojo, kiam ŝi vidis Haruto, Charles, Brandy kaj Lachie. Ili ĉiuj estis tiel nekredeble junaj, tiel kuraĝaj. Ŝiaj okuloj pleniĝis de larmoj, kiam ŝia rigardo falis sur E-Z. Ŝi klinis la kapon.

E-Z atendis, poste ekkomprenis, ke Rafaelo petis de li permeson paroli. Li kapjesis.

Antaŭ ol paroli, Rafaelo ĝustigis siajn novajn okulvitrojn. Tio igis E-Z-on ĝustigi liajn malnovajn okulvitrojn, kiujn li, laŭ peto de ilia origina posedanto, neniam forprenis de sia vizaĝo.

Charles, kiu tre nekutime fariĝis ĉiam pli senpacienca, demandis: "Sinjorino, kial mi estas ĉi tie kiel dekjara knabo, kiam mi estus multe pli utila al ĉi tiu teamo kiel plenkreskulo?"

"SENBRUO!" ekkriis Eriel, frapante la tablon per siaj pugnoj. "Ni parolas. Parolu, fratino, ĉar ĉi tiuj infanoj fariĝas ĉiam pli senpaciencaj. Iliaj okuloj tremetas kaj ĵetflugas tra la ĉambro. Kvazaŭ ili atendus, ke vi ĵetos ilin en varmegajn kazejojn da vakso!"

"Malĝentila!" ekkriis Brandy. "Mi ne timas vin!"

"Ŝŝ," flustris Lia.

Charles ridetis al Brandy.

"Vi devus timi," diris Eriel kun grimaco. "Tre timi."

"Ordo! Ordo!" kriis Rafaelo, kaj ŝi atendis ĝis ĉiuj sidiĝis kaj estis pli trankvilaj. "Ni estas ĉi tie ĉi-vespere por VIA profito," diris Rafaelo iom pli laŭte ol ŝi atendis.

"Ĝuste! Ĝuste!" interrompis Eriel.

"Kiel do?" demandis E-Z.

"Ŝi diros al vi, se vi silentos!" deklaris Eriel. Raphael denove atendis, antaŭ ol denove paroli.

"Ne estas tempo por pompaj planoj aŭ prokrasto. La Furioj kaŭzas detruon, kreskante ĉiutage per piratado de Animan-Kaptiloj. Ĵetante malnovajn animojn en la malferman vakuon. Estas absoluta kaoso tie ekstere! Kaj ili kreas pliajn per ĉiu sekundo, ĉiu minuto, ĉiu horo de ĉiu tago. Resume, oni devas haltigi ilin. Immediate."

"Sed..." diris Alfred, "vi eĉ ne menciis la infanojn."

Eriel leviĝis de sia seĝo. Li fikse rigardis Alfred-on, devigante lin deturni la rigardon. "Ŝi ankoraŭ ne finis."

Raphael daŭrigis senhezite ĉi-foje.

"Ni, Eriel kaj mi, estas ĉi tie por doni al vi konsilojn – sen esti rekte implikitaj. Nia misio estas helpi vin, helpi vin mem savi la infanojn."

Al E-Z tute ne plaĉis tio, kion li aŭdis. Li frapegis la tablon per siaj pugnoj.

"Ni jam konsentis batali kontraŭ La Furioj. Unue, ni devas prepari nin, por ellabori planon. Kiam ni estos pretaj, ni detruos ilin. Se vi venis ĉi tien por rapidi nin, por puŝi nin en batalon antaŭ ol la tempo estas taŭga, tiam, ĉar mi estas la elektita gvidanto, mi volas eksiĝi. Ni estas nur infanoj kaj vi petas nin riski niajn vivojn. Mi ne, ni ne, pretas antaŭeniri ĝis ni estos plene pretaj."

Lia unue stariĝis kaj ekaplaŭdis, kaj la ceteraj el ŝia teamo aliĝis.

"Kion li diris," Alfred gapis, ĉar cignoj ne povas aplaŭdi.

"Atendu!" diris Rafael. "Ni ne estas ĉi tie por puŝi vin, ni estas ĉi tie por helpi vin."

La haŭto de Eriel ŝanĝiĝis de blanka al ruĝa, en ekstrema kontrasto kun lia nigra vestaĵo. E-Z kaj la aliaj rigardis, dum la vizaĝo de la arĥanĝelo plu ruĝiĝis, timante ke lia kapo eble eksplodos.

"Kvietiĝu kaj sidiĝu!" ordonis Rafael. Eriel prenis kelkajn profundajn spirojn, poste refalis en sian seĝon.

Rafael restis trankvila, kun la kapo tenata alte. Ŝi puŝis sian seĝon malantaŭen kaj leviĝis. Kaj ŝi daŭre leviĝis, ĝis ŝi estis super la ceteraj. Ŝi ekekvilibriĝis, kvazaŭ ŝi rajdus sur magia tapiŝo, kaj klinis sian kapon dekstren, kvazaŭ ŝi pozus por memfoto.

"Ni estas dediĉitaj al vi kaj al la tasko, sed niaj povoj havas limojn. Se vi konas la diron, 'ni estas ĉi tie por vi spirite,' – tiam jen kio ni estas. Ni hodiaŭ dispremis ĉiujn regulojn, venante ĉi tien al via hejmo. Ni faris tion kontraŭ la konsilo de niaj superuloj kaj kontraŭ la komuna saĝo.

"Veninte ĉi tien, ni elmetis nin al nevideblaj kaj nekonataj danĝeroj, sed vi valoras la riskon. Tial ni decidis veni kaj persone oferti nian helpon."

"Ankaŭ, ni komprenas, ke vi estis formulanta planon kaj ni estas ĉi tie kiel viaj prov-aŭskultantoj. Vi povas elprovi ĝin sur ni, por vidi ĉu ĝi funkcios. Se ni rimarkos iujn mankojn, ni atentigos vin pri ili kaj helpos vin."

E-Z ekrigardis siajn teamanojn, kiuj residiĝis. "Ni konsideras la eblon enigi la diinojn en ludon kaj venki ilin tie."

"Ho, mi komprenas," diris Rafael. "Vi kredas, ke vi povas venki ilin per ilia propra ludo, tiel diri, lerte. Tre lerte, sed ne sufiĉe lerte, mi timas."

"Kion vi celas?"

"Ili eltrovis, kiel manipuli kaj regi ĉiujn ludantojn en la ludmondo. Ili konas ĉiun trukon en la libro – ĉar la industrio faciligis tion, post kiam oni eniras la ludon. Por ludi, oni devas mortigi. Por progresi, oni devas mortigi. Por venki, oni devas mortigi. En la ludmondo E-Z, vi devos mortigi ankaŭ. Kiam vi tion faros, vi fariĝos justa celo por La Furioj. Ili povus kapti ĉiun el vi, unu post la alia. Tie vi ne povas agi kiel teamo. Teamoj en la ludo estas nur iluzioj. Neniu ludanto estus esceptita de ilia venĝema intrigo. Memoru, la diinoj havas mandaton – kiu estas puni la nepunitajn. Kaj ili sekvas ĝin ĝis la lasta detalo, sen se, sed aŭ sedoj.

Tamen, ili uzas grizan zonon por sia avantaĝo. Nenio povas haltigi ilin – kondiĉe ke ili restas fidelaj al la mandato."

Ŝi haltis kaj ekrigardis Erielon, "Ĉu vi volas ion aldoni?"

"Se mi estus vi," li diris, "mi atakus ilin rekte en la malferma. Kie kaj kiam ili tion plej malplej atendas. Tio metus vin en pozicion de potenco kaj vundebligus ilin."

"Tio validas nur se ili ne vidas nin, aŭ ne sentas, ke ni venas por kapti ilin," diris Brandy. "Mi ankoraŭ ne komprenas, kiel ili mortigas la infanojn. Ni devas vidi tion, por kompreni ĝin kaj scii, kontraŭ kio ni batalas. Mi diris, ke mi helpos, sed mi certe atendis pli specifajn informojn."

"E-Z," demandis Rafael, "ĉu vi pretas redoni al mi miajn okulvitrojn? Por mallonga tempo? Per ili, mi povos montri al vi la teknikon de la Furioj. Kiel ili kaptas la infanojn ene de la ludo realtempe. Brandy pravas, vidi estas kredi, sed mi ne povas fari tion sen miaj originalaj okulvitroj. Nur vi povas fari tiun decidon. Se vi vere volas vidi. Se vi vere volas scii."

"Bonege," diris Brandy. "Ni ek, E-Z."

Eriel ekrigardis la plafonon. "Ophaniel vokis min. Mi devas nun iri." Li klinis sin.

ZIP.

Li malaperis en la nokton. E-Z demetis la ruĝajn okulvitrojn kaj faldis ilin, antaŭ ol li transdonis ilin al Rafael, kiu ankoraŭ flosis super la tablo. La okulvitroj, kiam ŝi etendis la manojn al ili, flugis en ŝiajn manojn.

Rafael demetis siajn novajn okulvitrojn kaj poluris la malnovajn antaŭ ol surmeti ilin sur sian vizaĝon. Ŝi ridetis, dum ŝi kaj ĉiuj aliaj en la ĉambro observis la sangon moviĝi ĉirkaŭ la kadroj en sia serpenteca maniero, kvazaŭ ĝi rekonatiĝus kun ŝi.

Kiam la sango en la okulvitroj revenis al sia Raphela fluo, ŝi surmetis ilin kaj turniĝis al la muro, dum potencaj, brilaj, fulmantaj lumoj elradiis el ŝiaj okulvitroj, kiel oni atendus vidi en kinejo.

"Antaŭ ol ni komencos," diris Raphel, "ĉi tio ne estas por la sentemuloj. Tio, kion vi baldaŭ vidos, estas taksita kiel 'Por Plenkreskuloj Kun Akompano'. Mi ne pensas, ke Haruto devus vidi ĝin.

"Samantha diris, "Nu, Haruto. Vi kaj mi povas iomete spekti televidon en la alia ĉambro."

La du foriris. Kaj la spektaklo komenciĝis.

Sur la ekrano estis malgranda knabo. Proksimume sep, eble ok jarojn aĝa. Kvankam estis meze de la nokto, li sidis antaŭ la komputilo. Sur lia kapo estis aŭdiloj. Antaŭ lia buŝo estis eta mikrofono, kiu estis fiksita al lia kapilaro.

"Kaptis vin!" li diris. "Mi bezonas nur unu plian mortigon, kaj mi atingos la sekvan nivelon."

HHHHHHHHHHH.

Kaj ili ankaŭ povis aŭdi ĝin.

"Vi estas murdisto!"

"Nur malbonaj knaboj mortigas – kaj vi estas malbona knabo. Ĉu via patrino scias, kia malbona, murdista knabo vi estas?"

"Mi ludas ludon," li diris. "Ĝi estas nur ludo kaj se mi ne mortigas, mi ne povas progresi."

"Malriĉa knabo," diris E-Z.

Silento.

La knabo rekomencis sian ludon. Baldaŭ venis la tempo por li denove mortigi. Ĉi-foje li hezitis.

"Nu, faru. Vi jam mortigis, vi scias, ke estis amuze, do mortigu denove. Vi scias, ke vi volas."

"Ne!" li diris.

"Ne gravas. Unu murdo estas ĉio, kion ni bezonas!"

Tiam la siblo denove fariĝis tre laŭta, pli laŭta, pli laŭta.

"Ĉesu!" li kriis.

"Ĉesu, Rafael!" kriis Lia.

"Mi ne povas," respondis la arĥanĝelo. "Vi diris, ke vi volas vidi, kiel ili faras ĝin. Se iu el vi estas tro timigita, forlasu la ĉambron aŭ kovru viajn okulojn. Brandy pravis, vi devas vidi ĝin mem. Ĝis nun, mi ankaŭ ne vidis ĝin."

HHIIIIIIIIISSSSSSSSSSS.

Daŭrigu. Vi mortigis unufoje, vi scias, ke estis amuze, do mortigu denove. Vi scias, ke vi volas."

Daŭrigu. Vi jam mortigis, vi scias, ke estis amuze, do mortigu denove. Vi scias, ke vi volas."

Daŭrigu. Vi jam mortigis, vi scias, ke estis amuze, do mortigu denove. Vi scias, ke vi volas."

"La, la, la, la," kantis la knabo. Provante bloki la voĉojn.

"Li freneziĝis," diris lia amiko, kiu ankaŭ ludis la ludon. "Mi foriras. Ĝis morgaŭ en la lernejo, Tommy."

"La, la, la, la!" Tommy daŭrigis kanti.

Lia pulso akceliĝis. Lia korbato rapidis. Ĝi frapegis kaj martelis, kvazaŭ ĝi volus elrompiĝi el lia brusto. Li ne povis spiri. Li provis stari, sed liaj kruroj moliĝis.

Li aŭdis voĉon en sia kapo. Ĝi sonis kiel la voĉo de lia patrino, sed ĝi ne estis. Ni tiom hontas pri vi, Tomy. Ni ne meritas havi murdiston kiel nian filon!"

Dua voĉo, kiu sonis kiel tiu de lia patro.

"Nia filo ne estas murdisto, kiu vi estas? Vi ne estas nia filo."

Tomy ploris.

"Mi estas murdisto," li diris, dum li malleviĝis de sia seĝo kaj kunfaldiĝis en pilkon sur la planko.

Nun de la ekrano, du pliaj voĉoj. Lia frato Alex, lia fratino Katie, kantantaj kanton kun liaj gepatroj, kanton kantitan laŭ populara infana melodio pri morusa arbusto. Ilia versio sonis jene:

"Tomjo estas mur-do-ri-no; mur-do-ri-no, mur-do-ri-no, mur-do-ri-no, Tomjo estas mur-do-ri-no, Kaj ni ne plu lin amas."

Mizereta Tomio nun estis tute sola.

"Ne rezignu," kriis Lia, kvankam ŝi sciis, ke li ne povas aŭdi ŝin.

Sur la planko, kuntirita en pilkon, li imagis, ke lia patrino, lia patro, lia fratino kaj lia frato dancas ĉirkaŭ li. Ili cirklis lin kiel vulturo cirklanta sian predon.

"Tomio estas mur-da-ro; mur-da-ro, mur-da-ro, mur-da-ro, Tomio estas mur-da-ro, Kaj ni ne plu lin amas."

La koreto de Tomio estis rompita. Ĝi elpuŝiĝis el lia korpo kaj forflugis.

La Furioj kaptis ĝin, kaj ŝovis ĝin en Animan Kaptilon. Ili frape fermis la pordon. Raphael demetis la okulvitrojn. Tuj la muro-projekciilo ĉesis. Dum ŝi redonis la okulvitrojn al E-Z, larmo ruliĝis laŭ ŝia vangon.

La silento ĉirkaŭ la tablo estis surdiga.

"Ili igas la sorĉistinojn, pri kiuj verkis Ŝekspiro en *Makbeto*, ŝajni afablaj," diris Alfred.

"Mi ne vidas, kiel mia povo kamufli, aŭ paroli kun bestoj, helpos, ne kontraŭ ili," diris Lachie.

"Mi mortigus unu, mortus, revenus, mortigus la duan, mortus, revenus kaj mortigus la trian," diris Brandy. "Lasu min ekkapturni ilin!"

"Atendu momenton," diris E-Z. "Nun, kiam ni vidis ĝin, ni devas paroli pri tio. Antaŭ ol ni ĵetos nin en la aferon. Eble ni devus revoti? Nia partopreno devas esti unuanima."

Sam parolis. "Vi ne devas honti diri ne. Neniu nomumis vin savantoj de la mondo."

"Li pravas," diris Rafael. "Neniu nomumis vin – tamen ne estas iu alia, kiu povas fari ĝin."

"Kial vi arĥanĝeloj ne povas fari ĝin?" demandis Brandy.

"Ni provis ĉion, kion ni sciis, kaj malsukcesis. Tial ni venis al vi," diris Rafael. "Kaj unu aferon mi volas klarigi al vi ĉiuj... Se iam venos momento, kiam vi timos, ke la fino proksimiĝas, tiam ni venos por helpi vin."

"Kiel vi intencas helpi nin tiam, kiam vi ĵus diris al ni, ke vi estas senutilaj?" demandis Karlo.

"Tion mi volis demandi," diris Brandy.

"Kiam la fino proksimiĝos... ni, la arĥanĝeloj, ricevos aliajn povojn. Ĝis ili estos bezonataj, tiuj povoj dormas profunde en la kernaĵo de la tero.

"Dume, E-Z, vi konas la magiajn vortojn por alvoki Erielon al via flanko. Tiuj samaj vortoj venigos min, kaj la aliajn, se vi bezonos nin. Ni venos. Ni batalos apud vi. Sed bonvolu, ne malŝparu la alvokon. Por ke la antikvaj povoj vekiĝu, devas esti nekontestebla pruvo, ke la fino de la homa raso estas proksima."

"Kaj kio se ni vokos vin, kaj la povoj, kiujn vi diras, ke vi havos, ne venos? Kio tiam?" demandis E-Z.

"Tiam ni mortos apud vi."

E-Z frapis la tablon per siaj pugnoj.

"Rigardi ilin agantaj boligas mian sangon. Ni devas venki ilin."

"Jen! Jen!" kriis Charles.

"Sed unue," diris Sam, "vi devas rakonti al ĉi tiuj infanoj, antaŭ ol vi sendos ilin en batalon. Rakontu al ili precize, kiel vi kaj la aliaj arĥanĝeloj provis venki La Furiojn."

"Ni preparis kaptilon por ili, kiam ni malkovris, ke ili revenos. Ĝi perfidis nin, malkaŝis nin, kaj tiam ili translokiĝis al la Valo de la Morto. La Valo de la Morto nun estas eksterlima por arĥanĝeloj."

"Eksterlima? Kiu tion faris?"

"Tio estas demando, kiun mi ne povas respondi. Ĉio, kion mi scias, estas, ke teamo de treege potencaj arĥanĝeloj ne povis trarompi la protektajn barojn, kiujn ili starigis."

"Ĉu tio estas ĉio?" demandis Brandy. "Tion solan vi provis, kaj vi volas, ke ni transprenu nun. Vere."

Raphael metis siajn manojn sur siajn koksojn, "Ni estas arĥanĝeloj kaj niaj povoj sur la tero estas limigitaj." Ŝi ridis, "Niaj povoj aliloke ankaŭ estas limigitaj."

"Bone, bone," diris E-Z. "Ni komprenas. Ni ne havas elekton, ne vere, sed lasu tion al ni."

"Bonege," diris Rafael. "Sed antaŭ ol mi foriros, Karlo, mi volis respondi vian demandon. La arĥanĝeloj ne alvokis nek liberigis vin. Ni kredas, ke via ĉeesto ĉi tie estas hazarda. Ni ankaŭ ne pensas, ke La Furioj scias pri vi. Eble vi estas sekreta armilo. Eble vi havas grandegajn povojn en vi. Vi diris, ke vi deziris esti revenigita kiel plenkreskulo. Via hodiaŭa aĝo estas signifa. Ni kredas, ke infanoj tenas la estontecon de la homaro en siaj manoj. Nur infanoj povas venki puran malbonon."

"Sed kial nur infanoj?" demandis Karlo.

"Ĉar ili naskiĝas purkore," diris Rafael.

Karlo sidis iom pli rekte en sia seĝo.

Raphael daŭrigis, "Charles Dickens, ne timu eksperimenti kaj malkovri vian veran memon. Ene de vi, eble estas pordo, kiun nur vi povas malfermi. Ŝlosilo. La nura fakto, ke ekzistas sangolinio inter vi, E-Z kaj Sam, estas signifa. Ne timu riski ĉion por trovi tiun ŝlosilon. Vi estas ĉi tie por helpi savi la homaron. Pri tio ne estas dubo. Uzu vian tempon ĉi tie saĝe. Faru diferencon."

Charles ploris, ĉar ĝis tiu momento li sentis sin senutila. La aliaj lin konsolis kaj certigis.

"Bonŝancon al vi ĉiuj," diris Rafael.

POW.

Kaj ŝi malaperis.

"Kiam ni travivos ĉi tion," diris Lia, "kaj ni ja travivos ĝin, ni faros la plej grandan venkan feston iam ajn."

"Charles," diris E-Z. "Se Rafael pravas, vi povus esti la plej grava membro de la teamo. Bonvolu preni la tempon por iom esplori vian animon."

"Kiel oni esploras sian animon?" li demandis.

"Meditado estas unu maniero," diris Brandy.

"Aŭ promeni en la naturo," diris Lachie.

"Tempo por si mem, simple pensi," proponis Alfred.

"Ni dormu iom kaj daŭrigu ĉi tiun diskuton matene," diris E-Z.

"Mi ne pensas, ke mi multe dormos post la spektado de la kompatinda Tommy," diris Lia. "Estis eĉ pli malbone ol mi imagis."

"Jes, kompatinda eta Tommy," konsentis Alfred.

"Do, ĉu ĉiuj ankoraŭ partoprenos?" demandis E-Z.

"JES" estis aŭdita de ĉiuj.

"Kio pri Haruto tamen?"

"Mi pensas, ke li ankoraŭ partoprenos," diris E-Z, "sed mi klarigos ĉion al Sobo, kaj ŝi povos diskuti tion kun li. Mi tute komprenus, se ili rezignus."

"Mi tamen ne pensas, ke ili tion faros," diris Samantha. "Haruto dormas. Li hontis, ĉar li estis tro juna por vidi tion, kion vi vidis. Kvazaŭ li estus malpli membro de la teamo."

"Vi faris la ĝustan aferon, elirigante lin el la ĉambro," diris Sam. "Tio, kion ni atestis, estis terura."

"Mi konsentas," diris E-Z. Charles diris, "Do, temas pri 'ĉio por unu kaj unu por ĉio'.

Same kiel en 'La Tri Muskedistoj'."

"Mi ĉiam amis tiun libron!" diris Alfred.

Eĉ en la plej teruraj situacioj, libroj ĉiam kunigis homojn. Ĉiu membro de PAFHS9 esperis, ke ĝi estas unu afero en la mondo, kiu neniam ŝanĝiĝos.

ĈAPITRO 11
DEJA VU

E-Z KAJ SAM NE plu havis multan tempon por si mem, sed neniu el ili plendis pri tio. Samantha zorgis, ke ili perdas kontakton, kaj decidis korekti la aferon, surprizante ilin per frumatenmanĝo ĉe la Kafejo de Ann.

Ili alvenis en la kuirejon samtempe – ĉar ili ambaŭ ricevis tekstmesaĝojn por tuj vesti sin kaj veni en la kuirejon.

"Kio okazas?" demandis Sam.

"Jes, kio malbonas?" demandis E-Z.

"Nenio malbonas," diris Samantha. "Vi du havas rezervon ĉe Ann's, do iru tien tuj – antaŭ ol ĉiuj vekiĝos kaj volos aliĝi al vi."

Sam kisis sian edzinon.

"Mi pensis, ke jam estas tempo, ke vi denove matenmanĝu kune."

E-Z forte brakumis Samantha-n.

"Ni mem iru tien?"

"Sendube, Onklo Sam."

Sam prenis sian dorsosakon kun sia tekokomputilo en ĝi kaj ili ekiris.

Estis bela printempa mateno kun abunda birdokantado serenadanta ilin survoje al la kafejo.

"Via edzino estas sufiĉe speciala."

"Jes, ŝi estas unika."

Baldaŭ, ili alvenis al la kafejo. Ĝi estis preskaŭ malplena, kaj Ann estis nenie videbla, sed E-Z rekonis sian fratinon, Emily. Li ne vidis ŝin de kiam li estis knabeto.

"Vi ne multe ŝanĝiĝis," diris Emily, ĉirkaŭbrakante lin.

"Ankaŭ vi ne," diris E-Z, subvoĉe, dum ŝi sufokis lin per sia dika pulovero. "Kaj jen estas Onklo Sam."

"Mi vidas la similecon," diris Emily, firme manpremante lin. "Mi havas la perfektan tablon por vi, sekvu min."

Kiam ili preterpasis sian kutiman tablon, li hezitis kaj ekrigardis sian onklon. "Ĉu vi kontraŭas, se ni sidiĝas ĉe ĉi tiu anstataŭe, Emily?"

"Kompreneble!" diris Emily, metante la manĝilaron kaj donante la menuojn. "Kafon?" Sam kapjesis, ŝi verŝis por li plenan, fumantan tason.

"Ĉu vi prenas la kutimaĵon?" ŝi demandis al E-Z.

"Mia fratino diris al mi, kio tio povus esti."

"Certe."

"Kaj ĝi estis ĉokolada diktrinkaĵo, ĉu ne?"

Ŝi tute pravis.

"Kaj vi, Sam?" ŝi demandis. "Kion vi mendos hodiaŭ?"

"Du porciojn de tio, kion mia nevo mendas," li diris, "sed sen la diktrinkaĵo. Kafeo estas la sola trinkaĵo, kiun mi bezonas ĉi-matene."

"Bonege!" ŝi diris, kaj foriris al la kuirejo.

Sam malfermis sian tekkomputilon, poste fermis ĝin denove.

"Estas agrable veni al loko, kie ĉio ĉiam estas la sama," diris E-Z.

"Mi devus baldaŭ venigi Sam kaj la ĝemelojn ĉi tien. Mi ŝatus subteni lokajn entreprenojn kaj tio estas bona ekzemplo por Jack kaj Jill."

"Sendube. Ĉi tiu loko havas nur bonajn memorojn por mi," diris E-Z. "Sed iam mi kuraĝos mendi ion malsaman. Mi devas doni bonan ekzemplon al miaj kuzoj, ĉu ne?"

Sam ridis, poste trinkis gluton da kafo. Sekundon poste Emily alvenis kaj denove plenigis la tason. "Estas kvazaŭ ŝi havus okulojn en la dorso."

E-Z ridis. Lia menso rondiris ĉirkaŭ certa temo, kiun li volis diskuti: La Furioj. Samtempe, li ne volis tuj eniri la pezan konversacion.

"Do. Mia edzino havos domon plenan de gastoj por nutri, kiam ĉiuj vekiĝos."

"Sobo helpos."

"Vere, sed mi ne pensas, ke ni devus profiti. Mi ŝatus, ke ni povu fari re-ludon, se vi komprenas, kion mi celas?"

"Certe. Do, ni eklaboru."

Sam denove malfermis sian tekokomputilon. Ĉi-foje li ŝaltis ĝin kaj tajpis en la serĉilon:

Kiel venki La Furiojn. E-Z kapjesis, dum oni metis lian ŝejkon antaŭ li. Li tuj provis sorbeti iom el sia dika ŝejko, sed ĝi estis tro dika por ke io trairu la pajleron – kio estis ĝuste tiel, kiel li ŝatis ĝin.

"Ĉu io utila?"

"Ĝi diras, ke Eriniso – aŭ La Furioj – povas esti mildigitaj nur per rita purigado."

"Kion tio signifas?"

"Mi pensas, ke tio signifas, ke oni devus plenumi agon – laŭ ilia peto, kiel pentofaro."

"Ĉu pentofaro ne signifas la samon kiel penado? Tio ne plaĉas al mi," diris E-Z. "Ni ne faris ion, pro kio ni devus repaciĝi kun ili."

"Ĝi ankaŭ povas signifi Elaceton. Repagon. Reparacion. Restitucion."

"La kvar R-oj, tio estas frapfraza, sed denove mi demandas, por kio ni repagos al ili? Pensu ekster la skatolo," diris Sam. "Kio se vi povus fari ion, por kuraĝigi ilin foriri kaj lasi la infanojn kaj animkaptistojn trankvilaj?"

E-Z ridis. "Se ekzistus maniero, ĝi estus perfekta. Ankaŭ, tro facila."

Sam gratis sian kapon. "Jen estas skribite: La Furioj punis virojn kaj virinojn pro krimoj post la morto, kaj dum iliaj vivoj. Kion ili nun faras – infanojn, ne plenkreskulojn. Mi ne sciis tion."

"Kion mi ne komprenas estas, kial. Kial ili revenis nun? Kio ŝanĝiĝis..."

"Ĉiuj bonegaj demandoj, kiujn mi ne povas respondi," diris Sam. "Sed, ho, jen io interesa. Estas skribite, ke kiel Diinoj de la Sorto, ili malhelpis la homon lerni pri la estonteco."

"Kiel precize?"

"Ĝi ne diras," diris Sam, ĝuste kiam Emily denove alvenis por replenigi lian tason da kafo. "Nur iomete," li diris. Li timis, ke li flosos hejmen, se li trinkus plian kafon.

"Via matenmanĝo baldaŭ pretos," ŝi diris. "Mi esperas, ke vi malsatas!"

"Ni certe estas," diris E-Z, dum li provis trinki sian densan milkshake-on denove kaj iom sukcesis enigi iom tra la pajlero.

Emily ridetis, poste iris saluti kelkajn novajn klientojn.

"Antaŭ ĉio ĉi," diris Sam, "mi eĉ neniam aŭdis pri la Furioj. Ĉi tie estas skribite, ke en kaj la greka kaj la roma mitologio ili estis spiritoj de justeco kaj venĝo. Ilia alia nomo Erinicej signifas 'la koleremaj'."

Li rulumis malsupren. "Mi vidas kelkajn menciojn en la videoluda mondo. Neniu el la adjektivoj uzataj por priskribi ilin kontraŭdiras tion, kion ni jam scias, t.e., ke la Furioj estas malbonaj, sinistraj estaĵoj, kiuj montras neniun kompaton."

"Mi dezirus, ke PJ kaj Arden estus reen kun ni. Kun ilia magia luda scio, mi vetas, ke ili scius, kion fari. De kiam ni perdis ilin, mi riproĉas al mi mem, ke mi perdis kontakton. Ĉio ĉar mi iĝis tro memengaĝita estante superheroo. Mi ja tre sopiras tiujn ulojn."

"Ili ne volus, ke vi riproĉu vin. Kaj ankaŭ mi sopiras vidi ilin ĉirkaŭe."

Emily metis la manĝaĵon sur la tablon, "Bonan apetiton!" ŝi diris.

E-Z kaj Sam manĝis avideme, ne parolante dum iom da tempo. Post multaj sonoj de manĝaĵa ĝuo ili daŭrigis sian konversacion.

"Mi ĵus pensis pri la plano – venki ilin ene de la ludo. Tio certe sonis bone – aŭ ni pensis, ke jes, ĝis Rafael diris al ni la kontran. Tamen bonas, ke ŝi diris al ni rekte, alie... nu, mi eĉ ne volas pensi, kio povus esti okazinta al iu ajn el la infanoj."

"Tamen, mi daŭre pensas, ke la Furioj devas havi Akilan kalkanon. Ĉu vi memoras tiun rakonton?"

"Jes. Se ili havas malfortan punkton, mi ne scias, kio ĝi estas. Ni scias, ke ili estas mortemaj kiel ni. Se ili povas morti, kiel ni, do almenaŭ estas egalaj kondiĉoj."

"Ni fokusiĝu iom pli pri iliaj malfortoj: kolero, rankoro, venĝemo."

"Tiuj estas la samaj aferoj, pro kiuj ili punas aliajn, do kiel povas esti iliaj malfortoj?" demandis E-Z, dum li ŝtopis plenan forkon da pankukoj en sian buŝon. "Do, bone."

Sam kapjesis, "Certe." Li trinkis alian gluton da kafo. "Vere, kio signifas, ke ni eble povos uzi kontraŭ ili la samajn aferojn, pro kiuj ili punas aliajn."

"Sed kiel?"

"Tion mi ne scias – ANCORAŬ."

"Eble ni bezonos pli ol unu el tiuj kunsidoj por prilabori la aferojn," diris E-Z. Lia dua telero plena je pankukoj estis metita sur la tablon antaŭ li.

"Ann ĵus telefonis kaj diris al mi, ke mi nepre alportu duan aron da pankukoj por vi," diris Emily.

"Dankon. Kaj diru al Ann, ke mi esperas, ke ŝi baldaŭ fartos pli bone."

"Mi faros. Pli da kafo?"

Sam kapjesis, do ŝi plenigis lian tason. Kiam Emily foriris, li diris, "Nu, mi tuj revenos," kaj iris al la necesejo.

E-Z turnis la ekranon al si kaj tajpis:

KIEL MI MORTIGU LA FURIOJN?

Kelkaj respondoj aperis, sed ili ĉiuj temis pri kiel venki la tri diinojn kiel rolulojn en la ludmondo.

Sam revenis. "Ĉu vi trovis ion?"

"Nenio utila. Kvankam ĝi ja diras, ke la radikoj de la Furioj eble iras reen ĝis prahistoriaj tempoj."

"Nu, la genealogio de Baby ankaŭ iras sufiĉe malproksimen."

"Vi devintus vidi, kiel rapide li englutis tiun fajroglobon! Sen eĉ sekundo da hezito."

Fininte sian manĝon, ili dankis Emilyn kaj foriris hejmen. Ili estis tiel sataj, ke ili pensis, ke ili neniam plu manĝos.

"Certe estis agrable pasigi la matenon kun vi," diris E-Z. "Estis kvazaŭ en la bonaj malnovaj tempoj."

"Certe ja. Ni faru tion denove baldaŭ. Dume, ni pli pensu pri tio, kion ni lernis hodiaŭ, ĉar, kiel diras la malnova proverbo - kie estas volo, tie estas vojo."

"Vera, vera, Onklo Sam. Vera, vera."

ĈAPITRO 12
Reen ĉe la domo

Kiam ili revenis al la domo, la unua afero, kiun Sam faris, estis ĵeti siajn brakojn ĉirkaŭ sian edzinon. Ŝi ĝojis vidi lin, sed ŝiaj manoj estis okupitaj preparante la matenmanĝon.

"Mi ĝojas, ke vi ĝuis ĝin," kriegis Samantha.

"Ĉu mi povas helpi per io?" demandis Sam, dum li taksis la situacion kun la ĝemeloj.

"Ĉio estas sub kontrolo," diris Samantha, dum malantaŭ ŝi la ĝemeloj ekploregis.

Ĉefe ĉar Haruto paŭzis momenton de sia ludado de sia versio de hon no piku, kio tradukiĝas kiel "kaŝludo". En la versio de Haruto, li grimacis, poste rapidege turniĝis ĝis li malaperis, poste li reaperiĝis, kaj la ĝemeloj ridegis.

"Tio estas tre kreema!" diris Sam, dum Lachie ekprenis la amuzan rolon.

Lachie tuj ekfaris kelkajn bestimitaĵojn kaj ricevis entuziasmajn laŭdojn de la ĝemeloj, kiam li ridis kiel kukaburo:

ku-ku-ku-ka-ka-KA!-KA!-KA!

Tiam estis la vico de Charles amuzi per sia rakonto nomita La Tri Rokoĵetoj.

"Iwa?" diris Haruto, kio tradukite signifas "rokoĵetoj".

"Jes," diris Karlo, dum E-Z kaj Sam retiriĝis al la pordo por ankaŭ aŭskulti la rakonton, dum Alfred, Sobo, Brandy, Lia kaj Samantha daŭrigis la manĝopreparadojn.

"Estis iam," komencis Karlo, "monteto, alte super la Angla Kanalo. Sur ĝi estis multaj, multaj roĉegoj. Fakte, tro multaj por nombri. En tiu ĉi tago, granda kaj peza kamiono supreruliĝis la monteton, kraketante kaj grincante siajn dentaĵojn dum ĝi moviĝis. Kiam ĝi atingis la supron, ĝi malfaldis ŝtonlevilon, kiu luktis kun la pezo de ĉiu ŝtonpeco. Dum pluraj horoj, ĝi sukcesis kolekti tiom da la ŝtonoj, kiom ĝi povis. Ĝis la malantaŭo de la kamiono pleniĝis. Tamen ne tropleniĝis. Troplenigo signifis, ke la grandaj ŝtonoj ruliĝus de la kamiono kiam ĝi moviĝus, kio estis evitebla je ĉiu kosto. La kamiono malsupreniris la monteton. Ĝi malŝarĝis la grandajn ŝtonojn en alian, pli grandan kamionon. Kamionon, kiu estis tro granda por entute supreniri la monteton, kaj ne havis levantan mekanismon. Kiam la pli malgranda kamiono denove malpleniĝis, ĝi reiris supren la monteton. Baldaŭ ĝi denove pleniĝis per grandaj ŝtonoj. Ĉi tiu procezo estis ripetita plurfoje, ĝis la pli granda kamiono estis plena ĝis la supro. Ĉiuj ceteraj rokoj devis esti transportitaj en la pli malgranda kamiono. Nun, kiam ambaŭ kamionoj estis plenaj, la peza laboro estis finita. Do, estis tagmanĝotempo. Kaj la viroj manĝis siajn sandviĉojn kaj trinkis el siaj termosoj plenaj je varma, dolĉa teo. Supre sur la klifo, restis nur tri solaj ŝtonoj. Ili estis malĝojaj, ĉar ili perdis siajn amikojn, kaj sentis sin malakceptitaj, nedezirataj, nenecesaj, kaj sufiĉe koleraj samtempe. Senti tro da emocioj samtempe povas esti konfuzige, sed kundividi sentojn kun amikoj povas helpi, do la tri ŝtonoj diskutis sian malfacilan situacion."

"Kion ili faras kun ĉiuj niaj amikoj?" demandis la unua ŝtono, kies nomo estis Roketo.

"Mi ne scias," diris la dua roĉo, kies nomo estis Pebbles. "Eble ili ankaŭ bezonas amikojn tien, kien ili iras. Mi certe sopiros ilin."

"Ne," diris la tria roĉo, kiu estis pli aĝa kaj pli saĝa kaj kies nomo estis Craggy. "Ili ne forportas ilin por vidi la mondon. Nek por esti iliaj amikoj. Ĉu vi ne scias, ke ili dispremas nin por fari siajn vojojn."

"Ne!" kriis Rocky kaj Pebbles. "Ili ne rajtas pistigi niajn amikojn ĝis ili fariĝos kaĉo!"

"Mi dezirus, ke ili prenis ankaŭ min," diris Craggy. "Mi estas tro maljuna por plu sidi ĉi tie dum ĉiuj severaj veteroj. La krudaj ventoj trarompas mian eksteran tavolon kaj mi ne kontraŭus pasigi mian estontecon kiel vojo. Almenaŭ tiam mi havus celon."

"Celon?" ekkriis Rokio. "Vi nomas esti dispremita kaj lasi veturilojn rulumi super vi ĉiutage kaj ĉiunokte celon?"

"Estas pli bone ol sidi ĉi tie, nur ni tri por ĉiam. Mi laciĝis pro la vento kaj la pluvo kaj ĉio cetera," diris Krageto.

"Nu, se vi tiom fervoras," diris Peblo, "do vi nur devas ruli vin de la rando. Vi falus rekte en la malantaŭon de la kamiono sube kaj vi forirus kun la ceteraj el niaj amikoj."

"Ho, estas tro malproksime," diris Rocky, ruligante sin iom pli proksimen al la rando. "Ĉu vi vere tiom volas forlasi nin? Ĉu vi ne povas trovi celon, restante ĉi tie kun ni? Ni bezonas vin. Vi estas pli aĝa kaj pli saĝa."

Craggy moviĝis al la rando kaj rigardis malsupren. Estis vere, la kamiono estis ĝuste tie. Kelkaj gutoj da ŝvito gutis malsupren. Aŭ ili estis gutoj de ŝvito, aŭ larmoj.

"Estas terure longa vojo malsupren," diris Craggy. "Kaj ne estus ĝuste de mi forlasi vin du junulojn solajn."

Pebbles diris, "Kaj kio se vi maltrafus la kamionon kaj dispeciĝus tie sube! Ni estus ĉi supre, kun ĉi tiu mirinda vido, kaj vi estus tie sube tute sola."

"Krome," diris Rocky, "ili eble revenos por ni iun tagon. Dume ni povas babili, kaj ĝui la vidon kaj la freŝan aeron."

Sube la kamiono denove ekfunkciis.

CHUGGA CHUGGA VROOM, VROOM.

"Nun aŭ neniam," diris Craggy, dum la kamiono forveturis.

"Almenaŭ ni estas kune," diris Rocky.

La tri rokoj kunpremiĝis, ŝultro ĉe ŝultro. Ili turnis siajn dorsojn al la vento, spiris la freŝan aeron kaj rigardis la belegan vidaĵon de la sunsubiro ĉe la horizonto.

"La moralo de la rakonto estas," komencis Karlo...

Tiuj estis la lastaj vortoj, kiujn E-Z aŭdis, antaŭ ol li denove estis en la diable silo.

ĈAPITRO 13
SILO

"BONVENON REEN!" DIRIS LA voĉo en la muro kun tiel ekscitiĝema tono, ke la ŝultroj de E-Z streĉiĝis, kvazaŭ iu starus sur ili. Malvolonte respondi, li unue antaŭen, poste reen rulis siajn ŝultrojn, esperante mildigi la streĉon.

"PUNKTO.

PUNKTO,"

diris dua voĉo en la muro, sed ĉi-foje la voĉo estis pli kvieta, preskaŭ flustra.

Li malfermis la buŝon por respondi, sed nenio venis al lia menso, do li restis silenta, krom la krakado de liaj fingroj, per kiu li esperis malstreĉi sian streĉitan korpon.

La unua voĉo, kun pli trankviliga tono, demandis: "Mi vidas, ke vi estas streĉita, maltrankvila. Ĉu estas io, kion mi povas alporti al vi por pasigi la tempon dum via atendado? Trinkaĵo? Libro? Vojaĝo en via menso?"

Ŝi estis tre perceptema por voĉo en la muro, kaj tio helpis lin iom malstreĉiĝi, tamen li ne volis akcepti ŝian proponon, ĉar li tute ne sciis, kion implikus vojaĝo en la menso.

"Mi vidas, ke vi hezitas..."

Li sidiĝis rekta kaj alta en sia seĝo, kaj tamburis per siaj fingroj sur la brakapogilojn, kvazaŭ li svingus sin al 'Fumo sur la Akvo' de Profunda Purpuro. Li kaj lia patro dueladis per ĝi sur malnoviĝinta versio de Gitar-Heroo, kaj ili ege amuziĝis. Rememorante tiun momenton nun, li sentis kvazaŭ lia patro estas kun li en la silo.

"Ĉu vi certas, ke vi ne volas vojaĝon en vian menson?" la virino en la muro denove demandis. "Vi ege amuziĝos!"

Eksplodo. Li ĵus uzis tiun vorton en sia menso por priskribi la ludadon de Gitar-Heroo kun sia patro. Sendube la virino en la muro povis legi lian menson.

"Ehm, kio ĝuste ĝi estas?" li demandis. "Mi ne diras, ke mi volas provi ĝin, ne ĝis mi scios pli pri tio, kion ĝi implicas."

"Nu, ĝi estas loko, kien mi povas sendi vin. Speciala loko, kie vi povas vivi revon."

Tio sonis nekredebla... kaj antaŭ ol li povis respondi...

DUH DUH DUH,

DUH DUH DUH DUH

DUH DUH DUH

DUH DUH.

Li estis sur la scenejo, ludante la solgitaron, kun bando, kiun li tuj rekonis kiel la originala Profunda Purpuro.

La ĉefkantisto, kiu forlasis la grupon sed ludis la originalan gitarpartion en Fumo sur la Akvo, ŝajne ne zorgis pri tio, ke E-Z nun ludis lian parton, kaj krome ne malbone plenumis ĝin. La kantisto donis al li la dikfingron supren, poste transiris la scenejon al kie E-Z sidis en sia rulseĝo. Kune ili ludis kelkajn rifojn dum la publiko kriis, hurais kaj aplaŭdis.

La sekvan momenton li jam estis reen en la silo, sed la streĉa sento, kiun li antaŭe spertis, nun tute malaperis.

"Dankon! Eh, tio estis freneze fantasta! Mi ne povas diri al vi, kiom multe tio signifis por mi. Mi neniam forgesos ĝin. Neniam!" Li hezitis kaj pensis, ke la sola afero, kiu estus pliboniginta ĝin, estus havi sian patron tie sur la scenejo kun si.

"Pardonu, ke mi ne povis inkluzivi vian patron... sed tio estis nur antaŭprezento. Kaj ne menciu. Nun, trankvile atendu. La atendotempo estas unu minuto."

"Mi pensas, ke la vera afero tiam frenezigus min!" diris E-Z, apogante sian kapon malantaŭen kaj revivante la sperton, jam sentante sin tiel tute malstreĉita, ke li povus dormeti.

PFFT.

La odoro ĉi-foje estis malsama, pipromento kaj io alia, kion li ne povis tute identigi.

"Ĝi estas rosmareno," diris la voĉo el la muro.

"Tre refreŝiga." Liaj okuloj estis fermitaj, kaj li drivis en siaj pensoj, kiam la plafono super lia kapo larĝe malfermiĝis. Li skuis la kapon, malfermis la okulojn, prepariĝante por tio, kio venos.

Sunradioj fulmis en la metalan ujon, resaltante de muro al muro. Li kovris siajn okulojn por protekti ilin kontraŭ la maltrankviliga lumspektaklo. Kiam la resaltantaj lumoj ĉesis, figuro falis enen tra la malfermita tegmento. Kia eniro! Estis Rafaelo.

"E-e-em, saluton," li diris. "Tio estis sufiĉe impona eniro."

"Mi estis promociita," konfesis la arĥanĝelo, "kaj certa pompo estas postulata. Eble, iom troa en ĉi tiu kazo, sed ĝi estas relative nova promocio. Ĉiuj promocioj havas lernokurbon."

"Gratulon pri la promocio."

"Dankon, nun ni transiru al la afero, pro kiu vi estas ĉi tie."

"Komprenite."

E-Z pacience atendis, ke Rafael denove parolu, sed dum iom da tempo ŝi silentis. Anstataŭe, ŝi flirteis ĉirkaŭe, kiel birdo testanta siajn flugilojn unuafoje. Ĉu ŝi fanfaronis? Se jes, kial? Tiam li rimarkis ĝin: ŝi portis tute novan okulvitran paron. Ĉi tiuj estis pli grandaj, pli karakterizaj, kun pli grandaj kadroj kaj pli dikaj lensoj, kaj igis ŝin aspekti kiel ina versio de S-ro McGoo.

"E-e, belaj okulvitroj," li mensogis.

"Ili ne estis mia unua elekto," konfesis Rafael, "sed ili devos sufiĉi." Ŝi proksimiĝis al la loko, kie li sidis, kaj flosis. "Ŝajnas." Ŝi haltis kaj moviĝis malkomforte.

SKIDOO.

Alvenis seĝo, sur kiu ŝi sidis dum sekundo.

SKIDOO.

Kaj ĝi malaperis. Ŝi denove flosis. Ŝi metis sian malfermitan manplaton sur la flankon de sia vizaĝo.

"Kelkaj aferoj estis atentigitaj al ni. Mi ne celas tion en la reĝa senco, mi celas tion kiel al ĉiuj arĥanĝeloj."

"Kiel ekzemple?"

Denove, ŝi malkvietiĝis.

"Ĉu mi petu la muron ŝpruci iom da lavendo por malstreĉi vin? Vi ŝajnas sufiĉe streĉita."

Tiam ŝi estis antaŭ lia vizaĝo kriegante, "LAVENDO NE FUNKCIAS SUR ARĈANĜELOJ! Ĝi estas abomena, homa..."

Ŝi profunde enspiris. "Mi tre bedaŭras."

"Ne gravas. Mi komprenas, vi havas malbonajn novaĵojn por diri al mi. Pli bone estas tuj diri la tuton. Kion mi celas diri, simple diru al mi rekte."

"Tre bone. Jen mi komencas."

E-Z kliniĝis pli proksimen. "Bone, pafu."

El la laŭtparoliloj en la muro sonis kanto, io pri pafado al ŝerifo.

Li unue akompanis ĝin per humado. "Ĉesu!" komandis E-Z. "Kaj diru al mi, kial mi estas ĉi tie."

"Li volas tuj ekiri al la afero," diris Rafael al si mem. "Nu do, jen ĝi. Mi iros rekte al la punkto."

"Bone, faru tion," diris E-Z, dezirante, ke ŝi tion faru.

"Resume," ŝi diris, "Eriel estis kaptita kun ruĝaj manoj – ludante por ambaŭ flankoj."

"Ludante kion?" Tiam io en lia menso ekklakis. "Ne, vi ne povas intenci, ke li perfidis nin?"

Ŝi frapetis sian ostan fingron sur sian mentonon, dum E-Z malfermis kaj fermis sian buŝon kiel fiŝeto senakviĝinta.

"Jes. Eriel persone respondecis pri la morto de via amikino Rosalie. Li ankaŭ respondecis pri la detruo de La Blanka Ĉambro. Tute li. Tute Eriel."

E-Z ĉion absorbis. Malriĉa Rosalie. "Atendu! Ĉu li ne laboris por vi? Mi volas diri, ĉu vi ne estris lin? Kiel tio povis okazi dum via deĵoro? Mi legis kelkajn aferojn pri arĥanĝeloj, sed perfidi infanojn, kiuj volontulas por helpi vin, estas la plej malaltebla ago. Mi supozas, ke leoparoj ne ŝanĝas siajn makulojn."

"Mi ne estrois Erielon. Li kaj mi estis kunlaborantoj, kamaradoj. Ni laboris kune kaj mi pensis, ke ni respektis unu la alian. Mi eraris."

"Kaj tamen, vi estis promociita."

"Jes, sed la du aferoj ne estis rekte ligitaj. Ĉio, kion mi povas diri al vi, estas, ke Eriel iam estis unu el ni, nun li ne plu estas. Post perfido al ni, kaj al vi. Post kiam li turnis dorson al siaj principoj – ĉio, kion ni reprezentas – li estas ekster la grupo. Mi celas, por ĉiam ekster."

E-Z ekĝemis. "Ĉu vi diras al mi, ke Eriel malkaŝis nin? Per 'nin', mi celas min kaj mian teamon?"

"Michael, kiu estas nia gvidanto, pridemandis Erielon. Necesis multe da peno por igi lin paroli. Sed li konfesis, ke li revenigis La Furiojn al la Tero. Ke li uzis ilin por plialtigi sian rangon. Ne ekzistas savo. Neniu pardono por Eriel."

"Mi restas senvorta. Kiel tio okazis?"

"Kiel? Nu, se ni scius kiel, tiam ni scius kial – kion ni ne scias. Kion ni ja scias, estas ke li estas Eriel, kaj Eriel ĉiam faras tion, kio estas plej bona por Eriel. Ni sciis, ke li havas problemojn, kaj tamen, ni daŭre donis al li oportunojn por pruvi sin – kaj kiam li malsukcesis por ni – ni pardonis lin kaj donis al li alian ŝancon kaj alian ŝancon. Ni daŭre kredis je li ĝis nun. Li estas finita. Finita."

"Finita? Ĉu vi celas morta? Ĉu arĥanĝeloj mortas? Kaj kial vi donis al li tiom da ŝancoj? Ĉu vi ne konas la diron, 'tri fojojn frapita, vi estas for'?"

"Jes, mi aŭdis tiun basbalterminologion, sed ni estas arĥanĝeloj kaj oni atendas, ke ni ĉiuj malsukcesos, aŭ iel relapsos. Kaj vi pravas pri la okazaĵo en la Edena Ĝardeno. Nia historio iras tre malproksimen... sed ni pensis, ke ni fartas pli bone, ke ni pliboniĝas. Mi mem estas la Patrona Sanktulino de junuloj, kiel vi kaj viaj amikoj. Tial mi sugestis, ke ni kunlaboru kun vi por venki tiujn terurajn Furiojn. Fakte, estis Eriel, kiu kuraĝigis min fari tion. Li estas tiu, kiu malkovris vin. Kiu sendis Hadz kaj Reiki al vi. Ĝis kiam tiuj teruraj fratinoj alvenis, ni aldonis ion pozitivan al ĉiuj viaj vivoj... Ni donis al vi celon. Ĉu vi memoras la fojojn, kiam vi volis rezigni? Vi ne rezignis, ĉar ni helpis vin daŭrigi."

"Bone, mi komprenas, ke Eriel estas la fiulo. Kion tio signifas por mi kaj mia teamo? Laŭ mi, nia misio estas kompromitita. Do, ni foriras kaj mi pensas, ke vi devus transiri al Plano B."

"La problemo estas," diris Rafael, poste haltis, kiam la plafono supre remalfermiĝis kaj Ophaniel alvenis sen ia ajn pompo, flosante malsupren al ili.

"Delonge ni ne vidis nin," diris Ophaniel, direktante sin al E-Z. Poste al Rafael, "Ĉu li estas ĝisdata?"

"Jes, li estas. Kaj mi tre ĝojas, ke vi estas ĉi tie, ĉar li volas scii, kio estas nia Plano B."

Ophaniel kapjesis. "Tre bone. Por diri ĝin kiel eble plej klare, ni ne havas Planon B aŭ C aŭ D – ĉar vi kaj via teamo estis ĉiuj niaj planoj kunigitaj en unu."

E-Z skuis la kapon nekredeme. "Ĉu vi arĥanĝeloj ne aŭdis la frazon, 'ne metu ĉiujn viajn ovojn en unu korbon'?"

Ophaniel ridis. "Jes, ĝia origino estas el la rolulo de Cervantes, Don Kiĥoto, sed ĝi neniam vere havis sencon por mi. Eble ĉar ni arĥanĝeloj ne manĝas ovojn. La nura penso pri ilia gelateneca ovoflaveco – fuj – igas min voli vomi."

"Ankaŭ mi," diris Rafaelo, kovrante sian buŝon per la dorso de sia mano. "Krom ilia abomena aspekto, kial oni entute metus ovojn en korbon? Kial ne en bovlon? Se oni preparas ovojn..."

"Mi konsentas," diris Ophaniel. "Mi vidis Jamie Oliver kuiri omleton. Li unue uzas bovlon, poste li kuiras ilin."

"Ho, frato, mi ne povas kredi, ke vi arĥanĝeloj spektas televidon, des malpli Jamie Oliver-on." Li skuis la kapon. "Tio signifas, ke se vi metas ĉiujn ovojn kune, en unu lokon – kiel korbon aŭ bovlon aŭ paton aŭ kion ajn vi preferas – se vi faligas la korbon aŭ bovlon aŭ paton – tiam ĉiuj ovoj rompiĝos kaj la ŝeloj ilin difektos – do vi havos neniujn ovojn por la matenmanĝo."

"Sed ĉu kokinoj ne demetas ovojn ĉiutage? Do, se vi ne ricevas ovojn hodiaŭ, vi simple revenu morgaŭ," diris Ophaniel.

"Kio gravas unu tago sen ovo?" demandis Rafael.

E-Z malfermis sian manon kaj frapis ĝin kontraŭ sian kapon. "Argghh!" La arĥanĝeloj rigardis lin kaj atendis, dum li tre profunde enspiris kaj poste tre laŭte elspiris. "Kion ni faros pri tiu ĉi situacio kun Eriel?"

"Unue," diris Ophaniel, "jen revenantaj al vi hodiaŭ, laŭ via speciala peto, estas, tambur-rulado - viaj du amikoj..."

POP.

POP.

Hadz kaj Reiki, aŭ tio, kio ŝajnis esti la du aspirantaj anĝeloj, alvenis. Ili estis nigraj pro fulgo, de kapo ĝis piedo. Iliaj petaloj estis misformaj, ŝiritaj; iuj estis malfermitaj kaj supren, iuj estis mortaj kaj velkintaj. Iliaj flugiloj pendis, kvazaŭ ili forgesis kiel flugi aŭ ne plu havis volon, kaj iliaj vizaĝoj, la esprimo sur iliaj vizaĝoj estis unu de ekstrema malespero.

"K-kio okazis al ili?" li demandis.

Ophaniel alproksimiĝis al la du delokitaj aspirantaj anĝeloj kaj ili retiriĝis.

"Vi nun estas sekuraj," diris Rafael, per milda patrina voĉo, kio igis ilin eksploregi, kio fariĝis ĝemoj.

Ophaniel kovris siajn orelojn, poste alproksimiĝis al E-Z kaj flustris. "Eriel malliberigis ilin. Ni bezonis iom da tempo por trovi ilin ĉi-foje. La kompatinduloj ne povis helpi sin, ĉar li senigis ilin je iliaj povoj."

"Kompatinduloj," diris E-Z.

E-Z, Ophaniel kaj Rafael turniĝis al la estaĵoj. Hadz kaj Reiki provis rideti. Ili eĉ ne proksimiĝis al tio.

La du baraktis, kvazaŭ ili forpelus aron da vulturnoj.

"Kvietu," diris Ophaniel.

Hadz kaj Reiki ĉesis moviĝi. Nun ili sidis kiel paro da malpuraj pupoj, kun siaj okuloj fiksitaj al nenio kaj neniu. Ili estis ombro de siaj iamaj memoj.

"Mi ne volas esti malĝentila," flustris E-Z, "sed en sia nuna stato, ili ne multe helpos al ni. Tio estas, se vi povas konvinki nin daŭrigi kun ĉi tiu plano sub la cirkonstancoj."

La vortoj de E-Z trafis la du pretendajn anĝelojn kiel vangofrapo.

POP.

POP.

"Kia tre malĝentila kaj nenecesa krueleco!" riproĉis Ophaniel, antaŭ ol ŝi malaperis.

ZAP.

"Vi montris al ni tre kruelan flankon de via karaktero, E-Z Dickens, kaj se via patrino kaj via patro estus ĉi tie, ili hontus pri vi."

"Pardonu," diris E-Z, "sed neniam parolu al mi pri miaj gepatroj. Por vi arĥanĝeloj, ili estas tabuo. Komprenite?"

Rafaelo kapjesis.

"Cetere, mi ne intencis vundi iliajn sentojn. Kompreneble, ni povas uzi ilin. Se ni devos batali kontraŭ la Furioj, tiam ni bezonos ĉian helpon, kiun ni povas ricevi. Bonvolu reveni, Hadz kaj Reiki. Donu al mi alian ŝancon."

Nenio.

E-Z denove provis. "Revenu kaj vi estos tre bonvenaj membroj de nia teamo."

POP.

POP.

La paro nun estis puraj kaj ordaj kiel siaj malnovaj memoj.

"Bonvenon reen," diris E-Z.Hadz kaj Reiki flugis al li. Ĉiu ekloĝis sur unu el liaj ŝultroj. Ili tremis, nevole, timigitaj de siaj propraj ombroj.

"Ĉio estos en ordo," li diris. "Ni protektos vin nun, kiam vi estas membroj de nia teamo."

Ili provis rideti, kaj li aprezis la penon.

"Do," diris E-Z, "kion precize Eriel diris al La Furioj pri ni? "

"Li diris al ili, ke ni sendas infanojn por venki ilin – jen ĉio."

"Ĉu tion li diris al vi? Kiel ni sciu, ke li ne mensogas? Kaj kiel ni eksciu, kio estas la fina celo de La Furioj?"

"Ni pensas, ke ni scias, ke la fina celo de La Furioj kaj Eriel estis regi la teron. Ili intencis premi la TERAN PAŬZO-BUTONON kaj transformi ĝin en Novan Hadeson, t.e., inferon sur la tero. Kie ili povus regi, formante teamon de animoj, kiuj estus je ilia dispono. Jes, ili permesus al animoj eliri por libere vagadi, sed tuj kiam ili havus sian liberecon – ili devus rezigni pri ĝi."

"Kial ili konsentus rezigni pri ĝi?" li demandis.

"Ĉar homoj, eĉ homaj animoj ne povas prilabori la koncepton de libereco. Anstataŭe, ili preferas esti limigitaj. Manko de libereco estas la homa sekureca kovrilo."

"Tio estas mensogo," diris E-Z.

"Tio tiom kolerigas min! Ni homoj povas aprezi nian liberecon. Ni amas la naturon, povi spiri la aeron, kunhavigi niajn pensojn kaj sentojn kun aliaj, aprezi la mondon kaj ĉion, kion ni havas en ĝi."

"Ĉu sufiĉe kolera por batali por via libereco kaj por la libereco de aliaj?" diris Ophaniel.

E-Z eĉ ne rimarkis, ke ŝi revenis.

"Jes," li diris. "sed diru al mi, en tiu ĉi nova mondo de ili, ili elektus nur la animojn, kiujn ili povus regi. Kio okazus al la aliaj?"

"Ili flosadus ĉirkaŭe eterne, sen hejmoj," diris Rafael. "En tiu ĉi nova mondo de ili, la postvivo estus eliminita. La tero estus eterne en stato de paŭzo. Animoj restus en korpoj, kiuj ne plu vivus, nek estus mortaj. Neniuj koroj plu batus. Neniu amo aŭ naskiĝantaj infanoj. Neniuj animoj por supreniri – plu – neniam."

E-Z restis silenta, pensante, sorbante ĉion. La voĉo en la muro demandis, "Ĉu iu deziras trinkaĵon?"

"Ne, dankon," li diris, sed li ĝojis pri la interrompo, ĉar ĝi revenigis lin al la momento. "Mi komprenas, kion Eriel uzis la Furiojn por fari. Restas la fakto, ke li estas arĥanĝelo kiel vi, kaj vi sciis, ke li havis problemojn, tamen vi donis al li ŝancon post ŝanco eĉ kiam li ne meritis tion. Do, nun mi scivolas, kial ni, mi mem kaj mia teamo, devus ripari tion, kion fuŝis unu el viaj propraj arĥanĝeloj?"

"Ĉar..." komencis Rafaelo.

"Mi ankoraŭ ne finis," diris E-Z, "antaŭe, kiam vi kaj Eriel vizitis mian domon, kiam li renkontis mian familion, kaj la aliajn teamanojn, ni pensis, ke li estas je nia flanko. Li vidis, kie ni loĝas. Li scias ĉion pri ni. Ni estas en granda danĝero pro li."

"Tio estas vera," diris Ophaniel.

"Nepridubebla, kaj ni tre bedaŭras," diris Rafael.

"Diru al Eriel, ke li haltigu ilin. Li kreis ĉi tiun fuŝon, kaj li devus ripari ĝin." Li frapis la brakapogilojn de sia seĝo per siaj fermitaj pugnoj, igante Hadz-on kaj Reiki-on salti kaj tremi. Li frapetis la kapojn de la aspirantaj anĝeloj. "Estas en ordo, mi bedaŭras, ke mi ĝenis vin."

"Bravo!" ekkriis Hadz.

"Hura!" ekkriis Reiki.

Raphael kaj Ophaniel diris unuvoĉe, "Eriel estas katenita profunde en la internaj visceraĵoj de la tero. Li estas en loko, kien neniu homo kuraĝu iri. Resume, oni ne povas atingi lin."

"Sed ni iam eskapis el la minejoj," diris Reiki.

"Dufoje," diris Hadz.

"Li ne estas en la minejoj, li estas en alia loko, pli profunde, ne tiel profunde kiel en la fajroj, sed en alia loko, kie estas tiel malvarme, ke ĉio glaciĝas, eĉ la sango fluanta tra la vejnoj. Loko, kie neniu homo povus postvivi!"

Eriel ankaŭ estas senpova tie, ĉar liaj povoj estis forprenitaj. Li estas sub seruro kaj ŝlosilo, li vidas neniun. Aŭdas nenion. Li neniam estos permesita eliri el tiu loko – NENIAM."

"Mi volas paroli kun li," diris E-Z. "Mi devas demandi al li demandojn – demandojn, kiujn nur li povas respondi."

Raphael kaj Ophaniel kriis, "Vi ne povas! Vi ne rajtas!"

"Do mi retiras la subtenon de mia teamo. Bonvolu reporti min hejmen. Haruto kaj la aliaj povas reveni al siaj familioj." Li ĉesis paroli, kiam fulmo de PJ kaj Arden ekbrilis en lia menso. Se li farus nenion, ili restus en komatoj, eble por ĉiam.

Li rememoris ĉiujn fojojn, kiam ili helpis lin. Lian unuan tagon reen en la lernejo en rulseĝo. La fojo, kiam ili reenkondukis lin al basbalo – ĉiuj uloj de la teamo estis sur la kampo por saluti lin. La fojo, kiam ili helpis lin travivi ĉion, kiam liaj gepatroj mortis. Larmo falis laŭ lia vangon. Li viŝis ĝin for.

"KAPTURU LIN!" tondris voĉo el la muro.

Tiam subite fariĝis tre, tre malvarme. Tiel malvarme, ke li imagis, ke li vere sentas la sangon en siaj vejnoj glaciĝi.

ĈAPITRO 14

ERIEL SUR GLACIO

Tute sola. Tiel tre tute sola. Kaj tiel malvarma, tiel tre, tre malvarma. Estis kvazaŭ li estus en kavigita glacikubo. Kiam li enspiris, la glacio plenigis liajn pulmojn.

Li iris al la rando. Li enspiris en ĝin. Ĝi nebuliĝis. Ĝi ne estis glacikubo; ĝi estis vitra kubo. Kaj estis tenilo. Ĝi aspektis kiel farita el metalo. Timante, ke lia haŭto algluiĝos al ĝi, li uzis sian ĉemizon kaj malfermis ĝin.

Ene estis kolekto da varmaj kovriloj, litkovriloj, puloveroj, ĉapeloj, gantoj – la tutaĵo. Li enmetis la manojn kaj plivestis sin.

Dum li enmetis la brakojn en la puloveron, lia menso flugis reen al tempo, kiam lia patro portis similan puloveron dum skia ekskurso.

Ĝi estis verda, kiel ĉi tiu, kaj ekstere ĝi estis grateta al la tuŝo, sed interne ĝi estis tiel varma kiel rostpano. Dum li ĉirkaŭtiris ĝin sur sin kaj butonis la antaŭon, la kverka odoro de la plej ŝatata razloko de lia patro plenigis liajn nazotruojn. Li flaris la razlokon de sia patro en ĝi. Lin superfortis forta sento de *déjà vu*, kiam li enmetis siajn fingrojn en paron da nigraj veluraj gantoj – gantoj, kiujn li ĵuris apartenintaj al sia patro. Tamen tio ne eblis, ĉar ĉio estis detruita en la incendio. Li ĉirkaŭprenis sin per la brakoj, provante varmiĝi. Li sentis, ke malvarmo ekregas lian korpon kaj menson.

Li flankenpuŝis aliajn aĵojn, malkovrante litkovrilon ĉe la fundo de la skatolo, kiun li tuj rekonis. Mane trikita de lia patrino sur la sofo nokton post nokto, kaj kiam ĝi estis finita, ĝi okupis sian lokon – sur la dorso de la ledsofo. Por la filmnoktoj kaj por kovri liajn okulojn, se io timiga okazis.

Li demetis la gantojn kaj tuŝis ĝin, por vidi ĉu ĝi estas reala, kaj poste frotis ĝin kontraŭ sian vangon. La floreca odoro de la parfumo de lia patrino atingis lin, konsolante lin. Larmo kuris laŭ lia vangon, dum li remetis la gantojn, poste li ĉirkaŭvolvis la kardiganon de sia patro per la kovrilo de sia patrino. Li portis la kovrilon kiel kapuĉon, kaj observis sian ĉirkaŭaĵon.

Super lia kapo, sed pintantaj malsupren per siaj akraj pintoj, estis stalaktitoj el glacio de ĉiuj grandecoj kaj formoj. Se unu el ili falus, ĝi trapikus la supron de lia kranio kaj daŭrus tra li ĝis liaj piedfingroj. Li deziris, ke li havu konstruan ĉapelon -

BINGO.

Kaj flava sekureca ĉapelo aperis sur lia kapo, poste alia kaj alia kaj alia. Li sentis sin kiel Scivolema Ĝorĝo, kaj ridetis. Nun li estis preta por ĉio.

Li serĉis pordon, paŝetante laŭ la muroj de la kubo. Neniu tenilo videblis. En kiajn malliberejojn ili ĵetis lin?

Finfine, li trovis randojn, en la centro de la dekstra muro. Li demetis ganton kaj uzis sian ungungon por gratvundi la surfacon de tio, kion li baldaŭ malkovris esti fenestro. Tio, kion li vidis, ne malpliigis lian maltrankvilon. Lia kubo estis unu el multaj, etendiĝantaj laŭ la tunelo tiom kiom la okulo povis vidi. Neniuj okupantoj videblis malantaŭ la vitritaj fenestroj de siaj propraj kubikloj.

Li blovis sur la vitron kaj skribis la vorton,

"HELPU!",

literumita malantaŭen, por ke iu ajn povu ĝin legi. Poste li rapide forviŝis ĝin, rememorante, kiu lin venigis: Eriel.

E-Z moviĝis laŭ la fronto de la kubo, al la malproksima flanko, kaj denove li trovis kadron, kiu certe estis fenestro. Li skrapis la surfacon kaj baldaŭ trovis tiun, kiun li serĉis: la perfidanton.

La iam potenca arĥanĝelo aspektis patetika, kvazaŭ iu pikis lin per pinglo kaj ellasis la tutan aeron. Lia korpo estis fiksita al la muro. Unue, E-Z pensis, ke lin tenas en loko gravito aŭ ia nevidebla forto, sed poste li konstatis, rigardante pli atente, ke la tuta korpo de Eriel estis enhavita en dika bloko da glacio.

La kubo de Eriel estis formita laŭ lia korpo, tial glacikrio plenigis ĉiun angulon kaj fendon de lia formo kaj li, male al E-Z, ne havis aliron al kovriloj.

KLANG.

KLANG.

KLANG.

E-Z streĉis sian kolon maldekstren, kiam li aŭdis la sonon de eĥantaj paŝoj. Li povis senti, ke la estaĵo proksimiĝis, sed li ne povis vidi ĝin.

KLAK.

KLUK.

KLUK.

E-Z skuis la kapon. Li devis koncentriĝi, resti en la momento, kaj tamen, li spertis alian strangan senton de *déjà vu*.

Lia menso flugis reen al la songô, kiun li havis antaŭ iom da tempo pri naskiĝtaga festo kun PJ kaj Arden. En tiu songô, kapuĉa figuro estis alveninta, farante similan sonon. La songô temis pri trovado de malaperinta basbala ĉapo.

Kiam la sono fariĝis surda, li ekvidis la figuron, kiu estis militisto, grandega, kun flugiloj grandaj kiel du plenkreskaj aceroj. En unu mano, la arĥanĝelo tenis oran ŝildon kaj en la alia glavon. E-Z ŝirmis siajn okulojn dum la lumo trafis la glavkorpon.

KLINK.

KLINK.

KLINK.

La arkianĝela militisto haltis antaŭ Eriel, kiu ne levis siajn okulojn por renkonti la rigardon de la alveninto.

Ĝis li haltis, E-Z ne rimarkis la grandegajn flugilojn de la arkianĝelo, kiuj dum lia marŝado estis ripozantaj. Nun, la militisto sin levis, tiel ke liaj kaj Eriel-aj vizaĝoj estis samnivelaj.

"Vi havas vizitanton," li diris.

La okuloj de Eriel restis mallevitaj.

"Viaj okuloj ne trompas min," diris la militisto. "Vi hontigis vin mem. Vi hontigis nin ĉiujn – kaj tamen, vi ne bedaŭras, kaj vi ne pentas. Parolu al mi. Diru al mi, kial mi entute devus permesi al vi vizitanton."

Eriel daŭre rigardis la plankon, murmuregante ion neaŭdeblan.

"Parolu laŭte!" postulis la militisto.

"Mi ja pentas!" elspitis Eriel. "Mi pentas, ke mi malsukcesis..."

"Silentu!" postulis la militisto.

KLANG.

KLANG.

KLANG.

Nun la militisto staris sur la alia flanko de la vitro, vizaĝon al vizaĝo kun E-Z.

"Mi estas Mikaelo," li diris. "E-hm, saluton, mi estas E-Z." Li rekonis la voĉon de la viro. Li estis tiu, kiu ordonis al Rafael kaj Ofaniel lasi lin paroli kun Eriel.

"Stariĝu," diris Mikaelo.

"Mi ne povas marŝi," li diris.

"Vi povas, se mi tion diras," rivelis Mikaelo, "kaj mi tion diras. Stariĝu, E-Z Dickens!"

E-Z sentis sin kiel unu el tiuj, kiuj preparigas por esti resanigitaj dum televida diservo. Maleme, li leviĝis el sia seĝo. Liaj kruroj iomete tremis, plejparte pro timo ol pro malkredo. Finfine, Mikaelo estis la plej potenca arĥanĝelo. Sekundojn poste, E-Z staris rekta ene de la glaca muro.

"Vi petis paroli kun, tiu aĵo, tiu falinta aĵo tie sur la muro. Li ne helpos vin, ĉar li estas putra ĝis la kerno. Kaj tamen li DEVUS helpi vin. Li DEVUS helpi nin ĉiujn por savi sin mem de tio, ke li fariĝu glacia skulptaĵo – daŭra parto de ĉi tiu loko."

Kun ĉiu elparolata vorto, la voĉo de Michael sentigis al E-Z, ke li plifortiĝas kaj plifidiĝas.

Eriel levis siajn okulojn.

Dum sekundo E-Z ekvidis ion tie. Ĉu estis malvenko? Ĉu estis pento? Eriel fermis la okulojn dum lia korpo senfortiĝis en la glacia mallibereco, kiu tenis lin.

"Mi pensas, ke li svenis," diris E-Z.

KLANG.

KLANG.

KLANG.

Michael revenis por pli proksime rigardi sian glacian malliberejon. Serpento elglitis el la supro de lia boto, kaj ekrampis al la vizaĝo de Eriel. La estaĵo rampis supren, supren, kun sia forklingo moviĝanta tien kaj reen kvazaŭ ĝi malsatus je sango.

Michael diris, "La korpo de mia amiko degelas al via vizaĝo, Eriel. Ĉu vi ne volas malfermi viajn okulojn kaj saluti?"

Eriel ja malfermis siajn okulojn, kaj vidante la serpenton suprenrampantan laŭ lia korpo, li eligis krion.

"GARUUUUUUUUUUMMMMMMM!"

Michael klakis la fingrojn kaj la serpento ĉesis moviĝi. Uzante sian ungun, Michael skrapis la glacion. En ĝi, la korpo de Eriel vibris. Kvazaŭ li estus fulmotuŝita.

"MMMMM,hhhhh,

MMMMMMM!"

"Ĉesu!" E-Z kriis, kovrante siajn orelojn. "Bonvolu!"

Michael ĉesis grati. Li levis sian brakon, kaj la serpento sin volvis ĉirkaŭ ĝi kaj rampis reen en lian botoon.

"Ĉi tiu knabo montras al vi kompaton, Eriel. Tio estas pli ol vi meritas."

Eriel daŭre ĝemis malespere.

Michael daŭrigis, turniĝante al E-Z, "Mi donos al vi kvin minutojn por demandi al Eriel ajnajn demandojn, kiujn vi eble havas."

Poste al Eriel, "Ni povas devigi vin paroli kun li, sed mi preferus, se vi memvole elektus helpi lin. Iam vi elektis savi la vivon de ĉi tiu knabo. Li siavice repagis sian ŝuldon. Nun, vi perfidis nin kaj vi devas re-gajni nian fidon."

Michael levis sian piedon kaj piedbatis la glacian strukturon, en kiu Eriel estis enŝlosita. Ĝi skuiĝis, sed ne fendiĝis nek disrompiĝis.

"Vi naŭzas min! Vi atendas, ke ĉi tiu homa knabo riparu viajn erarojn. Ke li fakte korektu viajn malpravojn. Tamen, li volas doni al vi ŝancon respondi liajn demandojn. Do, helpu lin. Ĉi tio estas via sola ŝanco, via sola okazo por pruvi al ni, ke vi ankoraŭ havas ion en vi savindan. Iun parton de vi, kiu ankoraŭ ne putriĝis ĝis la kerno."

Eriel levis la okulojn. "Sinjoro." Li denove mallevis ilin.

"Vi povas esti pardonita, sed se vi elektos ne helpi lin – via manko de kunlaboro estos konvene notita."

La okuloj de Eriel restis fiksitaj sur la planko.

"Ĉu vi komprenas?" demandis Michael. Kiam Eriel ne respondis, la voĉo de Michael tondris:

"ĈU VI KOMPRENAS?"

Ŝajnis al E-Z, ke la glacio ĉirkaŭ li ektremis kaj ektremetis pro la nura sono de la voĉo de Michael, kaj li denove estis danka pro ĉiuj kaskoj protektantaj lian kranion. Li esperis, ke ili sufiĉos, alie li estus entombigita en ĉi tiu loko kun Eriel kaj Michael por ĉiam, kaj li neniam plu vidus Onklon Sam, aŭ siajn amikojn.

Eriel kapjesis.

"Kvin minutoj," diris Michael.

KLANG.

KLANG.

KLANG.

Kaj li malaperis.

Li kaj Eriel estis solaj.

E-Z alproksimiĝis al Eriel kaj demandis, "Kiel ni povas venki La Furiojn?"

Eriel malfermis la buŝon por paroli, sed diris nenion. Li fermis la okulojn.

"Bonvolu," E-Z petegis. "Bonvolu helpi nin."

KLAK.

KLAK.

KLAK.

Michael jam revenis. Ne povis esti pasintaj kvin minutoj – ne ankoraŭ. Li lernis nenion, absolute nenion de Eriel.

Eriel, kun premitaj dentoj kaj treme, flustris tri vortojn: "Uzu la okulvitrojn de Rafael."

"Kio?" kriis E-Z, frapante la glacian muron per siaj pugnoj. "Kiel?"

La sekvan momenton, li jam denove estis en la kuireja pordo. Li ne plu portis la vestaĵojn de siaj gepatroj, sed la kombina odoro de la razloko de lia patro kaj la parfumo de lia patrino persistis. Li brakumis sin kaj aŭskultis dum Charles klarigis la moralon de sia rakonto.

"La moralo de mia rakonto," diris Charles, "estas, ke ĉio estas pli bona, kiam oni havas amikojn kun kiuj oni povas ĝin kunhavigi."

"Ho," diris E-Z, dum Samantha anoncis, ke la matenmanĝo estas servata.

"Viciĝu ĉi tie. Prenu teleron, viŝtukon kaj manĝilaron. Prenu laŭplaĉe," ŝi diris. "Ĝi estas bufedo."

Sobo diris, "Sumogasubodo!" al Haruto, kiu ĝoje kriis.

"Mi faris iom da suŝio," diris Samantha. "Estis mia unua fojo."

Sobo kapjesis, "Dankon, sed venontfoje lasu min helpi vin."

Samantha kapjesis, "Tio estus mirinda."

E-Z antaŭenmovis sian seĝon.

Onklo Sam flustris, paŝante apud li, "Kien vi iris? Mi volas diri, vi estis tie, kaj via seĝo estis tie, sed vi estis ankaŭ aliloke, ĉu ne?"

"E-hm, jes, mi klarigos poste. Mi bezonas tempon por prilabori ĉion, kio okazis. Donu al mi kelkajn minutojn. Ho, kaj cetere, dankon."

"Pro kio?" demandis Sam.

"Pro la matenmanĝo, estis kvazaŭ en la malnovaj tempoj. Amuze."

"Ni certiĝu, ke ni faros tion denove baldaŭ."

"Certe," li diris, dum li direktiĝis al sia ĉambro.

ĈAPITRO 15
Hejmo, dolĉa hejmo

NUN TUTE SOLA, ESTIS bone scii, ke Eriel ne plu estis fizika minaco por ili. Li estis nekapabligita danke al Michael, sed nur post kiam li perfidis ĉiujn.

Eriel iris multe tro malproksimen, sed kial? Kial li perfidus sian propran specon? Tute sciante, ke Michael estis pli potenca ol li. Tio tute ne havis sencon.

POP.

POP.

"Bonvenon hejmen!" li diris.

Hadz kaj Reiki alteriĝis antaŭ li sur la lito, "Dankon, E-Z. Vi ĉiam traktas nin afable."

"Mi bedaŭras, ke Eriel estis tiel terura al vi. Bone, ke li nun estas enfermita. Tion li meritas."

"Kion vi pensis pri ili?" demandis Hadz.

"Mi ne certas, kion vi celas."

"Ni sendis la keston."

"Ho, eble ĝi ne funkciis," diris Reiki.

"Ĉu tio estis vi?" La okuloj de E-Z pleniĝis de larmoj.

"Mi ĝojas, ke ĝi sekure alvenis," diris Hadz, dum la ridetoj de la paro da aspirantaj anĝeloj etendiĝis trans iliaj vizaĝoj tiel, ke ŝajnis, ke la ceteraj trajtoj de iliaj vizaĝoj malgrandegiĝis.

"Koran dankon. Mi pensis, ke ĉio apartenanta al miaj gepatroj estis detruita en la incendio." Li profunde enspiris, subpremante la larmojn. "Mi nur dezirus, ke mi povus kunporti ĝin ĉi tien. Kvankam ĝi multe valoris, eĉ nur havi ĝin por..."

ZAP.

"Sufiĉis diri la vorton. Ili ja estas viaj," ili diris. Ĝi estis tie, ĉe la fino de lia lito. La kesto de liaj gepatroj, aŭ tio, kion ili nomis sia "kovrila kesto". En ĝi estis trezoroj, kiujn li trarigardis kiel infano. Kaj nun ĝi estis lia. Tuŝebla trezorkesto plena je memoroj pri liaj gepatroj.

"Sed kiel?" li demandis.

"Ni sukcesis savi kelkajn aĵojn, enirante kaj elirante kiam la domo brulis," diris Hadz.

"Ni decidis sekurigi ilin por vi, ĝis vi estus preta rericevi ilin. Ni esperas, ke la momento estis ĝusta."

Li moviĝis, kvazaŭ en sonĝo, al la kesto kaj malfermis la kovrilon. Aromo de la musk-ligna postŝeobo de lia patro miksita kun la dolĉ-citrona parfumo de lia patrino salutis lin kiel brakumo. Zorge ne lasante ĉion elflui samtempe, li milde fermis la kovrilon.

"Mi ne povas sufiĉe danki vin ambaŭ. Mi neniam povos danki vin. Mi trarigardos ĉion, alian fojon. Denove, koran dankon al vi ambaŭ." Li etendis siajn brakojn kaj la du preskaŭ-anĝeloj flugis en ilin.

"Li tro emociiĝas," diris Hadz.

"Ĉu iu diris al vi, ke vi bezonas hartranĉon?" demandis Reiki.

E-Z fingrokombis sian hararon kaj platigis la mezan harparton, kiu, pro la frostiga malvarmo en la profundoj de la tero, staris supren kiel brosharoj. "Pli bone?"

"Iomete," diris Hadz.

"Bone, mi devas koncentriĝi. La aliaj baldaŭ estos ĉi tie por ricevi informojn pri la situacio kun Eriel. Mi devas rakonti al ili pri Michael. Ĉu vi pensas, ke ili estos impresitaj, ke mi renkontis lin?"

"Ne gravas, ĉu ili estas impresitaj," diris Hadz. "Kio gravas estas, ĉu Eriel diris al vi ion valoran?"

"Jes, sed mi ankoraŭ provas eltrovi, kion li celis."

"Diru al ni, eble ni povas solvi la misteron!"

"Kion li celis?" demandis Alfred, enŝovis sian bekon en la ĉambron.

"Envenu," diris E-Z.

Alfredo enstumblis. Estis plumŝanĝa sezono kaj kelkaj plumoj flirteis malantaŭ li. "Saluton Hadz, saluton Reiki."

"Saluton," ili respondis.

"Longa rakonto, sed por tuj veni al la punkto, oni vokis min reen al la silo, kie Rafael kaj Ophaniel informis min pri situacio koncerne Eriel. Li laboris sur ĉiuj flankoj. Ŝajnigante sin aliancita kun ni, la arĥanĝeloj kaj La Furioj. Ne zorgu, lia perfido estis malkovrita kaj li estis kaptita kaj malliberigita. Lin gardas la ĉefarĥanĝelo Miĥaelo, kiu permesis al mi mallonge paroli kun Eriel."

"Kaj kion diris Eriel?" demandis Alfred.

"Mi havis tempon demandi lin nur unu demandon. Do, mi demandis lin, kiel ni povus venki La Furiojn. Tial mi envenis ĉi tien, por pensi pri tio, kion li diris."

"Aha, do vi volis esti sola?" demandis Alfred. "Nu, Hadz kaj Reiki, ni donu al E- iom da paco kaj trankvilo." Li moviĝis al la pordo, sed ili restis surloke.

"Solvita problemo estas kundividita problemo," ili kantis.

"Vere. Kaj tio estis la moralo de la rakonto de Karlo."

"Bone, ĉirkaŭvenu." Li paŭzis, poste diris, "Eriel diris, ke ni uzu la okulvitrojn de Rafael."

"Ĝuste, ĉu tio estas ĉio?" diris Alfred. "Mi komprenas, kial vi ne certas, kion li celis. Tio estas tre vaga."

"Mi scias. Kaj li ne diris, kiel uzi ilin."

Hadz kliniĝis kaj flustris ion al Reiki.

POP.

POP.

Kaj ili malaperis.

"Eble, ni komencu de la komenco. Rakontu al mi precize, kion Eriel diris al vi."

"Mi jam faris. Li diris uzi la okulvitrojn de Rafael. Tio estis ĉio. Michael limigis nin per tempomezurilo. Unue, mi pensis, ke Eriel ne diros eĉ vorton. Li diris tiujn tri vortojn kaj la tempo elĉerpiĝis. La sekvan momenton, mi jam estis ree ĉi tie."

Alfred paŝadis tien kaj reen, kaj rimarkis la kovrilujon ĉe la piedo de la lito. "Kio do estas tio?"

"Ĝi apartenis al miaj gepatroj," diris E-Z, subpremante la plorĝemojn. "Hadz kaj Reiki savis ĝin el la fajro. Ili ĵus diris al mi, ke ili savis ĝin por mi – eĉ riskis siajn vivojn."

"Tio estis...," li plorĝemis, "ili estis tre atentemaj. Ĉu vi jam trarigardis ĝin?"

"Ne, sed mi faros tion."

"Kia estis Michael?"

"Li multe klakis, kiam li paŝis. Tio memorigis min pri la sonĝo, kiun mi havis pri PJ, Arden kaj la giljotino."

"Ho, mi memoras, ke vi rakontis al ni pri tiu sonĝo. Ĉu li estis tiel timiga kiel la ekzekutisto?"

"Michael estis tre kolera, kaj prave. Eriel perfidis lin, ĉiujn arĥanĝelojn kaj nin. Kion mi ne komprenas, estas, kio povus valorigi tian riskon?"

"Povo – iuj homoj farus ion ajn por akiri ĝin. Sed kion ni devas eltrovi, estas, kiel ni povas uzi la okulvitrojn de Rafael por haltigi la planon, kiun Eriel kaj la Furioj ekmovis."

E-Z forprenis ilin de sia vizaĝo. Kiam li portis ilin, la sango ne pulsis kaj ne moviĝis en la kadroj, kiel okazis kiam Rafael portis ilin. Sur li, ili estis simple kiel iuj ajn aliaj okulvitroj.

"Ordonu al la okulvitroj fari ion," sugestis Alfred.

"Okulvitroj malaperu," E-Z komandis.

Li lasis ilin fali kaj ili surteriĝis sur la plankon.

E-Z sopiris. Du kapoj certe ne estis pli bonaj ol unu en ĉi tiu kazo. Li ekridegis.

"Estis bone revidi Hadz kaj Reiki. Ĉu ili venis por resti? Mi volas diri, por helpi nin?"

"Jes, sed ili travivis multon lastatempe kaj eble suferas pro PTSP – tio estas posttraŭmata stresmalsano."

"Jes, mi scias. Kio okazis?"

"Okazis Eriel, jen kio. Li kaŭzis kaoson kaj detruon sur la tero kaj ĉie aliloke, laŭ la ŝajno." E-Z paŭzis. "Kio se mi uzus la okulvitrojn por ŝanĝi mian formon?"

"Kaj fari kion?"

"Se mi povus ŝanĝi mian formon, mi povus viziti la Furiojn kiel Eriel."

"Tio funkcius nur, se ili ne scius, ke li estis kaptita," diris Alfred.

"Jes, sed se ili ne scius. Pensu pri la damaĝo, kiun mi povus fari. Mi povus eniri tien. Ili pensus, ke mi estas je ilia flanko. Kaj mi povus turni min kontraŭ ili. BAM! Mi povus frakasi ilin!"

POP.

POP.

"Estus multe tro danĝere!" kriegis Hadz.

"Muuuuuuuuuuuuuulte trooooooooooo danĝere!" eĥis Reiki.

"Cetere, ni havas alian ideon."

"Diru al ni," diris E-Z.

"Ili rekreis La Blankan Ĉambron, do ni reiris tien por vidi, ĉu estas iuj libroj pri la okulvitroj de Rafael."

"Kaj? Ĉu estis libro?"

"Ne," diris Hadz.

"Sed ni ja trovis ĉi tion," diris Reiki.

Ĝi estis etega libreteto, proksimume granda kiel la pinto de la montrofingro de E-Z. La titolo sur la dorso tekstis: La Unua Libro de Enoĥ de Rafaelo.

Hadz kaj Reiki foliumis la paĝojn, ĉar la libro havis perfektan grandecon por ke la du povu teni ĝin kune.

"Jen kio estas skribita ĉi tie," laŭte legis Hadz, "la celo de Rafaelo estis sanigi la teron, kiun la falintaj anĝeloj malpurigis."

"Ĉu vi memoras, kiam Rafaelo diris, ke li povas voki ŝin nur kiam la fino proksimiĝas? Eble la okulvitroj malkaŝos siajn povojn al mi nur kiam ili estos bezonataj ankaŭ."

"Ĝuste," konsentis Hadz kaj Reiki.

"Mi pensas, ke ni bezonas cerboŝtormon kun la aliaj, sed via ideo ŝanĝi vian aspekton al tiu de Eriel estas bona," diris Alfred. "Ni nur bezonus eltrovi, kiel subteni vin dum vi faras tion – por teni vin sekura."

"Tio estas malbona ideo," diris Hadz.

"Tre malbona ideo!" diris Reiki.

"Kial?" demandis Alfred.

"Unue, vi ne scias, kion scias La Furioj."

"Aŭ ne scias."

"Due, ĝi povus esti kaptilo."

"Kaptilo orkestrigita de Eriel kaj La Furioj."

"Trie, kaj plej grave el ĉiuj,"

"Eriel terure timas Mikaelon."Unuanime ili diris, "La okulvitroj de Rafael devas enhavi la ŝlosilon al ĉio. Eriel serĉas pardonon kaj elaĉeton de Michael kaj la aliaj arĥanĝeloj. Tio estas lia sola espero. Vi estas lia sola espero. Tial, ni kredas, ke li diris al vi la veron."

"Sed kio se La Furioj ne scias pri la – situacio de Eriel? Dum ili estas en la mallumo, ni havas avantaĝon ĉi tie," diris Alfred.

"Mi konsentas," diris E-Z.

Lia enŝovis sian kapon en la ĉambron, sekvata de la ceteraj el la bando. "Kio okazas?" ŝi demandis.

"Envenu, kaj mi klarigos. Ho, kaj fermu la pordon malantaŭ vi."

"Sonadas suspektinde," diris Lia. Ŝi rimarkis Hadz kaj Reiki kaj mansvingis al ili. Poste ŝi fermis la pordon malantaŭ ili kaj ŝlosis ĝin.

ĈAPITRO 16
KION FARI

"Sidiĝu, komfortiĝu," li diris, dum ĉiuj amasiĝis sur lian liton. "Unue, por tiuj, kiuj ankoraŭ ne renkontis ilin - jen Hadz, kaj jen Reiki. Ili estas amikoj kaj aspirantaj anĝeloj. Ili estis nomumitaj por helpi nin."

Haruto kliniĝis, Lachie diris, "Bonan 'tagon!" Charles kaj Brandy manpremis kun ili.

Post kiam ĉiuj estis formale prezentitaj, la teamo sidiĝis laŭ la flanko de la lito. E-Z pensis, ke ili aspektas kiel pasaĝeroj atendantaj buson.

"Ni ĉiuj estas ĉi tie, por venki La Furiojn. Sed estas iuj aktualaj informoj, kiujn ni devas konsideri. Antaŭ ol ni progresos."

"Kion vi celas?" demandis Lia. "Ĉu vi sugestas, ke ni povus retiriĝi?"

E-Z tusetis.

"Pli bone estas, se vi lasos min diri ĉion, tiam vi povos demandi. Mi verŝajne devintus komenci per tio. Sed mi ankoraŭ mem prilaboras ĉion." Li hezitis. "Kion mi celas diri estas, donu al mi iom da spaco, ĉar temas pri komplika situacio kaj eĉ pli malfacile klarigebla."

Ĉiuj kapjesis, do li daŭrigis.

"Eriel estis arestita de la arĥanĝeloj. Li perfidis ilin, kaj perfidis nin. Li ne plu estas minaco por ni, sed li kompromitis nian mision. La problemo estas, ke ni ne scias kiom. Sed ni ja scias pli pri liaj intencoj – akiri kontrolon de la tero per ajnaj eblaj rimedoj. Konfronti la arĥanĝelojn por fari tion, tio estis risko – eĉ kiam li havis la Furiojn je sia flanko."

Aŭdebla ekĝemo de ĉiuj igis lin paŭzi dum momento aŭ du antaŭ ol li daŭrigis.

"La arĥanĝeloj turnis al li la dorson. Mi renkontis Michael, kiu gvidas la arĥanĝelojn, kaj li estis naŭzita de Eriel. Kaj Eriel terure timis lin."

Pliaj aŭdeblaj ekĝemoj.

"Nia Plano A estis kaptiligi La Furiojn ene de la ludmedio. Eriel sciis pri tiu plano. Fakte, li kuraĝigis nin efektivigi ĝin. Do, ni devas transiri al Plano B. La nura fakto, ke li sciis pri Plano A, sufiĉas por ke ni forĵetu ĝin."

Pli da ekkrioj kaj "Ho ne!"

"Do, Plano B. Mi scias, ke vi pensas pri la evidenta afero: nome, ke ni ne havas Planon B. Nu, ni ne havis. Sed nun ni ja havas ĝin. Ĉu ŝokos vin scii, ke nia Plano B venis el la buŝo de nia perfidinto?"

Ĉiuj kapjesis.

"Kiel mi diris antaŭe, mi renkontiĝis kun Michael. Estis li, kiu sugestis al Eriel, ke mildeco povus esti aplikita al li, se kaj nur se, li helpus nin. Michael donis al ni nur kvin minutojn kune. Kaj dum la plejparto de tiu tempo Eriel diris nenion. Tiam, ĝuste kiam ĝi estis finiĝonta, li diris tri vortojn: 'Uzu la okulvitrojn de Rafael' – jen ĉio. Mi rememoris iom poste, ke Rafael diris, ke Charles povus esti nia sekreta armilo, do kun la okulvitroj ni eble havos du armilojn, pri kiuj ili tute ne scias."

Charles ekĝemis. E-Z agnoskis Charles per kapjeso.

"Sed antaŭ ol ni precizigos la aferon kaj cerbumos, ni devas rigardi la tutan situacion kaj decidi, ĉu ĉi tio estas nia batalo. Ĉu ĉi tio estas io, en kio ni, kiel teamo, ankoraŭ volas partopreni.

"Pro Eriel, mi vivas hodiaŭ. Li savis min kaj poste diris, ke mi ŝuldas al li kaj al la aliaj arĥanĝeloj. Por repagi ĉi tiun ŝuldon, mi plenumis plurajn provojn. Alfred kaj Lia aliĝis, kaj kune ni formis La Triopon. Kaj poste ni disiĝis laŭ ilia peto. Ni starigis nian propran retejon por superherooj kaj ni helpis homojn. Ĝis la arĥanĝeloj petis nian helpon por venki la piratojn de la Animan Kaptisto. Post iom da tempo ni eksciis, kiuj ili estis: La Furioj, potencaj kaj malbonaj grekaj diinoj, kiuj revenis. Hadz kaj Reiki kunprenis min por iom da rekoneskado, por montri al mi ilian ĉefsidejon en la Valo de la Morto. Tie mi mem vidis la amasigon de ujoj plenaj je la animoj de infanoj. Poste, PJ kaj Arden estis forprenitaj de ni. Ilia stato ne ŝanĝiĝis. Kaj ni vidis propraokule, danke al Rafaelo, tiujn malicajn diinojn dum ilia agado. La Furioj estas indaj kontraŭuloj. Se ni batalos kontraŭ ili, ni povus morti. Tio komprenenble ne estas la plej freŝa informo, sed ĉu indas riski niajn vivojn nun, kiam Eriel perfidis nin? Konsiderante ĉion, kaj precipe, ke ni havas du sekretajn armilojn je nia flanko. Kvankam armilojn, pri kiuj ni ne scias, kiel ni povas uzi ilin. Eble, ni estas en bona situacio por gajni ĉi tiun batalon. Tio estas, se ni restas unuiĝintaj kaj se ni protektas unu la alian. Se ni pretas ankoraŭ riskigi niajn vivojn por la pli granda bono. Por la bono de la tero, savante la teron. Kion vi diras?"

Antaŭ ol li ekkonsciis, ĉiuj – krom Alfred – saltadis sur la lito, kriante: "Unu por ĉiuj, kaj ĉiuj por unu!"

E-Z levis la manon.

"Ĉiuj, kiuj favoras batali kontraŭ La Furioj, diru: Jes."

La decido estis unuanima.

Sobo frapis la pordon, demandante: "Eble, mi ankaŭ povas helpi."

ĈAPITRO 17
DEMANDU CHARLES DICKENS

Brandy laŭte mokridis, kio igis ĉiujn en la ĉambro rigardi ŝian direkton. Nun, kiam ŝi havis la atenton de ĉiuj, ŝi demandis: "Kaj kiel vi, maljunulino, helpos nian teamon de superheroaj infanoj venki la tri potencajn malbonajn diinojn?"

Eksplodis ekkriĝo tra la ĉambro, kio igis Haruto rapide moviĝi al la flanko de sia Sobo. Li kaptis ŝian manon kaj tenis ĝin kontraŭ sia koro.

Sobo, kiu ne estis tuŝita de la ignoremo de Brandy, flustris trankviligajn vortojn japane al sia nepo.

"Petu pardonon," postulis E-Z.

"Tute bone," diris Sobo. "Ŝi pravas, mi eble ne estas superheroo kiel vi ĉiuj, sed ĉiu en ĉi tiu vivo havas ion por doni."

"Pardonu, Sobo," diris Brandy. Ŝi ne haltis tie. "Kion mi celis diri estis..."

"Silentu!" ekkriis Lia. "Envenu, Sobo."

"Ni povas uzi ĉian helpon, kiun ni povas ricevi," diris E-Z.

Charles stariĝis, proponante sian lokon al Sobo kaj Haruto.

"Dankon," diris Sobo, kaj ŝi kaj ŝia nepo sidis flank-al-flanke sen paroli dum kelkaj momentoj.

"Ĉu vi fartas sufiĉe bone?" demandis Haruto.

"Jes, etulo," diris Sobo. "Ankaŭ mi havas superpovon. Tiu superpotenco nomiĝas transformiĝo. Mi vivis multajn vivojn, kaj ludis multajn rolojn... en ĉiu vivo mi lernas ion novan. Mi estas malferma al lernado, pri tio ja temas la vivo. Mi ofertas mian vivon; mi farus ion ajn por savi vin. Vin ĉiujn."

"Eĉ mi?" demandis Brandy.

Sobo ekridegis. "Precipe vi, infano."

Brandy transiris la ĉambron kaj ĵetis siajn brakojn ĉirkaŭ la kolon de Sobo. "Dankon. Sed kial precipe mi?"

Haruto stariĝis kaj, kun la manoj sur la koksoj, ekkriis, "Ĉar vi estas frenezulo!"

Ĉiuj ekridegis, inkluzive de Brandy.

Sobo diris, "Ĉar vi estas sentima. Jes, esti sentima estas potenca emocio, sed vi devas lerni paciencon. Vi bezonas ambaŭ, por travivi en ĉi tiu mondo. Kun ambaŭ vi fariĝos eĉ pli granda forto, kiun oni devas konsideri. La vivo temas pri ŝanĝiĝo, de vi mem de interne al ekstere, de ekstere al interne. Lernu. Kresku. Ni devas esti kiel la arboj, ŝanĝiĝantaj kun la sezonoj, fleksiĝantaj kun la vento."

"Tiel bele," diris Karlo.

"Sed la mondo estas plena je kaj bono kaj malbono," diris Sobo. "Devas esti tiel. Unu devas ekzisti por ke la alia estu. Kaj ni, vi kaj mi kaj ĉiuj ĉi tie, ni devas batali nur por la flanko de la bono. En ĉi tiu mondo povas esti nur unu venkinto. Tiu venkinto devas esti por la bono de la tuta homaro."

Sobo ĉesis paroli. Dum ŝi reprenis la spiron, la aliaj silentis, atendante ŝian daŭrigon.

"La kialo, ke mi estas ĉi tie," daŭrigis Sobo, "estas por alporti salutojn de Rozalio."

"Vi kaj Rozalio, Sobo, sed kiel?" demandis Lia. "Rosalie venis al mi en sonĝo. Kiel mi sciis, ke estis ŝi? Ĉar ŝi diris tion al mi. Sonĝoj estas potencaj unuiĝigantoj. Spiritoj transiras mondojn kaj miksiĝas kun ni por esti kun ni, aŭ por diri al ni aferojn, kiujn ni ne scias, kiel avertojn, antaŭsentojn. Rosalie volis helpi nin batali la batalon, batali kaj venki."

"Jes," diris E-Z. "Mi ofte sonĝas pri miaj gepatroj. Foje ili malkaŝas aferojn al mi, aŭ diras al mi aferojn, kiujn ili ne povus scii. Krom se ili kunvivis mian vivon kun mi."

"Jes, amo estas potenca emocio, kiu ne havas limojn. Tiujn, kiujn vi amas, vin serĉos, trovos, helpos vin, eĉ en la plej mallumaj tempoj."

"Ĉu ŝi," demandis Lia, "estas feliĉa?"

Sobo ridetis. "Feliĉo ne estas ĉio. Permesu, ke mi diru al vi, ŝi estas si mem. Tio estas ĉio, kion vi vere bezonas scii. Kaj kiel si mem, kiel vazo kiu ankaŭ batalas nur ĉe la flanko de la bono, ŝi kredas je vi, sinjoro Charles Dickens. Vi estas nia potenco."

"Mi?" demandis Charles.

"Jes, Charles. Konduku nin al la biblioteko. La biblioteko en la nuboj."

"Mi neniam aŭdis pri ĝi. Mi ne povas konduki vin tien. Ŝi certe konfuzis min kun iu alia."

"Kiu biblioteko?" demandis Brandy.

"Kaj kial ĝi estas en la nuboj?" demandis Lia.

"Mi jam estis tie," diris Sobo. "Ĝi estas tre malnova kaj ĝi estas protektita... nur tiuj, kiuj scias, scias."

"Mi ne estas unu el ili," diris Charles.

"Vi nur bezonas iom da helpo," diris Sobo. "Donu al li la okulvitrojn de Rafael kaj tiam li estos informita."

"Atendu momenton," diris E-Z.

"Kiel vi tien iris?"

"Ĉu vi ne kredas min?" ridetis Sobo. "Rosalie kunportis min tien en sonĝo... ŝi estas spirito... kaj ŝi gvidis min kiel sonĝiranton."

"Ĉu vi certas, ke ne estis memoro, kiun ŝi kunhavigis pri La Blanka Ĉambro?"

"Tute ne. Kiel mi scias tion?" demandis Sobo. "Ĉar Rosalie diris al mi, ke ŝi neniam volis reveni al la loko, kie ŝi estis murdita de tiuj kruelaj fratinoj."

"Tio havas sencon, kaj tamen, io, kion diris Rafael pri neniam transdoni la okulvitrojn – al neniu – maltrankviligas min pri la ideo kontraŭi ŝiajn dezirojn."

"Kio se Rosalie ne estas unu el tiuj, kiuj scias?" demandis Sobo. "Ĉu ni devus preterlasi ĉi tiun oportunon pligrandigi niajn ŝancojn venki La Furiojn, malakceptante la plej novajn informojn de Rosalie, fidinda amikino kaj konfidantino?"

"Unue diru al mi," diris E-Z, "kiel estis?"

Sobo fermis la okulojn. "Imagu tempon, kiam oni ŝaltis la varman akvon nur en duŝejo aŭ banujo, sen ventolilo kaj sen malfermita fenestro. Oni forlasis la ĉambron por preni ion kaj fermis la pordon. Kiam oni malfermis ĝin poste, la ĉambro estis plena je vaporo kaj kiam oni eniris, oni povis vidi nenion – komence. Sed la okuloj alkutimiĝis kaj tiam oni povis vidi ĉion. Same estis por mi, kiam mi unue eniris la Nuban Bibliotekon."

Ŝi malfermis la okulojn. "Imagu la internon de la nubo, kie ekzistis libroj. Ĉiu unuopa libro, verkita, publikigita, ĉio tie antaŭ vi. Disponebla por legi, por preni, por lerni. Tia estis la Nuba Biblioteko. Kaj ni ĉiuj devas iri kaj vidi ĝin mem, nun. Hodiaŭ."

"Tio sonas magia," diris Karlo. "Mi volas iri. Mi volas konduki vin ĉiujn tien."

"Tio sonas tro bone por esti vera," diris Brandy.

Sobo ridetis.

E-Z hezitis antaŭ ol demeti la okulvitrojn kaj transdoni ilin al Charles.

"E-Z," diris Sobo, "Rosalie diris al mi, ke la escepto al la regulo de Rafael estis Charles. Ĉu vi memoras? Kaj ŝi estis tiu, kiu malkaŝis, ke Charles estis nia sekreta armilo."

E-Z kapjesis kaj donis la okulvitrojn al Charles.

Senhezite, Charles surmetis ilin. Dum li enŝovis ilin malantaŭ siajn orelojn, la koloroj sur la kadroj pulsis en ĉiu koloro konata al la homo. Ĉiuj koloroj krom ruĝo. Kiam la okulvitroj stabiliĝis en herbecan verdon, la kolo de Charles tordiĝis maldekstren, dekstren, maldekstren, dekstren, maldekstren. Li rektiĝis, fiksrigardis antaŭen.

"Mi pretas," li diris. "Tenu la manojn, por ke ni ĉiuj estu konektitaj, kaj mi portos vin tien."

"Atendu nin!" kriis Hadz kaj Reiki, saltante sur la ŝultrojn de E'Z kaj tenante sin por la vivo. Momentojn poste neniu moviĝis.

ĈAPITRO 18
KIO MISIRIS?

"MI NE KOMPRENAS," DIRIS Charles. "Mi povis vidi ĝin en mia menso. Eble mi bezonas instrukciojn, aŭ iujn magiajn vortojn. Ĉu Rosalie diris al vi ion specialan, kion mi devis fari krom surmeti la okulvitrojn al Sobo?" demandis Charles.

Sobo nejesis. "Provu ion alian."

"Konduku nin al La Nuba Ĉambro!" li postulis.

Ĉi-foje la tuta grupo svingiĝis, kvazaŭ iu malfermis fenestron.

"Fermu viajn okulojn," diris Charles. "Ĉu ĉiuj pretas?" Ĉiuj kapjesis. Li fermis siajn okulojn dum la grupo de superherooj plus Sobo disiĝis.

"Io ŝajnas, malsama," diris Lachie, malferminte siajn okulojn. "Mi sentas min malsama."

E-Z ankaŭ sentis sin strange, kiam li malfermis siajn okulojn. Hadz kaj Reiki nun ronkis. Ŝajnis stranga tempo por ili dormeti. Kaj, kio alia estis malsama? La okulvitroj de Raphael estis senkoloraj. Kial? Tio neniam okazis antaŭe. Kaj kio alia? Alfred – kie diable estis Alfred?

"Alfred? Kie vi estas?"

Lia ekploregis."Kial vi ploras?" demandis E-Z.

"Ĉar mi vidas nenion, ne plu per miaj manoj."

"Charles. La okulvitroj," diris Brandy.

"Kio pri la?" li demetis ilin.

Ili kovris siajn orelojn, dum Sobo ĵetis sian kapon malantaŭen kaj ploregis kiel banshee, ĝis la milda orkestra muziko superfortis ŝiajn kriojn, kaj ĉiuj ekdormis.

✷✷✷

Nun kiam la ĝemeloj dormis, Samantha kaj Sam scivolis, kiel la kunveno iras en la ĉambro de E-Z. Kiam ili alvenis, la pordo estis ŝlosita, kaj neniu respondis, kiam ili frapis.

"Tio estas stranga," diris Sam. "E-Z neniam ŝlosas la pordon."

"Prenu la ŝlosilon," diris Samantha.

Sam havis malbonan senton, dum li enmetis la ŝlosilon en la seruron.

Sam kaj Samantha rigardis, dum Sobo, Brandy, Lia, Lachie, Haruto, Charles kaj E-Z rigardis antaŭen kiel manekenoj en butikfenestro.

"Ili apenaŭ spiras," diris Sam.

"Kaj kie estas Alfred?"

"Kaj kial Charles portas la okulvitrojn de Raphael?"

"Mi timas," diris Samantha, prenante la manon de sia edzo.

"Mi ne pensas, ke ni devus perturbi ion ĉi tie," diris Sam. "Mi havas la senton, ke okazas io, pri kio ni ne scias."

"Estas timige."

"Kio estas tio?" demandis Sam, rimarkante la skatolon ĉe la fino de la lito de E-Z. "Mi ne povas kredi! Tio ne povas esti." Li kliniĝis, levis la kovrilon de la kesto, kiun li vidis multfoje en la ĉambro de sia frato. Kesto, kiun li pensis estis detruita en la incendio. Kiel okazis kun E-Z, la memoroj vekitaj de la odoroj interne supreniris kaj li estis superfortita de emocioj.

"Ni foriru de ĉi tie," diris Samantha. "Vi povos rakonti al mi pli pri la kesto, ekstere."

"Ni donu al ĝi iom da tempo. Ili baldaŭ vekiĝos kaj..."

"Mi ne pensas, ke ni havas alian elekton," diris Samantha, dum ili fermis la pordon malantaŭ si.

ĈAPITRO 19
La Nuba Ĉambro

CHARLES STARIS MOMENTON, OBSERVANTE sian ĉirkaŭaĵon. Ĉu li kondukis ilin al malĝusta loko? Li kaj la aliaj (kiuj ĉiuj dormis) estis alte en la ĉielo, sen eĉ unu nubo videbla. Ili alteriĝis meze de platformo el vitro. Kiel ĝi estis subtenata, li tute ne sciis. Li rimarkis, ke la rulseĝo de E-Z ruliĝis antaŭen, do li rapidis al li kaj vekis lin.

"Kie ni estas?" li demandis, frapetante Hadz kaj Reiki, kiuj ankoraŭ dormegis sur liaj ŝultroj, por veki ilin.

"Vekiĝu! Vekiĝu!" komandis Charles.

Unu post la alia ili malfermis siajn okulojn, kaj poste, konstatinte kiom alte ili estis, ili alkroĉiĝis unu al la alia, provante ne moviĝi. Provante ne rigardi malsupren tra la vitra plato, kiu malhelpis ilin kraŝi al la tero.

"Mi dezirus, ke ĉi tiu aĵo havu barilon!" ekkriis Lia. Ŝi nun povis vidi ĉion, sed parto de ŝi deziris, ke ŝi ne povu.

"Kio ĝin subtenas, jen kion mi ne povas eltrovi," diris Charles.

"Mi neniam estis granda ŝatanto de altoj," diris Brandy, kaptante la plej proksiman manon, kiu apartenis al Charles.

"Ho," li diris, sentante kiom malvarma ŝia mano estis.

"Mi flugos tien kaj rigardos," diris E-Z, kaj li forflugis, ĉirkaŭflugante la platformon, kiu ŝajnis kreski el la aero, sen subteno kaj sen ankro.

Haruto tenis la manon de sia avino. Ŝi vekiĝis pli malrapide ol la aliaj. Kiam ŝi ŝajnis plene vekiĝinta, "Ho ne," estis ĉio, kion ŝi diris. Ree kaj ree.

"Ĉu ĉi tio ne estas la Nuba Ĉambro, kien Rosalie kondukis vin, ĉu ne?" demandis Charles.

Sobo faris unu paŝon, du paŝojn, dum la infanoj alkroĉiĝis al ŝi. Ŝi fermis siajn okulojn, premis ilin forte, poste remalfermis ilin.

"Kion vi faras?" demandis Brandy.

"Mi serĉas la librojn," diris Sobo. "Se ĉi tio estas la loko, tiam devus esti libroj. Multaj libroj. Mi vidas neniun. Eĉ unu ne."

E-Z, kiu ankoraŭ esploradis la strukturon de la platformo, demandis: "Ĉu vi sentas, ke ni estas en la ĝusta loko? Ĉu la libroj povus esti kaŝvestitaj? Ĉu iu povas vidi ilin?"

Ĉiuj kapjesis nee, eĉ Hadz kaj Reiki, kiuj ĝis tiu momento ne elparolis eĉ unu vorton inter si du.

"Mi havas tre, tre malbonan senton pri ĉi tiu loko," kantis unuvoĉe Hadz kaj Reiki.

Charles hezitis antaŭ ol paroli. "Mi vidis bibliotekon en mia kapo, kiam mi surmetis la okulvitrojn, kaj ĝi estis tiel, kiel Sobo priskribis ĝin al ni. Ne estis vitra platformo. Ĉi tiu loko ne estas tiu, kiun mi imagis. Unue, mi pensis, ke la okulvitroj eraris, sed nun, se Hadz kaj Reiki havas malbonan senton, kaj ankaŭ Sobo, mi pensas." Sobo kapjesis, kaj li rimarkis, ke ŝi tremis.

"Mi pensas, ke ni devas foriri de ĉi tie – kaj rapide."

E-Z rimarkis, ke Alfred malaperis. "Ĉu iu scias, kio okazis al Alfred? Ni ĉiuj estis konektitaj per tuŝo, kiam ni venis ĉi tien. Kiel li povis esti konektita? Nun li rimarkis, ke Hadz kaj Reiki ŝajnis senkonsciaj. Preskaŭ kvazaŭ ili estus drogitaj, ĉar iliaj okuloj ruliĝis malantaŭen en la kapojn, kaj ili malfacile restis vekaj."

Cignoj ne havas fingrojn por tuŝi," la du aspirantaj anĝeloj kantis unuvoĉe. Ili tiam ekridegis kaj turniĝis en cirkloj, ĝis ili estis tro kapturnaj por resti flosantaj, kaj ili falis sur la vitran plankon kun PLAT.

"Bone, Karlo, tio sufiĉas da pruvoj por mi. Reportu nin hejmen – nun."

Charles, kiu estis demetinta la okulvitrojn de Rafael, nun remetis ilin kun la intenco sekvi la ordonojn de E-Z kaj ekkriis: "Ho, jen ili estas!"

"Ĉu vi nun vidas la librojn?" demandis Sobo.

"Mi ne povis, kiam ni unue alvenis, sed nun mi povas. Nu, kion mi faru?"

"Tio ne havas sencon," diris Sobo, "kial ili estus kaŝitaj de vi, kaj poste malkaŝitaj? Rosalie ne menciis ĉi tiujn aferojn."

"Mi pensas, ke la aero ĉi tie supre influas niajn cerbojn," diris E-Z. "Mi komencas senti min konfuzita, kapturna. Ni prefere foriru de ĉi tie tuj, aŭ ni finos vizaĝaltere sur la platformo kiel Hadz kaj Reiki."

Charles etendis sian manon kaj libro flugis en ĝin, kiun li ŝtopis en sian ĉemizon. "Revenigu nin!" li kriis. Kiel la unuan fojon, kiam ili provis ĝin, nenio okazis.

"Eble ni devas teni manojn," diris Sobo. "Kaj denove fermi niajn okulojn."

Ili faris ambaŭ, kaj tuj, grandegaj ventblovoj komencis blovi ilin sur la platformo. Ili grupiĝis, kiel futbalteamo antaŭ granda ludo, algluiĝante unu al la alia. Ili premis siajn piedojn sur la platformon, esperante, ke ili ne forflugos.

E-Z cerbumis, provante elpensi elirejon. Ĉu la sola vojo estis uzi la ununuran ŝancon por alvoki Rafaelon al savo? Li rigardis al Charles, kiu ŝajnis aperi kaj malaperi. "Charles!" li kriis, kaj tiam li rimarkis, super sia ŝultro, ke rapide al ili venas Baby, Little Dorrit kaj Alfred.

Alfred kriis, "Ni devas eligi vin de ĉi tie – nun. Ĉi tiu loko estas kiel lumturo, kiu lumigas vin por ke la tuta mondo vidu, inkluzive de La Furioj!"

Sobo plorsingultis, "Mi ne sciis, ke ili uzis Rosalie kiel kaptilon."

"Charles ja vidis la librojn, kaj li eĉ ricevis unu. Ni sekurigu nin. Neniu kulpas. Viaj intencoj estis tute bonaj," diris E-Z.

"Dankon," diris Sobo, dum ŝi komencis aperi kaj malaperi, same kiel Charles. Brandy prenis ŝian manon kaj tenis ĝin forte, ĝis Sobo ne plu malaperis.

Alfred diris, "Antaŭen!"

Lachie saltis sur la dorson de Baby, tirante la tremantan Charleson kun si surborden, kaj ili ekflugis. Ene de lia ĉemizo, la libro, kiun li tenis tie, pligrandiĝis kaj du el liaj ĉemizaj butonoj forflugis. Li firme tenis la libron per unu brako, kaj Lachie-n per la alia, dum Baby plirapidiĝis.

Little Dorrit kliniĝis sen tuŝi la platformon, por ke la ceteraj povu surbordiĝi, dum E-Z kaptis Hadz-on kaj Reiki-n. Ili forflugis, kun Alfred kaj E-Z flugantaj flank-al-flanke, dum la ĉielo ŝanĝiĝis de blua al nigra, nigra al blua, al nigra, kaj aperis la steloj, sed ili ne estis steloj. Ili estis okulgloboj. Booger pafis okulglobojn, kiel tiujn, kiujn li renkontis en la Valo de la Morto kiam li unue renkontis la Furiojn.

PLAT.

PLAT.

PLAT.

PLAT. PLAT. PLAT. PLAT.

PLAT. PLAT. PLAT. PLAT. PL-

Charles kriis laŭtege, "HEJMEN!" Kaj ĉi-foje tio funkciis. Ili denove estis hejme. Sekuraj.

Haruto ĵetis siajn brakojn ĉirkaŭ sian avinon.

"Tiel ĝoje esti denove hejme," diris ĉiu al la alia.

Momentojn poste, Sam kaj Samantha alvenis.

***

"Ni vidis viajn korpojn dormantajn en via ĉambro. Ni ne sciis, kion fari," diris Sam.

"Estas longa rakonto," diris E-Z.

Sobo demandis al Charles, "Ĉu vi sukcesis konservi la libron?"

"Certe," diris Charles, levante ĝin. Ĝi estis granda, bindita volumeno, kun dika dorso, kiun ĉiuj povis vidi kaj legi –Granda Atendo de Charles Dickens.

"Ĉu vi alportis unu el viaj propraj libroj?" ekkriis Brandy.

Lachie mokridis.

"Mi..." diris Charles. "Vi diris al mi elekti iun ajn libron, kaj ĉi tiu estis tiu, kiun mi hazarde prenis."

"Ĉio okazas pro kialo," diris Lia.

"Sed tio estas vere troigo," ekkriis Brandy.

"Ĉiuj trankviliĝu," diris E-Z. "Charles faris sian eblon sub la cirkonstancoj – kaj almenaŭ LI povis vidi la librojn. Neniu el ni povis."

"Great Expectations," diris Alfred, "estas bonega libro!" Li sonis kiel la brita versio de Tony la Tigro en la reklamoj por mueslio.

"Li pravas," konsentis Sam kaj Samantha. "Ĝi estas unu el la plej bonaj romanoj iam ajn verkitaj."

Charles demetis la okulvitrojn de Raphael kaj redonis ilin al E-Z, kiu tuj surmetis ilin. Li skuis la kapon, sed la titolo de la libro, kiun Charles tenis, estis ankoraŭ alia. Li laŭte legis la novan titolon,

"Kampo de Revoj de W. P. Kinsella."

"Mi provu," diris Lia, etendante la manon al la okulvitroj de Raphael.

"Atendu!" kriis E-Z, dum Lia demetis ilin de lia vizaĝo. "Ne metu ilin. Memoru, Rafael diris, ke nur mi portu ilin, sed mi faris escepton por Karlo pro la sonĝo de Sobo, sed mi ne pensas, ke ni devus pasigi ilin ĉirkaŭe. Krome, ni jam scias la respondon al la demando, kiun ni ĉiuj faras al ni mem. Ĝi estas libro, kiu fariĝas kia ajn titolo la leganto volas vidi."

"Aŭ bezonas vidi," diris Sobo.

"Sed mi ne volis nek bezonis vidi *Grandan Atendon*. Mi eĉ neniam aŭdis pri ĝi!"

"Sed imagu," diris Sam, "kian bibliotekon ĝi povus esti en la estonteco. Ni nur devas elpensi la titolon de libro, kaj jen, ni tenas ĝin en niaj manoj."

"Tamen tio ne estus tre bona por la aŭtoroj, mi volas diri, kiel ili ricevus pagon?" demandis Samantha.

"Mi ne scias, kiel ĉio funkcius, kaj eble ni pretervidas ion grandan ĉi tie," diris Alfred.

"Grandan, kiel kion?" demandis E-Z.

"Kio se estus la libro, kiu elektus la leganton anstataŭ inverse?"

"Duu-duu-duu-duu," kantis Brandy, kio estis la muziko el La Krepuskzono.

"Ni resumu. Sobo sonĝis, ke Rosalie montris al ŝi la Nuban Bibliotekon, kaj per la okulvitroj de Rafael Karlo povis porti nin tien. Kion li faris, sed la loko ne estis tia, kia ni atendis. Nur Karlo povis vidi la librojn, li prenis unu kaj, survoje reen, nin atakis okulgloboj pafantaj ŝlemojn, similaj al tiuj, kiuj atakis Hadz Reiki kaj min en la Valo de la Morto."

Jen ĝi resume," diris Brandy.

"Kion mi scivolas estas, ĉu Eriel rakontis al La Furioj pri tio, ke Rafael donis al E-Z ŝiajn okulvitrojn," demandis Lachie.

"Tion ni eble neniam scios," diris E-Z, "ĉar Michael donis al Eriel nur unu ŝancon paroli kun mi." Li iris al la fenestro kaj rigardis eksteren. "Mi scivolas," li diris. "Kion?" ĉiuj ekkriis.

"Ĉu la Furioj scias pri la okulvitroj, kaj iliaj povoj? Se ili trompis nin per Rosalie por viziti la Nuban Bibliotekon, tiam ili certe scias pri Charles. Tio signifas, ke li ne plu estas sekreta armilo. Kiel ili eble povus scii? Kaj tamen, la okulglumakoj – tio estas tro granda koincido."

"Eriel ja diris al vi uzi la okulvitrojn," diris Alfred.

"Mi vidis lin, kiel oni tenis lin, kaj estis neniu maniero, tute neniu ebla maniero, ke li povus mesaĝi al la Furioj... ne kun Michael gardanta lian ĉiun movon." E-Z rekurbiĝis al kie la aliaj estis. "Cetere, Alfred, kiel vi disiĝis de ni?"

"Mi perdiĝis ene de nigra nubo, ĝis mi vokis Little Dorrit kaj Baby por helpi min, kaj vi konas la reston."

"Estis tiel strange," diris Charles. "Unu momenton mi ne povis vidi la librojn, mi demetis la okulvitrojn, remetis ilin, kaj ili estis ĉie. Tamen, mi estis la sola, kiu povis vidi ilin."

"Mi povis vidi ilin," diris Baby. "Ĉi tiu flugis al mi," li ĵetis ĝin al Charles, kiu kaptis ĝin per du fingroj.

Ĝi estis miniatura libro, kun etega titolo sur la dorso, kiun ĉiuj laŭte legis:

"Ĉio, Kion Vi Iam Volis Scii Pri La Furioj, Sed Timis Demandi, de Anonimulo."

"Golo!" ekkriis Brandy.

Ili kolektiĝis ĉirkaŭ la eta libro, dum Charles tre zorge malfermis ĝin. La interna kovrilo estis blanka, same kiel la unua paĝo. Li turnis al la sekva paĝo, kie estis vortoj, kiuj tuj komencis moviĝi, barakadi. La vortoj flosis sur la paĝo, barakadante kaj rebarakadante, kvazaŭ ili forgesis, kiajn vortojn kaj lingvon ili celis reprezenti.

E-Z, kiu ankoraŭ portis la okulvitrojn de Rafael, kapturniĝis dum la vortoj moviĝis, kaj li demetis ilin.

"Provu vi," li diris al Charles, transdonante la okulvitrojn.

Charles surmetis ilin kaj rapide demetis ilin denove, kurante al la fenestro por freŝa aero. Li redonis ilin al E-Z.

"Nun vi," li diris al Sobo, kiu rifuzis provi la okulvitrojn, same kiel Haruto.

"Mi provos," diris Lia, sed ŝi baldaŭ aliĝis al Charles ĉe la fenestro.

"Lachie?" demandis E-Z.

"Kompreneble," li diris, surmetante la okulvitrojn, poste tuj demetante ilin denove. "Ne taŭgas," li diris, falante sur la liton.

"Lasu min provi!" diris Brandy, dum E-Z metis la okulvitrojn en ŝian manon, kaj ŝi alportis ilin al sia vizaĝo. "Atendu momenton," ŝi diris, "mi pensas, ke mi vidas ion, ĝi estas..." kaj ŝi elspuĉis verdan substancon, kiu feliĉe trafis la muron anstataŭ homon.

"Venu kun ni," diris Sam kaj Samantha al Brandy, "ni helpos vin puriĝi."

"Ehm, dankon," diris E-Z, turnante sian seĝon al Alfred, poste metante la okulvitrojn sur sian bekon.

"Cigno kun okulvitroj. Ridinda!" diris Alfred.

"Vi aspektas tre studema!" diris Charles.

"Vi aspektas kiel Profesoro Ludoviko Von Drake!" ekkriis Brandy.

Sam diris, "Li estis la instruisto de Donald Anaso."

"Ho," diris tiuj, kiuj estis tro junaj por aŭdi pri Donald Anaso.

"Ho ve," diris Alfred, kiam la vortoj ĉesis turniĝi kaj revenis al la formo, en kiu la aŭtoro skribis ilin. Li legis la unuajn du paĝojn, poste la sekvan, la sekvan kaj la sekvan. Li tralegis la tutan libron kun la facileco de rapidleganto kaj kiam li finis, la libro memfermiĝis kun frapo.

PŬF.

Kaj ĝi malaperis.

"Nu, tio estis interesa," diris Alfred, redonante la okulvitrojn al E-Z kaj apenaŭ evitante falon.

"Do vi legis la tuton?" diris Sam. "Tiuj okulvitroj estas rimarkindaj."

"Mi memoras ĉion, sed mi bezonas prilabori la informojn kaj mi bezonas ripozi. Mi ne volas sidi ĉi tie kaj relegi ĝin al vi tute. Pli bone estas, se mi prilaboros tion, kion mi lernis, kaj poste ni parolos pri ĝi."

"Kio se," demandis Brandy, "vi maltrafis ion, kion iu el ni ne maltrafintus? Nenio persona."

Alfred ridis. "Nur ĉar mi nun estas en la formo de cigno, tio ne signifas, ke mi ne legis multajn, multajn librojn dum mia vivo. Fakte, mi studis ĉe la Universitato de Oksfordo kiam mi estis juna viro kaj diplomiĝis kun laŭdoj. Mi studis Literaturojn kaj Artojn."

E-Z diris, "Vi ne elektis la libron – la libro elektis vin. Neniu el ni povis legi eĉ unu vorton en ĝi."

"Dankon, ke vi kredis je mi."

Lia diris, "Kiom da tempo vi volas pripensi? Ni povus iri spekti tiun filmon?"

Samantha diris, "Mi devos fari plian porcion da pufmaizo. Ni jam manĝis la alian bovlon."

"Stresa manĝado," diris Sam kun subrido.

"Dankon," diris Alfred. "Mi revenos al vi, tuj kiam mi povos."

"Prenu tiom da tempo, kiom vi bezonas," diris E-Z, "venu kaj aliĝu al ni, kiam vi estos preta."

La grupo iris en la salonon kaj pretigis la filmon. Samantha faris plian porcion da pufmaizo en la mikroondilo. Ĉiuj kolektiĝis por spekti la filmon.

Alfred dormis dum iom da tempo en sia kutima loko, sed li sonĝis, plejparte koŝmarojn, kaj fine li iris en la ĝardenon por spiri iom da freŝa aero. Ĉiuj dependis de li, kaj la premo peze premis lin, dum la enhavo de la miniatura libro kirliĝis en lia menso.

ĈAPITRO 20
Mesaĝo el Francio

E-Z SPEKTIS LA UNUAN duonon de la filmo kun la aliaj, sed sentante sin senripozema, li decidis fari iom da laboro. Li eniris sian ĉambron, atendante trovi Alfredon profunde dormantan, sed li ne estis trovebla. Maltrankvila, li iris al la malantaŭa pordo kaj rigardis eksteren por vidi la cignon profunde dormantan, etendiĝintan sur gazonseĝo. Li fermis la pordon, revenis al sia ĉambro, malfermis sian tekokomputilon kaj ensalutis.

Li hezitis en sia menso kelkfoje, decidante, ĉu li povus koncentriĝi pri la verkado de sia romano, aŭ ĉu li devus uzi tiun tempon por fari pli da esplorado pri iliaj malamikoj, la Furioj. La sono de mesaĝo, kiu pingis en lian enirkeston, faris la decidon por li. Ĝi havis ruĝan markon, indikantan urĝecon, kaj kvankam ĝi ne enhavis aldonaĵojn, li ne klakis ĝin. Anstataŭe, li legis ĝin en antaŭvido. Aŭ, provis legi ĝin.

La mesaĝo estis tute en alia lingvo. Li ekvidis kelkajn vortojn, kiujn li rekonis kiel francajn, do li kopiis la tekston, iris al serĉilo, kaj algluis la jenan mesaĝon en retan tradukilon:

Kara E-Z Dickens,

Mi nomiĝas François Dubois kaj mi havas sep jarojn. Mi loĝas en Parizo, en Francio, kaj mi ŝatus fariĝi parto de via teamo de Superherooj. Vi eble demandas vin, kiajn kapablojn mi alportus al la teamo. Tio estas bona demando, kaj mi volonte respondos ĝin. Sed mi demandas min, ĉu ĉi tiu retejo estas sekura.

Se vi volas paroli kun mi pli longe, vi povas sendi al mi retpoŝton rekte. Mia retpoŝtadreso estas aldonita. Mi antaŭĝojas ricevi de vi novaĵojn.Via amiko,

Francois

Li premis sendi kaj la sekva traduko aperis:

Kara E-Z Dickens,

Mia nomo estas Francois Dubois kaj mi aĝas sep jarojn. Mi loĝas en Parizo, Francio, kaj mi ŝatus esti en via teamo de Superherooj. Vi eble demandas, kiajn kapablojn mi alportus al la teamo. Tio estas bona demando kaj mi ĝoje respondas ĝin. Sed mi scivolas, ĉu ĉi tiu retejo estas sekura?

Se vi volus paroli kun mi pli, vi povas retpoŝti al mi rekte. Mia retpoŝtadreso estas aldonita. Mi antaŭĝojas aŭdi de vi.

Via amiko,

Francois

Intrigita, li relegis la mesaĝon plurfoje, pensante pri ĝia tempigo. Li demandis sin, ĉu li estas paranoja, pensante, ke ĉi tiu infano el Francio povus konspiri kun La Furioj. Eĉ se li estis tro singarda, li rajtis esti tia, kaj kiel gvidanto de sia teamo, estis lia respondeco certigi, ke tiaj demandoj estas legitimaj. Li bezonus la helpon de Onklo Sam por espori la aferon, sed por nun, li elsendus kelkajn sentumilojn kaj vidus, kio revenos.

Li skribis rapidan mesaĝon sen traduki ĝin. La knabo povus uzi serĉilon, same kiel li mem, kaj trovi tradukilon, kaj post kelkfoja relegado li premis SENDU.

Kara Francois,

Dankon pro via mesaĝo. Kiel vi aŭdis pri ni?

Kore,

E-Z.

La respondo de Francois venis tiel rapide, ke tio sentigis E-Z-on eĉ pli suspektema. Ĉi-foje en la angla ĝi tekstis:

Kara E-Z,

Dankon pro via rapida respondo. Mia instruisto vidis vian retejon, kaj ni lernis pri vi kaj via teamo kiel parto de nia leciono pri aktualaj eventoj.

Mi esperas baldaŭ aŭdi de vi.

Via amiko,

Francois.

Ĝi certe sonis kredinda. Li tajpis alian mesaĝon, demandante al Francois kiajn superheroaĵajn povojn li povus oferti al sia teamo, por ke li povu diskuti tion kun ili. Momenton poste Francois sendis al li la jenan mesaĝon:

Kara E-Z,

Dankon pro la okazo rakonti al vi pri miaj superherojaj kapabloj.

Unue, kiel vi, mi ne ĉiam estis superheroo. Tio estas io, kion ni komunas. Tial mi pensis, ke mi bone taŭgus por via teamo.

Anstataŭ diri al vi, mi ŝatus montri al vi. Alilige estas privata invito por spekti nian Jutuban Kanalon – mia paĉjo helpis min. La ligilo estas disponebla nur por vi kaj la invito spekti eksvalidiĝos post dudek kvar horoj.

Mi antaŭĝojas ricevi de vi novaĵon post kiam vi spektos ĝin.

Via amiko,

Francois.

Scivole kaj senhezite E-Z alklakis la ligilon. Aperis mesaĝo, kiu petis lin respondi demandon, kion li respondis senprobleme, ĉar ĝi rilatis al basbalo.

Enirinte, li alklakis la filmeton, plialtigis la sonon kaj ĝi tuj ekiris. La unua persono, kiun li vidis, estis knabo, kiu prezentis sin kiel sepjara Francois Dubois per teksto tradukita de li ĉe la malsupro de la ekrano.

La knabo estis alta, tre alta. Fakte, li staris apud pluraj mezurstangoj. Lia patro proksimigis la vidon por montri, ke Francois, sepjara, jam estis 163 centimetrojn (5 ft. 4 in.) alta. Krom sia alteco, Francois aspektis kiel iu ajn alia sepjarulo, kun ruĝecbrunaj haroj, dika paro da okulvitroj kun malhelaj monturoj sur sia nazo, kadrata ĉemizo, bluaj ĝinzoj, kaj nigraj sportŝuoj.

"Bonjour E-Z!" diris Francois, radianta rideton, kiu malkaŝis, ke liaj du antaŭaj dentoj mankis.

E-Z reciproke ridetis, poste observis dum Francois kaj lia patro diskutis aferon en la franca sen ia traduko. Ilia diskuto ŝajnis varmiĝinta, laŭ iliaj manaj gestoj kaj vizaĝesprimoj. Li esperis, ke Francois ne provos ion danĝeran.

E-Z observis, dum Francois daŭre piediris al la plej konata vidindaĵo de Parizo, Francio - la Eiffel-Turo. Afiŝo ekstere indikis, ke la enirkosto por tiuj aĝaj de 12 ĝis 24 jaroj estis 5 eŭroj. Francois fermis siajn okulojn, poste remalfermis ilin. Atendu momenton. Io ŝanĝiĝis, eble estis la lumo.

Li daŭre rigardis dum Francois poziciigis sin apud alia ŝildo, kiu tekstis:

Pariza Monda Ekspozicio, la 15-an de majo 1889.

"ŬAŬ!" ekkriis E-Z, provante kompreni tion, kion li ĵus atestis. Tempovojaĝado?

Francois fermis siajn okulojn kaj revenis apud la originala ŝildo: 12-24 jaroj, 5 eŭroj. La bildo malklariĝis. Sub la ekrano aperis la vortoj: "Unu momenton, mi petas."

Per klako, la kamerao denove ekfilmis, sed ĉi-foje, Francois staris apud la Katedralo Notre-Dame de Parizo. Ekde la granda incendio de 2019, ĝi estis rekonstruata kaj la skeloj kaj kranegoj diligente laboris.

Kiel antaŭe, Francois fermis siajn okulojn kaj poste remalfermis ilin. "Neniel!" ekkriis E-Z.

Francois estis en la jaro 1163, ĝuste en la tago, kiam la unua ŝtono por la granda Katedralo Notre-Dame estis metita.

E-Z premis paŭzi. Ĉu tio povus esti falsa? Kompreneble, jes. Per la hodiaŭa teknologio iu ajn povus falsi ion ajn. Kaj tamen io en lia interno diris al li, ke ĝi estis aŭtenta. Tamen li bezonis duan opinion. Li bezonis Onklon Sam.

Rigardante la haltigitan Francois sur la ekrano, E-Z alklakis starton. Francois salutis mane dum la filmaĵo finiĝis.

E-Z alklakis kaj revenis al sia enirkesto. Li alklakis respondi kaj skribis la jenan retpoŝton al Francois:

Kara Francois,

Dankon, ke vi lasis min vidi vian superpovon. Mi bezonas paroli kun la teamo. Se ni decidos akcepti vin, kiom baldaŭ vi povos aliĝi al ni?

Via amiko,

E-Z

Li atendis sekundon kaj relegis sian mesaĝon antaŭ ol premi sendi. Li pripensis ŝanĝi SE al Kiam. Nedecidinte, li pripensis la tempovojaĝan superpovon de Francois. La knabo estus mirinda aldono al la teamo.

Tamen, li devis ricevi duan opinion. Antaŭ ol plu pripensi ĝin. Li tekstis al Sam, "Ĉu vi havas momenton?"

Nova retpoŝto aperis en lia enirkesto kun la vortoj:

Saluton E-Z,

Se vi akceptos min en la teamon, ĉu vi povas veni kaj preni min?

Via amiko,

Francois.

Pri tio li devis iom pripensi.

Li respondis:

Mi respondos al vi kiel eble plej baldaŭ.

Via amiko,

E-Z.

Sam eniris la kuirejon, "Kio okazas, knabo?"

"Pardonu, ke mi forprenas vin de la filmo."

"Mi tamen dormetis, do mi ĝojas pro la distraĵo."

"Mi ricevis retpoŝton per nia retejo de knabo en Francio, kiu petis aliĝi al nia teamo. Li kaj lia patro faris filmeton, mi jam spektis ĝin. Li havas imponajn kapablojn. Rigardu ĝin kaj diru al mi, kion vi pensas."

Sam restis silenta dum la tuta tempo. Kiam ĝi finiĝis, li petis vidi ĝin denove.

Kiam ĝi finiĝis la duan fojon, E-Z demandis, "Kion vi pensas?"

"Mi pensas, ke tio, kion ni vidas, estas impona. Tempovojaĝanta knabo el Francio."

"Ni vere povus uzi tian superpovon en nia teamo."

"Ĝuste," diris Sam. "Kaj tial mi suspektas pri tio. Ĉu vi korespondis kun la knabo?"

E-Z rulumis tra tio, kio estis dirita ĝis nun.

"Kiel li scias, ke vi ne havis superpovojn dum via tuta vivo?" li demandis.

"Jes, ankaŭ mi tiel pensis. Sed mi pensas, ke tio estas racia supozo. Li estas inteligenta knabo."

"Vere," diris Sam. "Ĉu vi kontraŭas, se mi iom foliumos, por vidi kion mi trovos?"

E-Z kapjesis, kaj Sam ekregis lian tekokomputilon. Li kontrolis la IP-adreson, kiu ŝajnis esti aŭtenta. Li senprobleme spuris ĝian lokon en Parizo.

Li serĉis la nomon de Francois, eksciis, kiun lernejon li frekventis. Eksciis, ke li ludis korbopilkon. Eksciis, ke li lertis pri literumado. Li ŝajne ne enplektiĝis en problemojn.

Tiam Sam trovis nekrologon pri la patrino de Francois, kiu mortis kiam li havis kvin jarojn. La mortokaŭzo ne estis precizigita, sed oni petis, ke donacoj estu faritaj al la Pariza Fondaĵo kontraŭ Mama Kancero.

"Ĉio ŝajnis esti laŭregula," diris Sam.

"Tamen, kiel ni povas esti certaj? Mi ne volas riski nenecesajn riskojn."

"La sola maniero certiĝi estus persone intervjui la knabon." Li hezitis, "Hm, li demandis, kiam vi povas veni kaj preni lin. Nun, kiam mi pripensas tion, tio estas sufiĉe stranga afero por ke tempo-vojaĝanta knabo sugestu."

"Jes, mi ne pensis pri tio tiel."

"Unu afero estas certa, E-Z, se iu ajn lin kaptos, tio estos mi. Oni bezonas vin ĉi tie."

"Mi dankas pro la oferto, Onklo Sam, sed via vivo en danĝero ne estas opcio."

"Bone," diris Sam. "Ĉu vi aŭdis ion de Alfred?"

Ĝuste tiam Alfred enŝanceliĝis en la kuirejon. "KIO?" li demandis.

ZAP.

Vetvenis eta blanka lanuga katido.

"Bonjour E-Z, mi nomiĝas Poppet. Francois min sendis."

"Ho ve," estis ĉio, kion E-Z diris.

Tuj alvenis retpoŝto de Francois, kiu tekstis:

"Ĉu ŝi sekure alvenis?"

Onklo Sam diris, "Nu, tio respondas nian demandon."

E-Z tajpis, "Jes, ŝi estas ĉi tie."

Plaf! Poppet malaperis.

"Tio estas tiel mojosa," tajpis Francois. "Kiam vi estos preta, se vi volas min en via teamo, mi mem provos."

"Restu preta por nun," diris E-Z.

"Kiel Poppet sciis, kie ni loĝas?" demandis Sam.

"Tion mi ne scias."

ĈAPITRO 21
La decido François

LA SEKVAN TAGON, E-Z kunvokis urĝan grupan kunvenon. Kiam ĉiuj sidiĝis, li rekte ekparolis.

"Ebla nova membro petis aliĝi al nia teamo. Sam kaj mi esploris lian peton kaj ĉio ŝajnas laŭregula."

"Mi subtenas tiun opinion," diris Sam.

E-Z kapjesis, "Francois estas tempvojaĝanto."

"Ŭaŭ!" diris Lia.

"Mirinde!" diris Lachie. La aliaj faris similajn komentojn, escepte de Charles, kiu demandis, "Kio estas tempovojaĝanto?"

"Vi estas!" diris Brandy.

"Ĝi estas iu, kiu vojaĝas de unu tempo al alia," diris Lia.

"Eble simple rigardu ĉi tiun filmeton, kaj vi pli bone komprenos, ni ĉiuj pli bone komprenos, kion li povas fari." Li ekrigardis

Alfredon, "Sed, antaŭ ol ni parolos pri Francois, mi ŝatus transdoni la vorton al Alfredo, por ke li informu nin pri tio, kion li malkovris en la libro. Al vi, Alfredo."

La trompetanta cigno glotis, dum ĉiuj rigardoj turniĝis al li.

"Mi ekzamenis ĉion, antaŭen, malantaŭen, flanken, kaj mi timas, ke tio ne multe helpas. Ĉar la Furioj ricevis specifan mandaton – kaj ili observas ĝin (kvankam ili fleksas la regulojn) – mi eĉ ne pensas, ke Zeŭso povus puni ilin pro tio, kion ili faras."

"Ĉu vi diras, ke estas senespere?" demandis Brandy.

"Ne, mi ne diras, ke estas senespere, sed mi simple ne vidas elirejon. Tio estas, krom se ili ne scias tion, kion ni scias."

"Kio estas?" demandis Brandy.

"La plano de Eriel. Kiel li uzis ilin. Kie estas Eriel. Kiel li estas neatingebla."

"Vere, ili certe scivolas, kial li ne komunikas kun ili," diris Lachie.

"Kaj tio povus krei mistruston," aldonis Brandy.

"Kio se," diris Sam, "tiu informo likus al ili?"

"Mi pensis la samon," diris Samantha. "Eble sen li, ili forkurkus."

"Tamen, ĝi povus iri en la kontraŭan direkton. Sen li tenanta ilin sub kontrolo, ili eble... Nu, kiu scias, kion ili farus!" diris E-Z.

"Ili jam kolektis multajn animojn," diris Lia. "Mi pensas, ke E-Z pravas. La scio, ke li ne plu estas en la ludo, povus igi ilin pli aŭdacaj."

Alfred rimarkis, ke la konversacio blokiĝis, "Do, ni parolu pri la superpotencaj kapabloj de Francois. Li estas tempvojaĝanto. Kiel li povus helpi nin?"

"Ankoraŭ unu afero," komencis E-Z, "kaj estas Onklo Sam, kiu rimarkis tion, do eble li estus la plej bona persono por klarigi ĝin."

"Ne, vi parolu," diris Sam.

"Francois sendis katidon ĉi tien."

"Katkideto?" demandis Sobo.

"Jes. Ŝia nomo estis Poppet, kaj ŝi alvenis en la kuirejon. Mi tuj ricevis mesaĝon de Francois, demandantan ĉu ŝi alvenis sekure. Ŝi salutis – jes, ŝi povis paroli. Post konfirmo, ke ŝi alvenis sekure, ŝi denove subite malaperis. La demando, kiun Sam poste faris, estis: kiel ŝi sciis, kie ni loĝas?"

"Atendu momenton," diris Charles. "Ĉu ne iu diris al mi, ke via adreso estis publikigita rete?"

"Mi ankaŭ aŭdis tion," diris Brandy.

Sam diris, "Ŭaŭ, tio ŝajnas esti antaŭ eterneco, sed ĝi estas vera."

Ili kolektiĝis ĉirkaŭ Sam kaj vidis sian domon rete, konektitan al la retejo por ke la tuta mondo vidu ĝin.

"Nu, pri tio ne estas dubo. Se ili scias, kiuj ni estas, tiam ili ankaŭ scias, kie ni estas," diris Sam. "Krom se..."

"Krom se kio?" demandis E-Z.

"Krom se ili ne estas tiel teknikemaj, kiel ni pensas."

Sobo diris, "Neniam subtaksu malamikon. Tiel senvaloraj fiuloj fariĝas herooj."

"Bone, unue ni spektu Francois vojaĝantan tra la tempo kaj poste ni cerbumu pri tio, kiel li povus helpi nin venki La Furiojn," diris E-Z.

Ili spektis la filmeton silente. Kiam ĝi finiĝis, E-Z diris, "Mi tajpos la liston. Kiu volas komenci?"

"Ne," diris Sam. "Mi pensas, ke ni devus skribi ĝin la malnovmode. Vi scias, per skribilo kaj papero." Li enmetis la manon en la kuirejan tirkeston kaj eltiris notblokon, kiun ili uzis por aĉetlistoj, kaj skribilon. "Vi komencu cerbumi, mi estos la sekretario. Kaj vi eĉ ne devas pagi al mi salajron."

Post kelkaj ridoj kaj subridoj, ideoj komencis flui:

#1. Francois povus reiri en la tempon, ekscii, kio okazis al PJ kaj Arden, kaj haltigi tion.

#2. Francois povus reiri en la tempon kaj malhelpi, ke ĉiuj infanoj estu mortigitaj.

#3. Francois povus reiri en la tempon kaj malhelpi, ke la gepatroj de E-Z estu mortigitaj, malhelpi lian akcidenton okazi.

#4. Same pri la akcidento de Lia.

#5. Same pri la akcidento de la familio de Alfred.

#6. Same pri tio, ke Lachlan estis enfermita en kaĝo.Interludo.

Haruto estis feliĉa kun sia nova familio. Fino de la rakonto.

Brandy ne havis kontraŭon al tio, ke ŝi povu morti kaj revivi, kvankam ŝi ja demandis, ĉu reveni al la tago de la aŭdicio estas realigebla opcio. Tiu peto estis unuanime malakceptita.

Charles ankaŭ ne havis bedaŭrojn.

La cerboŝtormado rekomenciĝis:

#7. Francois povus reveni al la tempo antaŭ ol La Furioj estis kreitaj por certigi, ke ili ricevu Akilan kalkanon.

#8. Francois povus reiri en la tempon, al la unua tago kiam Eriel renkontiĝis kun La Furioj. Li povus esti spiono. Aŭ ĉu li povus certigi, ke ili neniam renkontiĝis entute?

#9. Se Poppet povus aperi kaj malaperi, ĉu Francois povus fari la samon?

Alfred diris, "Atendu momenton. Tio estas tute freneza, sed kio se Francois reirus kaj nuligus La Furiojn el la ekzisto?"

"Ŭaŭ, tio estas bonega ideo!" diris E-Z. "Sed en ĉiuj rakontoj, kiujn mi legis pri tempovojaĝado, ludi per vivoj kaj ŝanĝi eventojn estas ĉiam malaprobate."

"Jes, mi memoras tion el 'Reen al la Estonteco'. Sed laŭ persona sperto," klarigis Brandy, "kiam mi mortas kaj revenas, estas kvazaŭ la eventoj antaŭ mia morto neniam okazis. Estas kvazaŭ sonĝo, se vi komprenas, kion mi celas?"

"Sam streĉiĝis kaj bosteis. "La beboj baldaŭ vekiĝos. Mi ne volas transiri la gvidajn limojn de E-Z, sed mi pensas, ke ni bezonas iom da tempo por pripensi antaŭ ol ni faros iujn agojn."

"Konsentite. Dankon al ĉiuj pro bonega cerboŝtorma sesio," diris E-Z.

Kaj la kunveno estis fermita.

ĈAPITRO 22
VARMA LAKTO

Lia kaj la aliaj pasigis la tagon farante siajn proprajn aferojn. Vespere, elĉerpita, ŝi turniĝadis en la lito, sed ne povis dormi. Frustrita pro horoj da sendormeco kaj konstanta maltrankviliĝo, ŝi malsupreniris por iom da varma lakto.

Ŝi metis tason en la mikroondan fornon, agordis ĝin por 40 sekundoj, kaj poste premis la startbutonon. Dum la horloĝo retronombris, ŝi rigardis la numerojn 39, 38, 37, 36, ktp., ĝis aperis la numero 33. Tio estis la lasta numero, kiun ŝi vidis.

"Nu, saluton, Eta Dorrit," ŝi diris, dezirante, ke ŝi estus surmetinta sian robon. "Kien ni iras?"

"Ni estas en misio," diris la unukorno. "Kien ni iras?"

"Vi ne scias kiu?"

"Ne. Mi okupiĝis pri miaj propraj aferoj, kiam vi vokis min, Lia, ĉu vi ne memoras?"

"Mi ne vokis vin," diris Lia. "Mi ankoraŭ ne dormis. Tio estas stranga."

La unukorno frostiĝis meze de la aero.

ŜŬŬŬ

Little Dorrit ekflugis plenrapide.

"Argghh!" kriis Lia, tenante sin por la karno. "Kio okazas? Kial vi iras tiel rapide?"

"Mi ne scias," diris la unukorno. "Estas kvazaŭ iu aŭ io transprenis la kontrolon de mi." Ŝi provis halti, kiel ŝi faris nur antaŭ momentoj. Nun, kion ajn ŝi faris, ŝi ne povis halti. Nek ŝi povis malrapidiĝi.

"Kaptu firme!" kriis Little Dorrit, dum ŝia korpo komencis ruliĝi antaŭen kapaltere. "Ho ne!" kriis Lia, sed ŝi kaptis firme por savi sian vivon. Fine ili ĉesis ruliĝi, sed anstataŭ malrapidiĝi ili eĉ pli rapidis.

Ili flugis senĉese, dum la nokto fariĝis tago. Dum la suno leviĝis en la ĉielo, la distanco inter ĝi kaj ili malpliiĝis.

"Mi sentas, kvazaŭ mia haŭto brulas!" ekkriis Lia.

"Ankaŭ mia felo," diris Malgranda Dorrit. "Mi provu denove turni nin." Ŝi provis, kaj kiel antaŭe ili ruliĝis kapaltere, kapaltere, malgrandigante la distancon inter si kaj la varmega suno.

"Ni devas turniĝi reen!" kriis Lia. "Se ni ne faros tion, ni pereos."

"Sed mi ŝajne ne povas ĉesi. Mi ŝajne povas fari nenion. Atendu, mi petos la helpon de Bebio."

Kun la flamanta suno kiel ilia fono, tri flugilaj estaĵoj aperis. Ili tenis manojn, dum iliaj nigriĝintaj manteloj kirliĝis kaj tordiĝis ĉirkaŭ iliaj korpoj.

KRAK!

KRAK!

KRAK!

Ĉu la sono, kiu plenigis la aeron, estis la sono de knaranta biĉo, dum Lia kaj Little Dorrit estis tirataj al ĝi kvazaŭ per trakta radio. Tondro rumbis, kvankam neniuj ŝtormoj estis videblaj, dum la ungegoj de la suno etendiĝis al ili, minacante disigi ilian meman ekziston.

"Ni pereis!" diris Lia. "Dankon, ke vi provis savi nin." Ŝi brakumis la unukornon. "Mi ja dezirus, ke vi havus bridojn. Tiam eble mi povus turnigi vin."

ŜLIK!

Bridoj aperis.

Lia ĉirkaŭprenis ilin per siaj manoj, sed antaŭ ol ŝi povis ekregadi ilin, ili fandiĝis en nenion.

"Vi pravas, mi pensas, ke ni estas finitaj," diris Little Dorrit. Vitraj larmogutoj fluadis el ŝiaj okuloj.

APARIS Francois, "Ĉu mi povas helpi?"

"Vi ja povas," ekkriis Lia. "Elportu nin el ĉi tie!"

"Fermu viajn okulojn kaj firme tenu," diris Francois.

Lia kaj Little Dorrit tremis pro timo.

DING.

DING.

DING.

La mikroondilo. La kuirejo.

Lia falis sur la plankon.

Malgranda Dorrit sekure alteriĝis en malvarmeta rivereto, kie ŝi ŝprucis ĉirkaŭe, poste ekiris hejmen.

"Kie vi estis?" demandis Bebio.

"Verŝajne vi ne ricevis mian mesaĝon. Ne gravas. Mi estas tro laca," diris Malgranda Dorrit. "Mi rakontos al vi pri tio morgaŭ."

ĈAPITRO 23
VENONTTAGE

Estis la vico de Sobo kuiri la matenmanĝon, kaj ŝi estis tiu, kiu trovis Lian, sur la planko ruliĝintan kiel forĵetita lanbulo.

Sobo ekkriis, "Venu rapide! Nia Lia bezonas helpon!"

Samantha estis la unua alveninta. Ŝi tuj premis siajn lipojn al la frunto de Lia por kontroli la temperaturon, poste kriis al sia edzo, ke li alportu termometron por duoble kontroli.

"Ŝia temperaturo estas 107,7," konfirmis Sam. "Ni devas porti ŝin al la hospitalo."

Samantha vokis la krizservon dum Sam levis Lian, portis kaj kuŝigis ŝin sur la sofon, kaj ili atendis la ambulancon.

"Mi gardos la hejmon," diris Sam, dum lia edzino kaj Sobo sekvis la paramedikojn, kiuj portis la senkonscian Lian sur brankardo.

Dum la ambulanco forveturis de la trotuarrando kun sireno sonanta, Lia malfermis siajn okulojn kaj provis sidiĝi.

"Mi fartas bone," ŝi diris. La paramedikisto denove kontrolis ŝian temperaturon kaj ĝi estis normala. Li levis la ŝultrojn.

Kiam ili alvenis al la hospitalo, Lia denove estis la sama kiel ĉiam kaj volis reiri hejmen – tuj.

"Kvankam ŝiaj vivsignoj nun estas bonaj, de kiam vi vokis nin, ni devas plenumi la proceduron. Lia estos enlitigita, kaj kiam la deĵoranta kuracisto donos la permeson, ŝi rajtos iri hejmen."

"Nu, almenaŭ lasu min eniri," diris la akompananto, dum la ŝoforo malfermis la pordojn.

"Ne, sinjorinet'o, vi restu tie," li diris, dum ili prepariĝis por enporti la litanon kaj ĝian okupanton, post kiuj sekvis Samantha kaj Sobo.

Samantha tekstmesaĝis al Sam ĝisdatigon. Li respondis per emoĝio de suprenlevita polekso, ĝuste kiam ŝi preskaŭ koliziis kun la gepatroj de PJ kaj Arden, kiuj estis elirantaj.

"Ili vekiĝis! Niaj knaboj vekiĝis!"

"Ambaŭ el ili?" ekkriis Samantha, dum ŝi transdonis ĉi tiun plej novan informon al Sam, kiu vekis sian nevon por diri al li la bonan novaĵon.

"Mi tuj venas!" diris E-Z, post kiam li vokis taksion.

ĈAPITRO 24
EN LA HOSPITALO

Li ESTIS SURVOJE POR vidi siajn du plej bonajn amikojn. En la taksio, lia menso senĉese ripetis la bonan novaĵon. Tiom multe okazis. Tiom multe ili maltrafis. Tiom da aferoj, kiujn li devis rakonti al ili. Volis rakonti al ili.

"Ĉu vi scias, kiu estas la ĉambro?" demandis la flegistino.

Li diris al ŝi ne, kaj ŝi rapide trovis ĝin por li. Dankinte ŝin, li prenis la lifton kaj iris al ilia ĉambro, demandante sin, ĉu li aĉetu ion por ili. Florojn? Sukeraĵojn. Li decidis demandi ilin, ĉu ili bezonas ion.

Alveninte tuj ekster ilia pordo, li povis aŭdi iliajn voĉojn interne kaj subaŭskultis dum kelkaj momentoj, antaŭ ol sin malkaŝi. Tiam li profunde enspiris, provante subpremi siajn emociojn – li ne volis tro emociiĝi kaj hontigi sin...

"Envenu, vi granda molulo!" diris PJ.

"Aaaah, li sopiris nin!" diris Arden.

"Ĉu vi ne devus aspekti pli belaj post tiom da beliga dormo? Cetere, vi ambaŭ bezonas raziĝon!"

"Ni ne volas superombregi vin, kaj mi iel ŝatas la senton de mia mustaĉo," diris Arden.

"Ni scias, ke vi amas la atenton! Mi vidas, ke via botel-peniketo ankaŭ bezonus tondeton!"

La patrino de PJ, kiu ĵus revenis en la ĉambron, flustris al E-Z, ke ili ne volas, ke la knaboj tro fanfaronu, ĉar ili estis vekaj nur kelkajn horojn.

Post mallonga babilado, E-Z brakumis ambaŭ siajn amikojn kaj diris, ke li devas foriri. "Mi revenos," li promesis, "kaj mi kaŝe alportos hamburgeron aŭ du – mi aŭdis, ke la hospitala manĝaĵo estas tre tre malbona."

"Vi ne rajtas!" diris la patrino de Arden, revenante ankaŭ en la ĉambron.

Li retiris sian seĝon, kaj dum la patrino de Arden alfrontis lin, liaj du amikoj kunmetis siajn manojn, petegante lin, ke li bonvolu alporti al ili manĝaĵon.

Dum li paŝis laŭ la koridoro, li ne povis kredi, kiom multe li sopiris ilin – kaj kiom bone ili aspektis. Li prenis la lifton malsupren al la Urĝa Sekcio, kie li trovis Samantha-n kaj Sobo-n.

"Ĉu iuj novaĵoj?" demandis E-Z.

"Ŝi estis furioza, ke oni devigis ŝin resti por ekzameni ŝin," diris Samantha. "Sed mi sentos min pli bone, kiam ŝi ricevos la verdan lumon kaj ni povos foriri de ĉi tie."

"Ankaŭ mi," diris E-Z. "Lasu min iri kaj rigardi." Li puŝis la seĝon laŭ la koridoro, aŭskultante dum li iris la voĉojn el kurtenita areo, kiun li konsideris antaŭ-akcepta stacio. Fine, li aŭdis la voĉon de Lia interne kaj eniris.

"Bonvolu atendi ekstere," diris la flegistino.

"Sed ŝi estas mia fratino."

"Mi volas iri hejmen – nun!" ŝi postulis, poste krucis la brakojn sur sia brusto.

"Vi estos elhospitaligita tuj kiam la kuracisto diros, ke vi povas esti elhospitaligita. Kaj ne unu momenton pli frue."

"Kiel vi fartas? Panjo zorgas pri vi."

"Mi lasos vin du solaj por babili," diris la flegistino. "La kuracisto devus veni tre baldaŭ. Ho, kaj certigu, ke ŝi restu trankvila."

"E-hm, dankon," diris E-Z.

Kiam ŝi foriris, ili brakumis.

"Malgranda Dorrit kaj mi preskaŭ sunbruliĝis!" ŝi diris. Ŝi rakontis al E-Z ĉion, kiel ĝi okazis de la komenco ĝis la fino. "Interese, ke estis Francois, kiu savis vin."

"Mi ne scias, kiel li sciis. Little Dorrit kaj mi pensis, ke ni jam pereos. Certe estis La Furioj. Ili volis bruligi nin! Ni jam komencis bruli. Ili estas teruraj, malicaj sorĉistinoj!"

"Ĉu estis serpentoj?" demandis E-Z

"Serpentoj kaj vipoj."

"Tio ja sonas kiel La Furioj." E-Z hezitis. Li ŝanĝis la temon. "Ĉu vi aŭdis pri PJ kaj Arden?"

Ŝi nejesis.

"Ili vekiĝis!"

"Neeble! Tio estas stranga koincido, ĉu ne? Ili provas mortigi Dorrit-inon kaj min, dum samtempe niaj du komataj amikoj vekiĝas."

"Vi pravas, mi pensas, ke ĉio estas konektita."

Samantha flankenpuŝis la kurtenon, "Kio estas konektita?" Ŝi brakumis sian filinon. "Kiel vi fartas nun, karulino?"

"Mi ne estas bebo," diris Lia. "Sed mi ja fartas pli bone kaj mi volas hejmeniri. Post kiam mi vizitos PJ-n kaj Arden-on."

Sobo envenis. Ŝi brakumis Lian.

"Kio okazis al vi?" ŝi demandis.

Denove, Lia klarigis ĉion. Ŝia patrino ne akceptis tion tiel bone kiel Sobo. E-Z rapidis al ŝi kaj verŝis al Sam glason da akvo. Dume Sobo havis multajn demandojn. "Vi varmigis lakton en la mikroondilo?"

Lia kapjesis.

"Kaj tiam vi estis fortransportita el la kuirejo?"

"Jes, kaj rekte sur la dorson de Little Dorrit. Little Dorrit diris, ke mi alvokis ŝin, sed mi ne faris tion."

"Kaj kio okazis poste?" demandis Sobo.

"Nu, Little Dorrit flugis kaj ni babilis, kaj kiam neniu el ni sciis, kien ni iris aŭ kial, ni pensis turniĝi reen. Subite, ni estis devigataj proksimiĝi pli kaj pli al la suno sen ia ajn povo por turniĝi."

"Sed vi kaj Little Dorrit ne plenumas la kriteriojn de la Furioj. Ili ne devus povi tuŝi iun ajn el vi!" ekkriis E-Z.

Samantha diris, "Eble ĝi estas nur koincido."

Sobo ripetis sian konsilon de antaŭe, "Neniam subtaksu malamikon."

Kiam Lia ricevis permeson hejmeniri, ŝi kaj E-Z surprizis PJ-n kaj Arden-on per ĉizburgeroj kaj terpomfingroj, kiujn ili kontrabandis.

Dum la vojo hejmen per taksio, kun Samantha, Sobo kaj Lia, E-Z pensis pri unu afero kaj nur unu afero. La Furioj atakis Lian kaj Little Dorrit, kaj ili malsukcesis. Ne nur ili malsukcesis – danke al Francois – sed iel, iel, la universo resendis PJ-n kaj Arden-on.

Hazardo? Li pensis, ke ne. Anstataŭe, kion li volis kredi, estis ke la povoj de La Furioj malpliiĝis, se ili aventuris ekster sian mandaton.

Ĉiukaze, li kaj lia teamo devis esti pretaj je ajna momento por profiti la situacion.

Tio eble estis ilia sola ŝanco.

La sola avantaĝo favore al ili.

ĈAPITRO 25
SOBO

"Mi devas demandi ankoraŭ unu demandon," Sam demandis al E-Z antaŭ ol ĉiuj envenis por la kunveno.

"Bone, demandu," diris E-Z.

"Nu, mi scivolis, kial Rosalie ne sciis pri Francois."

"Mi," estis ĉio, kion E-Z sukcesis diri, antaŭ ol Brandy kaj Lia envenis la kuirejon.

"Ne atentu nin," diris Brandy, dum ŝi malfermis la fridujon, elprenis la oranĝan sukon kaj fintrinkis ĝin, antaŭ ol ĵeti la ujon en la recikligujon.

"E-hm, vi devus unue ellaveti ĝin," diris E-Z, kion Brandy faris. Poste ŝi sidiĝis sur seĝon kaj viŝis sian buŝon per la dorso de sia mano.

"Pardonu, mi ne intencis esti malĝentila, vi scias, subite ĉesi paroli tiel, kiel mi faris. Mi volis, ke ni ĉiuj estu ĉi tie por diskuti la zorgojn de Onklo Sam."

"Tute prave," diris Lia, sidiĝante apud Brandy. Unu post la alia la aliaj alvenis kaj okupis siajn lokojn ĉirkaŭ la tablo.

E-Z komencis per ĝisdatigo por ĉiuj pri la mirakla resaniĝo de PJ kaj Arden, kion sekvis vigla aplaŭdo de ĉiuj, inkluzive de tiuj, kiuj eĉ ne renkontis ilin.

"Sekve, en la tagordo, kaj mi pensas, ke ĉi tiuj du aferoj eble estas ligitaj, Lia kaj Little Dorrit estis trompitaj forlasi la domon kaj iliaj vivoj estis endanĝerigitaj. Se ne estus Francois, la Furioj, kiujn ni konsideras respondecaj, eble sukcesus."

"Bravo, Francois!" diris Charles.

"Kiel oni trompis vin?" demandis Brandy.

"Kie tio okazis?" demandis Lachie.

"Lia, ĉu vi volas rakonti?" demandis E-Z. Ŝi skuis la kapon nee.

"Ensalutu se mi preterlasos ion," li diris. Li daŭrigis kaj klarigis, kio okazis kaj kial ili pensis, ke La Furioj respondecis. Ekde tiam, mi pensadis pri La Furioj kaj ilia mandato. Kiel ni scias, ili devas sekvi ĝin. Kiam ili provis mortigi Lian kaj Little Dorrit, ili rompis la regulojn. Kian kialon ili povus doni, por provi mortigi Lian, aŭ Little Dorrit? Ili ne nur kontraŭis sian mandaton, sed ili ankaŭ malsukcesis. Nun konsideru, kio okazis samtempe – mi celas kompreneble PJ-n kaj Arden – ili eliris el siaj komatoj. Koincido? Mi pensas, ke ne. Kaj ju pli mi ligas ilin en mia menso, des pli mi scivolas, ĉu La Furioj eble malfortiĝas. Se mi pravas, tiam nun eble estas la ĝusta tempo por ke ni venku ilin."

"Eblas," diris Alfred, "sed mi memoras legi pri Einstein en miaj lernejaj tagoj – kio povus pruvi la malon. Mi volas diri, eble tio tute ne estis La Furioj. Eble estis perturbo en la spaco-tempa kontinuumo. Ĉar Francois povis savi ilin, kaj neniu el ni sciis, ke tio okazas, ŝajnas, ke tio estas ebleco esplorinda, ĉu ne?"

Sam paŝadis. "Konsiderante ĉion, kion ni scias pri La Furioj, kaj tion, kion mi memoras el miaj studoj pri Einstein – por eĉ havi ŝancon fleksi la spaco-tempan kontinuumon, Lia kaj Little Dorrit devus esti vojaĝintaj pli rapide ol la lumo – 186 282 mejlojn por sekundo. Se oni irus tiom rapide, oni moviĝus malantaŭen en la tempo, ne antaŭen."

"Ni vojaĝis rapide, sed ne tiom rapide," diris Lia.

"Rakontu al ni denove, kio okazis, Lia. Kadro post kadro. Ĝis la momento, kiam Francois aperis," diris Alfred.

La rakonto de Lia komenciĝis en la kuirejo kaj finiĝis kun ŝi en la hospitalo.

Per manlevado ĉiuj voĉdonis, ke ili kredas, ke La Furioj respondecis, tamen neniu povis klarigi, kial Francois sciis, aŭ kiel li estis alvokita.

"Ĉu vi vokis lin?" demandis E-Z. "Mi volas diri, kiel li sciis? Tion mi intencas demandi al li."

"Kio reportas min ĝuste al la komenco de hodiaŭ," diris Sam. "Kaj mia demando estas, kial Rosalie ne sciis pri Francois."

"Kaj kiel fartas Little Dorrit?" demandis Sobo.

"Mi ne scias pri Francois, sed la unukorno dormis, kiam mi eliris por iom da herbo ĉi-matene."

"Aha, tio estas bona," diris Lia.

"Eble la kuracistoj havas klarigon pri tio, kial PJ kaj Arden vekiĝis ĝuste tiam?" demandis Sam.

"Tio ja veras, eble ili havas, sed mi ne vidas, kiel tio gravas por ni. Ne vere. La ĉefa afero estas, ke ili estas vekaj kaj ni ankoraŭ ne scias, ĉu La Furioj respondecis pri ili. Tamen, ni ja havas pruvojn pri tio, kion ili faradis al aliaj infanoj, kaj iel ni devas igi ilin pagi. Kaj ni devas igi ilin ĉesi."

"Eble la kuracistoj havas klarigon pri tio, kial PJ kaj Arden vekiĝis kiam ili vekiĝis?" demandis Sam.

"Tio ja veras, eble ili havas, sed mi ne vidas, kiel tio gravas por ni. Ne vere. La ĉefa afero estas, ke ili estas vekaj kaj ni ankoraŭ ne scias, ĉu La Furioj respondecis pri ili. Tamen, ni ja havas pruvojn pri tio, kion ili faris al aliaj infanoj, kaj iel ni devas igi ilin pagi. Kaj ni devas igi ilin ĉesi."

"Jen! Jen!" diris Charles, frapante sian manon sur la tablon.

"Ĉu ni povas paroli iom pli pri Francois," demandis Brandy.

"Kio se li ne volas diri al ni ion ajn," demandis Karlo, "krom se ni akceptos lin kiel teamanon?"

"Karlo pravas," diris E-Z. "Mi pretas uzi tion kiel teston kun Francois. Se li ne volos diri al ni tion, kion li scias, tiam eble li ne estas destinita esti unu el ni."

"Kio se li estas vere lerta mensoganto?" demandis Brandy. "Kaj iuj homoj estas elstaraj mensogantoj."

Lia diris, "Kial ni ne faru Zoom-vokon? Ni ĉiuj povas babili kun li, vidi kia li estas, kaj poste ni povas voĉdoni pri tio? Mi jam pretas voĉdoni jese."

"Ne," diris E-Z. "Mi ne volas, ke li eksciu pri Charles, Haruto, Lachie aŭ Brandy. Ĉio, kion li scias nun, estas tio, kion li povas trovi rete."

"Kaj tamen," interrompis Sam, "Poppet povis subite aperi en nia domo."

"Jes, ja," diris E-Z.

"Krome, li savis Little Dorrit kaj min – do li scias pri ŝi."

"Mi sentas, ke ni nur rondiras en cirkloj," diris Alfred. "Dume pli da infanoj mortas kaj eniras Animan Kaptilojn, kiuj apartenas al aliaj, kiuj mortis," diris Alfred. "Mi tiom esperis, ke ni progresos pli, post kiam mi deĉifris la informojn en la libro."

"Atendu momenton," diris E-Z. "Ĉu iu vidis Hadz kaj Reiki hodiaŭ?"

Neniu vidis ilin.

La telefono de E-Z zumis. Longa tekstmesaĝo de PJ kaj Arden alvenis:

"Ne demandu nin kiel, sed ni scias, ke La Furioj venas al vi. Kaj jes, ni havas planon. Ni devas scii tuj kiam vi vidos ilin. Sendu al ni tekstmesaĝon – kaj al Haruto.

"E-Z respondis. "Kio????"

"Fidu nin," tekstis PJ.

Ambaŭ interŝanĝis emojiojn de suprenlevita polekso, poste li klarigis la situacion al Haruto kaj la aliaj.

La scio, ke La Furioj estis pretaj komenci la batalon nun, en la teritorio de siaj malamikoj kaj sen sia gvidanto Eriel, maltrankviligis E-Z-on. Tamen, danke al PJ kaj Arden, ili perdis la elementon de surprizo.

Daŭre sidi kaj atendi ilian alvenon ne estis la plej bona strategio.

Sed nun ili havis la avantaĝon. Ili nur devis sidi kaj atendi – kaj esperi.

ĈAPITRO 26
NEATENDITAJ VIZITANTOJ

Ĉ IUJ DAŬRIGIS SIAJN AFEROJN, provante resti okupitaj dum ili atendis. Tiam, eĉ tra la brikaj muroj, trapenetris neevitebla fetoro.

"Kio estas?" kriis Lia, fermante sian nazon per la fingroj. "Mi ankoraŭ sentas ĝin!"

Brandy faris la samon per sia dekstra kaj per sia maldekstra mano, ŝi ŝprucigis ĉambra parfumaĵon tra la ĉambro, kio anstataŭ malfortigi la intensecon de la fetoro ŝajnis densigi la aeron kaj plifortigi ĝin.

"Ni eliru!" diris Lachie. "Eble estas pli bone ekstere?" Li malfermis la pordon, kvankam la logiko diris al li, ke se la odoro estis malbona interne, ĝi devas esti pli malbona ekstere. Unue, liaj sensoj estis trompitaj kaj li nenion flaris. Ĉu li alkutimiĝis al ĝi? Ĉu la Furioj flarbombis la internon de la domo?

Tiam li ekvidis Little Dorrit kaj Baby, cirklantajn supre. "Ankaŭ ĉi tie supre ne estas pli bone!" diris Baby.

"Neniel!" aldonis Little Dorrit.

Tiam lin denove trafis la fetoro, kiel vangofrapo, kaj dum momento li perdis la ekvilibron. Li ekvidis la vestŝnuron kaj la ŝtopilojn, kaj kuris al ili. Li firme premis unu al sia nazo, kaj jen, li ne plu povis flarsenti ion ajn. Li mansvingis al Little Dorrit kaj Baby por ke ili malsuprenvenu, kaj kiam ili tion faris, li aplikis la necesajn ŝtopilojn (iliaj nazoj bezonis plurajn), ĝis ankaŭ ili ne plu povis flarsenti la fetoron.

"Dankon," diris Little Dorrit kaj Baby, dum ili leviĝis de la grundo. "Ni gardos."

Lachie donis al ili dikfingron supren, tiam rimarkis iom da tumulto laŭ la vojeto, kiu kondukis al la barilo en la ĝardeno. Grupo da estaĵoj formis cirklon, kvazaŭ ili havus kunvenon. Li ekiris al ĝi, dum Strigo leviĝis de branĉo kaj surteriĝis sur lian ŝultron.

"Ehm, saluton," li diris, rigardante en la okulojn de la strigo. "Ĉu ni jam renkontiĝis?" La strigo kapjesis kaj tiam li rekonis, kiu ĝi estis. Ĝi estis Sobo. "Kiam vi diris, ke via superpotenco estas transformiĝo, mi ne imagis vin tia!"

"Haruto ne scias," ŝi diris. "Almenaŭ mi ne pensas, ke li memoras min - ankoraŭ." Ŝi flugis reen al la grupo de estaĵoj, "Venu aliĝi al ni," ŝi diris. Lachie promeneis inter ili, estante prezentita unu post la alia al cervo nomita Oboe, prociono nomita Charlie, vulpo nomita Louise, birdo (Cianio) nomita Lenny kaj dua birdo (Kardinalo) nomita Percy.

"Ni venis por helpi," diris Oboe la cervo, "sed ni tre timas la Furiojn."

"Lasu min ataki ilin!" ekkriis Charlie la prociono. "Mi elungos iliajn okulojn."

"Kaj mi elŝiros iliajn gorĝojn!" kriis Louse la vulpo.

"Ho! Atendu momenton!" diris Lachie. "Tio ĉi ne estas via batalo. Kvankam mi dankas vian oferton helpi, kial vi ne unue lasas nin provi? Se ni bezonos vian helpon, mi fajfos kaj vi tiam povas enveni?"

"Li pravas," diris Sobo. "Kvankam, li ne celas min." Ŝi rigardis Lachie-n, por certigi, ke ŝiaj supozoj estis ĝustaj, kaj respondis per kapjeso. "Mi devas protekti mian nepton kaj la aliajn."

Lenny kaj Percy, la du aliaj birdoj, ĉirpetis inter si.

Sobo, kiu estis trankvila, nun komencis bati siajn flugilojn tre neregule, ripetante, "Malbonaj aferoj venas! Teruraj aferoj venas! Aferoj teruraj venas!"

"Ŝŝ, Sobo," diris Lachie, provante trankviligi ŝin. "Ni estas pretaj kaj ili ne scias, ke ni scias, ke ili venas."

BAT BAT BAT BATADA

BAT BAT BAT BATADA

BAT BAT BAT BATADA

estis la sono, kiun la tero sub iliaj piedoj faris, pulsante kiel koro provanta elrompiĝi el brusto.

La batadon sekvis tamburado.

Poste zumado.

"La Furioj venas!

La Furioj venas!La Furioj venas!"

Dum la ĉielo super ili kirliĝis

Kaj turniĝis.

Kaj brulis.

De brila bluo al sanga oranĝruĝo.

Najbaroj elrampis eksteren, kiel najbaroj kutimas – por vidi, pri kio temis la fetora odoro. Iuj bruaj parkumantoj svenis, kiam iliaj sensoj estis superfortitaj, kaj iuj elportis popkornon sur la verandon por manĝi kaj spekti.

Ili tute ne sciis, kia danĝero alproksimiĝis al ili.Kaj tamen estis indicoj.

La zumantaj flustroj.

La bategado.

Tamen, multaj ne retiriĝis enen al la sekureco de siaj hejmoj.

Anstataŭe, ili manĝis sian pufmaizon kaj trinkis siajn senalkoholajn trinkaĵojn, dum ili atendis.

GAPANTE

SEN FUGI.

Dum la tero mem sub iliaj piedoj estis

BATANTE BATANTE BATANTE BATANTE
BATANTE BATANTE BATANTE BATANTE
BATANTE BATANTE BATANTE BATANTE

Tiam la batadon sekvis tamburado.

Tiam zumado.

"La Furioj venas! La Furioj venas! La Furioj venas!"

***

"Ni eliru!" ekkriis E-Z. "Kaj alfrontu ilin rekte!" Li larĝe malfermis la antaŭpordon, tiel ke ĝi frapis la muron.

Brandy, Lia, Haruto, Charles kaj Alfred estis malantaŭ li, pretaj agi tuj kiam ili ricevos la ordonon.

Li rigardis super sian ŝultron kaj vidis Sam kaj Samantha eliri. "Ne vi," li diris. "La beboj bezonas vin interne. Lasu tion al ni."

Sam kaj Samantha retiriĝis.

Nun la kvar soldatoj staris flank-al-flanke sur la antaŭa gazono, atendante. Al fremdulo ili eble estus ŝajnintaj kiel grupo da infanoj atendantaj la lernejan buson dum normala lerneja tago. Sed ĉi tio ne estis normala tago. Ĉi tio estis Armagedono.

La brakoj de Lia tremis dum ŝi serĉis en sia menso, malfermis ĝin, esperante deĉifri ĉu ŝiaj superpotencoj permesos al ŝi aliri la mensojn de La Furioj. Ĉu ŝi povos sin elmeti kaj trovi iujn ajn indikojn, iun ajn informon por helpi sian teamon – sed ŝia menso restis malplena.

Alfred diris, "Mi flugos sur la tegmenton. Vidi, kion mi povas vidi."

E-Z kapjesis. "Restu sekuraj. Ho, kaj vidu, ĉu vi povas trovi Lachie kaj Sobo." Li jam ekvidis la unukornon kaj la drakon flugantajn alte super ili. Li montris al ili la dikfingron supren.

Laŭta fajfo, kaj Baby subenflugis, Lachie saltis sur lian dorson kaj kune ili aliĝis al Alfred sur la tegmento. Strigo surteriĝis apud ili.

"Tio estas Sobo," diris Lachie.

"Ĉu vi vidas ion?" demandis E-Z.

Alfred flugilbatis, "Al ni venas grandega breto, granda kiel glacimonto, sed ĝi rapide moviĝas."

E-Z provis imagi ĝin en sia menso, sed li ne povis, ĉar kiel diable li kaj lia teamo povus haltigi tian aferon? Kiel?

"Ĝi moviĝas al ni kiel cunamo," diris Alfred.

"Sed ĝi ne estas farita el akvo," diris Lachie. "Ĝi ŝajnis esti farita el sablo. Sabla ondo. Portante tri virinojn vestitajn en nigro."

Sabla ondo, jes, nun li povis imagi ĝin. "ETA? Mi volas diri, taksita alvenotempo?" demandis E-Z.

"Malfacile diri," diris Alfred. "Minutoj..."

Dum la tuta tempo sub iliaj piedoj la tero daŭre tamburis.

Kaj vibre sonis.

"La Furioj venas! La Furioj venas! La Furioj venas!"

***

"ENIRU!" E-Z KRIIS AL la scivolemaj najbaroj. "Fermu la pordojn, ŝlosu ilin. Kaj iu afiŝu avizon en la sociaj retoj. Diru al ĉiuj resti endome. Diru al ili ne eliri denove, ĝis ili ricevos mian permeson! Nun for!"

PLAK.

PLAK.

Trans lia ŝultro, Alfred, strigo, Lachie kaj Baby rigardis eksteren, observante kiel la ondoj fermis la distancon inter La Furioj kaj lia teamo, dum Little Dorrit atente observis de alte supre.

Estis tro malfrue por fari planon. Tro malfrue por fari ion ajn krom esperi, ke ili pretas, dum la vento ŝiris kaj puŝis ilin, kaj la tero frapegis sinkrone kun iliaj korbatoj.

KRAS.

Malantaŭ li, la antaŭa pordo de la domo deŝiriĝis kaj flugis for de siaj ĉarniroj. Ĝi resaltis kaj skuis sin laŭ la strato antaŭ ol finfine kuŝiĝi plate.

Sam elpaŝis. E-Z turnis sian seĝon al li, ne kredante siajn proprajn okulojn.

Sam estis kunmetinta kostumon, aŭ diversajn kostumojn, kreante propran superheroon. Sur lia kapo estis kavalierskiraso kun la masko levita supren.

Dum li paŝis antaŭen, ĝi malleviĝis kaj li devis klaki ĝin reen en la lokon. Li aplikis okulan inkon – kiel bejsbalistoj portas por forigi la brilon sub siaj okuloj. Lia brusto estis ŝveligita, kvazaŭ li portus kontraŭbulen veston sub sia ĉemizo, kaj malantaŭ li treniĝis longa nigra mantelo. Sur sia malsupra duono, li portis nigrajn ĝinzojn kaj sian plej ŝatatan paron da kurŝuoj.

La teamo de superherooj provis ne ridi, dum li alproksimiĝis al ili, kaj ili rimarkis, ke lia superheroa nomo – SAM LA VIRO – estis kudrita en la ŝtofon trans liaj ŝultroj.

Little Dorrit plonĝis malsupren, ĵetis Brandy sur sian dorson. Poste, Lachie saltis sur la dorson de Baby kaj ekflugis. Li ekrigardis la tegmenton. Little Dorrit ne plu estis tie. Alfred kaj la strigo leviĝis de la tegmento. Ĉiuj alteriĝis apud E-Z kaj la aliaj.

"Ĉiuj por unu!" ili diris. "Kaj unu por ĉiuj!"

"Sed kie estas mia Sobo?" demandis Haruto.

Sobo flugis sur lian ŝultron kaj tuj li sciis, ke tio estas ŝi. Tiam ŝi transformiĝis en sian homan formon.

La teamo de infanoj vidis Onklon Sam transformiĝi en Viron Sam, kaj Sobo transformiĝi de strigo al avino, sed neniu el ili impresiĝis de tio.

Ĉar sub iliaj piedoj la tero daŭre

TAMBUREGIS.

Kaj VIBRIS.

Sed la vortoj estis ŝanĝiĝintaj.

"La Furioj preskaŭ estas ĉi tie.

La Furioj preskaŭ estas ĉi tie.

La Furioj preskaŭ estas ĉi tie."

***

E-Z KAJ LIA TEAMO observis, dum la giganta sabla ondo, kiel oceanŝipo eniranta havenon, drivis enen. Sed tiu afero ŝiris tra la stratoj, platigante domojn, arbojn, kaj ĉian vivantan estaĵon sur sia vojo. Kaj ĝi ne malrapidiĝis.

Ne estis sufiĉe da tempo por ke ili ekflugu, krome, ilin frapis la grandega grandeco de la afero. Ĝi ja haltis, kaj la Furioj superregis ilin, iliaj voĉoj kriegantaj pro rido dum ili ĵetis siajn rigardojn sur siajn malamikojn unuafoje.

"Ĉu ili eĉ estas realaj?" demandis Tisi. "Ili aspektas kiel miniatjuraj pupoj, kiuj atendas esti piedprematoj."

"Mi vidas, ke ili havas drakon kaj unukornon. Kaj cignon. Ho ve!" kriis Ali.

"Memoru, kial ni estas ĉi tie," diris Meg. "Nun vi du kondutu bone, dum mi malsupreniros kaj konversacios kun la gvidanto. Kio estis lia nomo denove?"

"E-Zed," kriegis Tisi.

"E-Zed," kriis Ali.

Kune ili diris la nomon E-ZED, E-ZED, E-ZED."

"Ili nomas vin E-Z," diris Brandy, ekflugante.

"Ne!" kriis E-Z. "Atendu mian ordonon!" Sed estis tro malfrue, Malgranda Dorrit kaj Brandy jam flugis, sed ili ne iris malproksimen, trovante lokon sur la tegmento.

E-Z kaj la cetero de la teamo restis surloke.

"Kion ili atendas?" demandis Sam.

Charles diris, "Ili esperas, ke ilia fetoro faros la laboron por ili." Li ridetis kaj ĉiuj ridis. Ĉiuj krom Sobo, kiu re-transformiĝis en sian strigan staton, kaj flugis supren sur la tegmenton apud Brandy kaj Little Dorrit.

La Furioj, kiuj havis bonegan aŭdkapablon kaj havis planon kaj intencis sekvi ĝin, ne ŝatis esti la celo de la ŝercoj de la superheroaj infanoj kaj unu post la alia ekflugis. Dum ili proksimiĝis, la fetoro plifortiĝis dum iliaj nigraj manteloj flirtis en la brizo.

"Kaptu!" kriis Lachie, ĵetante vestajn ŝtopilojn al ĉiu teamano.

La nun ne plu tiom fetoraj sorĉistinoj flugis pli proksimen, por ke la infanoj sube povu vidi ilin pli detale. Personece ili estis pli grandaj ol la vivo, laŭvorte, pro la serpentoj, kiuj rampis kaj glitis sur tiuj korpoj. La serpentoj, kiuj elspitis bifiŝajn langojn, estis akompanataj de la sono de krakantaj vipoj en elstara montro de psikologia militado.

Estis Meg, laŭ la originala plano, kiu rompis la silenton, kriegante: "Kie estas Eriel? Ni scias, ke vi havas lin! Donu lin al ni, NUN."

La alta sono de ŝia kriego igis la infanojn kovri siajn orelojn, dum vitraj objektoj kiel stratlanternoj, verando-lumoj, fenestroj, kaj eĉ vitro en ŝrankoj disrompiĝis dum mejloj kaj mejloj.

Kiam li certis, ke Meg ne plu parolas (ĉar ŝia buŝo estis fermita), E-Z respondis, "Li estas tie, kie oni tenas perfidulojn. Do nun vi povas rampi reen al kia ajn truo, el kiu vi tri elrampis!" Kaj kiam li finis paroli, lia ekflugis de la tero, sekvata de Alfred, Sobo, Little Dorrit kun Brandy Baby, kun Lachie surŝipe.

"Ĉi tio estas nia teritorio. Ĉi tiuj estas niaj homoj – kaj vi ne havas aferon ĉi tie. Fakte, vi tute ne havas aferon ĉi tie sur la tero. Vi neniam havis. Vi ne apartenas ĉi tien," diris E-Z. "Kaj ni laciĝis pro via manipulado. Vi tro riskis. Vi misuzis viajn povojn. Vi estas abomena. Kaj ni devigos vin respondi pro tio."

"Kion knabeto kiel vi faros al ni?" kriis Tisi, kiu alproksimiĝis apud Meg, "ĉirkaŭveturos nin?"

Ŝia kria rido plenigis la aeron, kaŭzante ke la tero sub la piedoj de la ceteraj teamanoj fendiĝis en breĉojn. Lia, Haruto, Charles kaj Sam grupiĝis kune inter la breĉoj por sekureco.

Meg aliĝis al la amuzo de insultnomado, "Eble la cigno karesos nin ĝis morto? Komprenebla, ni povas pluki ĝin – kaj manĝi ĝin por tagmanĝo!"

La neflugantaj membroj de la teamo kunpremiĝis eĉ pli forte. Haruto, kiu povus esti forfluginta, estis tro timigita por moviĝi. Ili tenis sin for de la malfermitaj fendoj en la tero, kiuj minacis engluti ilin.

"Kaj vi, knabineto," diris Alli al Lia. "Ni provis fandigi vin en la suno. Vi eskapis tiun fojon. Sed kion vi faros al ni nun? Ĉu vi rigardegos nin per viaj manoj kaj ŝanĝos nin en statuojn?"

La Furioj denove kriegis pro rido, dum la tero sub ili kuntiriĝis, kvazaŭ ĝi provus naski ion.

"Nun mi enuas," diris Meg. La aliaj du fratinoj estis nekutime silentaj, kvazaŭ ili estus necertaj pri sia sekva paŝo.

"Meg flugis iom pli proksimen al E-Z, kun la manoj sur la koksoj, "Ni malŝparas nian tempon ĉi tie! Ni ne venis por batali kontraŭ vi hodiaŭ. Ne sen nia gvidanto. Ĉio, kion ni volas scii, estas: kie li estas? Liberigu lin. Liberigu lin – nun. Kaj ni rezervos la batalon por alia tago."

"Vi ŝatus tion, ĉu ne!" kriis Alfred.

Kio frenezigis Alli.

"Venu al mi, ho malgranda cigneto, cigneto. La katilo atendas vin – vi plumhava strangulo!"

"Li estas cigno, ne ganso, stultulo!" diris Brandy, dum ŝi direktis Little Dorrit al si. E-Z, kontenta pro la distraĵo, ricevis tekstmesaĝon de PJ kaj Arden, kaj donis al Haruto la signon de aprobego.

Haruto fariĝis nevidebla per turniĝo kaj kuris pli rapide ol rapide al la hospitalo, kie li renkontiĝis kun PJ kaj Arden, kiuj jam atendis interne de la ludo. Nun ili ĉiu faris po unu mortigon. Kiam Haruto alvenis, ili faris du pliajn mortigojn. La avideco de la Furioj pri pli da infanaj animoj sendis iliajn esencojn en la ludon.

"Ni kaptis vin!" kriis la tri diinoj.

"Nun!" kriis PJ, dum Arden premis SAVI al USB, kaj kiam ĝi estis savita, li premis ELMETI. Li fermis la USB-on per glubendo, poste metis ĝin en hermetikan sakon.

"Portu ĉi tion al E-Z!" diris Arden.

Haruto surteriĝis, signalis al sia avino, kiu kaptis la USB-on per sia beko kaj portis ĝin al E-Z.

PJ tekstis. "La esencoj de la Furioj estas en la USB."

E-Z sekure metis la USB-on en sian ĝinzpoŝon, kaj la sekvan fojon, kiam li rigardis la Furiojn, la vidaĵo en la okulvitroj de Rafael ŝanĝiĝis. La korpoj de la tri fratinoj aperadis kaj malaperadis, sed la serpentoj ne. Tiam li ekkomprenis, kio estis ilia Akila kalkano. "La serpentoj vivtenas ilin!" li kriis. "Ni devas forigi la serpentojn."

Brandy jam estis sufiĉe proksima por ataki Alli. Bedaŭrinde, ŝi ankaŭ estis sufiĉe proksima por ke la serpento de Alli mordu ŝin – kion ĝi faris. Ŝi senkonsciiĝis, kaj Little Dorrit forflugis, sed estis tro malfrue, Brandy jam estis morta.

"Forportu ŝin!" kriis E-Z, kaj Little Dorrit forflugis en la ĉielon, plorĝemante dum ŝi foriris.

"Ŝi fartos bone," diris E-Z.

"Mi ne pensas tiel," ridis Alli. "Niaj serpentoj ne estas el ĉi tiu mondo. Se vin mordas unu el ĉi tiuj, negrave kiajn povojn vi havas, ili ne funkcios. Sed ni restos ĉi tie kaj atendos, se vi volas? Kaj kiam ŝi ne revenos – ni dispremos la reston de via teamo!"

"Vi aĉulinoj!" ekkriis E-Z.

Sobo ekagis, atakante kaj eltirante la serpentajn okulojn unu post la alia kaj faligante ilin sur la teron. Kiam ŝi finis pri Alli, ŝi daŭrigis per Meg, poste per Tisi. Kiam ŝi finis sian taskon, la avino estis tro elĉerpita por fari ion ajn krom alteriĝi apud sia nepo kaj reveni al sia homa formo.

"Sed Sobo," diris Haruto, "mi ankaŭ volas batali."

"Lasu ilin fari la reston," ŝi diris. "Mi estas tro laca por porti vin."

Sobo kaj Haruto observis la ceterajn teamanojn mortigi la serpentojn.

La Furioj malfermis siajn buŝojn kaj remalfermis ilin, sed neniu sono eliris el ili. Krom esti senvoĉaj kaj malaperantaj, iliaj korpoj penis resti flosantaj dum la sango en iliaj vejnoj gutadis.

La rulseĝo de E-Z moviĝis sub ili, kaptante la gutojn kaj kunmiksante la sangon de la Furioj kun la aliaj specimenoj, kiujn ĝi kolektis.

"Ili estas mortaj," konfirmis E-Z, dum la malplenaj manteloj de la Furioj flosis kiel nigraj fantomoj al la tero.

Sed ankoraŭ ne finiĝis.

***

Malantaŭ E-Z la sabla ondo levis sian kapon, kaj vidante la truitajn okulojn ĉirkaŭ si – la okulojn de ĉiuj siaj idoj – ĉi tiu patrino de ĉiuj serpentoj malrapide ekviviĝis.

Sam, kiu unue ekvidis la movon, kriis: "Atentu, E-Z!" kaj kiam li ne plu aŭdis ŝian respondon, Lia, Charles, Haruto kaj Sobo ĉiuj kune vokis.

Lachie aŭdis iliajn kriojn, kaj vidis la serpenton dum ĝia korpo silente glitis al E-Z. Li rigardis en la okulojn de la serpento kaj diris, "NE!"

Dum sekundo aŭ du la patrina serpento ĉesis moviĝi, kaj ŝajnis, ke ŝi aŭdis kaj komprenis la ordonon de Lachie, tiam li ekvidis fulmon en ŝia okulo.

"Kuŝu, E-Z!" li kriis, dum Baby malfermis sian buŝon kaj pafis fajron en la direkton de E-Z kaj la patrina serpento.

La hararo de E-Z ekflamis, kaj li frapetis ĝin estingante, poste lia seĝo falis sur la teron.

Baby daŭre vomis fajron sur la gigantan patrinan serpenton ĝis ĝi tute krispiĝis. Anstataŭ la fetoro kreita de La Furioj, la aeron nun plenigis apetitiga odoro de kokidaĵo, tia, kia troviĝus ĉe iu ajn kortobarbejo.

"Nu, dankon, Baby kaj al ĉiuj," diris E-Z, dum li trapasis siajn fingrojn tra la mezo de sia hararo. Tio forigis la pingl-similan harparton.

"Ĝi kreskos reen," diris Sam, dum la grundo sub iliaj piedoj denove komencis.

BRUM.

KAJ TAMBO.

La rulseĝo de E-Z memvole leviĝis de la grundo, kaj ĝi ekpluvigis sangogutojn en la kraterojn, kiuj malfermiĝis en la tero.

"Kio okazas?" demandis Alfred.

Sub li, lia rulseĝo daŭre sangis, ĵetante lin de loko al loko. "Malgranda guto ĉi tie kaj malgranda guto tie," li recitis en sia menso. Sur la tero, lia teamo diris la samajn vortojn, kiuj rondiris en lia kapo: "Malgranda guto ĉi tie kaj malgranda guto tie," poste kune ili finis la poemon: "malgranda, malgranda guto, ĉie," kaj poste rekomencis denove. Li skuis la kapon... ĉu ili ĉiuj legis lian menson?

Sub iliaj piedoj, la tero daŭrigis.

TAMBURA BRUO.

BRUMADO.

KONVULSIIGANTE.

KUNĜUBIĜANTE.

Lia leviĝis de la grundo, malferminte siajn brakojn kiel eble plej larĝe, kun la kapo ĵetita malantaŭen kaj la okuloj turnitaj al la ĉielo. Kaj super ŝi, la ĉielo ŝiriĝis. Ekpluvis, sed kiam la gutoj trafis la pavimon, ili estis ruĝaj. La ĉielo ploris sangajn larmojn, dum Lia svingiĝis kaj tordiĝis en la aero kiel senŝnura marioneto.

La aliaj, krom Baby kaj Lachie, kuris sur la verandon por eskapi la sangan pluvon, nekapablaj fari ion pri Lia, kiu ankoraŭ estis pendantega kaj en tranco.

"Ni certigos, ke ŝi ne falos," diris E-Z, "la ceteraj, kaŝiĝu."

PULSADO.

PUSHADO.

Tiam fulmis.

Sekvita de tondro.

Kiam la arĥanĝelo Miĥaelo trarompis la barieron kaj flugis malsupren ĝis li estis proksima al E-Z.

"Mi komprenas, ke vi regas la situacion," diris Miĥaelo.

"Jes, la esencoj de la Furioj estas en ĉi tiu USB-memoro."

"Ĵetu ĝin al mi," diris Miĥaelo.

Kvazaŭ li ĵetus basbalpilkon al la dua bazo, E-Z pafis la USB-memoron en la direkton de Miĥaelo, kiu etendis la manon kaj kaptis ĝin kaj enŝlosis ĝin en glacion. "Mi Eriel havos kunulojn," diris Miĥaelo. "Ili ĉiuj restos sur la glacio dum la resto de la eterneco. Ho, kaj cetere, bonege, ĉiuj!" Tiam, tiel rapide kiel li venis, li forflugis.

"Kaj Lia?" kriis E-Z, sed Miĥaelo ne respondis.

La tero komencis pulsi kaj tordiĝi, kvankam la Furioj ne plu estis sur ĝi, kaj la sango ne plu fluadis el la ĉielo aŭ lia rulseĝo.

Lia ankoraŭ flosis kun siaj okuloj direktitaj al la ĉielo, dum ĝi ŝanĝiĝis de sangaj larmoj al bluo, kaj sub iliaj piedoj la teraj krateroj resaniĝis per herbo, arboj, floroj.

Tiam ĉio silentiĝis, dum Lia, ankoraŭ en transo, flosis reen al la tero. Kuŝante sur la tero, kun siaj brakoj ankoraŭ larĝe malfermitaj, ŝi sentis la herbon sur sia dorso kaj ŝi ridetis pro elĉerpiĝo, dum ŝi malgrandiĝis kaj revenis al sia vera aĝo de naŭ kaj duona jaroj.

"Ĉu vi fartas bone?" demandis E-Z, dum la vulpo, la blua ĵajo, la prociono, la kardinalo, kaj la cervo kolektiĝis ĉirkaŭe.

Lia malfermis siajn okulojn, kaj ŝi povis vidi tra ili. Ŝi rigardis siajn manojn kaj ili estis kiel ili kutime estis.

"Mi fartas bone," ŝi diris, dum Lachie helpis ŝin leviĝi.

Sam tuj rimarkis, ke la vestaĵoj de lia filino ne plu taŭgis por ŝi. Li demetis sian superheroo-mantelon kaj ĉirkaŭvolvis ĝin ĉirkaŭ ŝiaj ŝultroj.

"Dankon, Paĉjo," diris Lia.

Estis la unua fojo, kiam ŝi iam ajn nomis lin tiel, kaj li neniam sentis sin tiel fiera, dum larmo ruliĝis laŭ lia vangon.

✹✹✹

LA BLUO DE LA ĉielo ŝajnis pli hela, kvazaŭ la steloj palpebrumus, kvankam estis tagmezo, kaj la herbo sur la tero ŝajnis danci en la sunradioj, kvazaŭ ĝi enhavus diamantan roson.

Nek E-Z nek iu ajn membro de lia teamo povis paroli. Neniu volis rompi la silenton, aŭ ĝeni la belecon, kiun ili atestis.

FLOSTO.

FLOSTO FLOSTO.

FLOSTE FLOSTE FLOSTOJ.

La folioj, blovate de la vento. Farante homecan sonon. Sed ne estis la vento, estis la voĉo de infanoj tra la mondo, reenaskiĝantaj.

Tiuj, kiujn forprenis La Furioj, elpuŝis siajn korpojn el la tero, kaj trovis, ke iliaj voĉoj revenis.

La infanoj relernis marŝi, kuri aŭ rampi, kaj iliaj krioj eĥis tra la tuta mondo:

"Mi volas mian panjon!" kriis la renaskitaj sed senanimaj korpoj de la infanoj.

"Mi volas mian paĉjon!" tiuj revivigitaj infanoj kriis per unu voĉo:

"VAH, VAH, VAH!"

"VAH, VAH, VAH!"

"VAH, VAH, VAH!"

La senanimaj etuloj moviĝis al la randoj, vojaĝante al lokoj, iliaj movoj pli rapidaj ol la lumrapido dum ili daŭre ploregis:

"Mi volas mian panjon!"

"Mi volas mian paĉjon!"

"VAJ, VAJ, VAJ!"

"VAJ, VAJ, VAJ!"

"VAJ, VAJ, VAJ!"

En la Valo de Morto, kie la Animan-Kaptiloj estis tenataj kaj stokitaj,

POP.

POP.

La pordoj malfermiĝis, kiel brakoj, kaj la animoj eliris, serĉante la korpojn, en kiuj ili ankoraŭ devis esti, kaj ili sekvis la kriojn de la infanoj.

"Mi volas mian panjon!"

"Mi volas mian paĉjon!"

"VAJ, VAJ, VAJ!"

"VAJ, VAJ, VAJ!"

"VAJ, VAJ, VAJ!"

La animoj flugis de infano al infano. Serĉante la hejmon, al kiu ili apartenis. Estis kvazaŭ spekti infanojn ludantajn kaptoludon, dum ĉiu animo trovis kaj eniris la korpon, en kiu ĝi estis naskita. Dum la animoj kaj korpoj denove fariĝis unu.

ŜSSSSSSS.

Dum momento, la etuloj denove estis feliĉaj infanoj kaj sonoj de ĝojo plenigis la aeron.

Reen en la Valo de la Morto, Hadz kaj Reiki redirektis la senhejmajn animojn tra la mondo, kiuj kaŝis sin, ĉar ili ne havis siajn proprajn Animkaptistojn. Unu post la alia, animoj eniris kaj la tero komencis resaniĝi.

Samantha eliris el la domo, portante siajn bebetojn Jack kaj Jill en siaj brakoj, dum ŝi mallaŭte kantis al ili, "Silentu, bebeteto, ne ploru."

POP.

POP.

Hadz kaj Reiki aperis. "Ni sukcesis!"

E-Z kaj lia teamo brakumis unu la alian. Ili ploris, ili ridis. Poste ili denove ploris, pro la perdo de unu el sia teamo. Pro la perdo de unu el la siaj: Brandy.

La telefono de Lia bipis. Ĝi estis mesaĝo de Brandy, "Mi alvenis en la butikcentron – denove! Mi esperas, ke ĉiuj fartas bone kaj ke ni venkis tiujn sorĉistinojn!"

"Brandy vivas!" klarigis Lia, poste ŝi resendis mesaĝon, "Ni ja venkis! Mi rakontos al vi la detalojn poste."

"AHRHHRGHHH!" kriis Charles Dickens. Lia korpo skuiĝis kaj tremis. Kiam ĝi ĉesis, li estis en transo kun senesprima mieno kaj kun etenditaj manoj, kies palmoj suprenrigardis.

"Ĉu li ricevas miajn man-okulo-ojn?" demandis Lia.

Dum libro – la plej granda bindita volumo, kiun ili iam ajn vidis – falis el la ĉielo kaj alteriĝis en la brakojn de Charles, ĝia propra forto preskaŭ faligis lin de liaj piedoj. Charles ekstabiligis sin, dum la masiva libro malfermiĝis, foliumante siajn proprajn paĝojn ĝis voĉo el la interno de la libro eksonis:

"Mi estas la Vojaĝlibro de Alternativaj Mondoj."

Kvankam la voĉo venis el la interno de la libro, la lipoj de Charles Dickens moviĝis sinkrone kun ĉiu vorto, dum en la fono la krioj de infanoj ankoraŭ eksonis:

"WAH, WAH, WAH!"

"VAH, VAH, VAH!"

"VAH, VAH, VAH!"

"Mi volas mian panjon!"

"Mi volas mian paĉjon!"

"VAH, VAH, VAH!"

"VAH, VAH, VAH!"

"VAH, VAH, VAH!"

"Mi malsatas!"

"Mi soifas!"

La infanoj, kiuj iam loĝis plej proksime al la domo de E-Z, marŝis flank-al-flanke al ĝi.

"Aŭdu min nun!" soliloĝis la Vojaĝlibro pri Alternativaj Mondoj.

"Ĉi tio estas unufoja oferto.

Se vi estas elektita, vi devas elekti.

Nur unufoje, ĉu vi gajnas, ĉu vi perdas.

Ne lasu ĉi tiun oportunon forgliti.

Ĉar ĝi ne okazos denove, en iu ajn alia tago."

La paĝoj turniĝis antaŭen, poste reen. Antaŭen, poste reen. La turnado haltis ĉe ĉapitro. Ĉapitro titolita Alfred. Kaj estis fotoj, de li, kun lia familio. Ĉiuj pli aĝaj. Ĉiuj sanaj kaj bonfartaj. Li ne plu estis Alfred la trumpetanta cigno en la fotoj. Li estis Alfred la patro, la edzo, la viro. Kun larmoj en la okuloj, Alfred ekrigardis E-Z-on. La rigardo, kiun ili interŝanĝis, diris ĉion. Li devis foriri. E-Z kapjesis.

Tiam Alfred turniĝis al Lia. Ŝi ankaŭ kapjesis, sciante, ke li devis foriri.

Alfred la trumpet-cigno paŝis en la ĉapitron portantan lian nomon kaj re-transformiĝis en viron. Kaj el la paĝoj de La Vojaĝlibro de Alternativaj Mondoj, li mansvingis al siaj amikoj.

Nun la paĝoj de la Vojaĝlibro de Alternativaj Mondoj reŝanĝiĝis al la komenco de la libro. La paĝoj miksadis sin, re kaj reen, fine haltante ĉe nova ĉapitro. Ĉapitro nomita laŭ Lachie.

En la foto, Lachie estis bebo. Liaj gepatroj hejmenportis lin el la hospitalo. La bebo en la foto portis hospitalan braceleton, kiu malkaŝis, ke la vera nomo de Lachie estis Andrew.

"Ne, dankon," diris Lachie. "La bebo kaj mi baldaŭ hejmeniros."

La Vojaĝlibro de Alternativaj Mondoj frape fermiĝis kun tia forto, ke Charles preskaŭ falis. Li sin rektigis, kaj momentojn poste la libro rekomencis turniĝi. Malantaŭen, antaŭen. Ĝi ŝutis la paĝojn kiel kartaron, ĝis ĝi haltis ĉe la ĉapitro nomita Haruto. En la foto, li estis kun sia patrino kaj patro.

"Ne dankon," tuj diris Haruto. Li prenis la manon de Sobo en la sian kaj diris al Lachie, "Ĉu vi povus lasi nin en Japanio survoje hejmen?"

Lachie kapjesis, "Mi ĝojas pri la kompanio."

Flamoj elpafiĝis el la libro ĉi-foje antaŭ ol ĝi fermiĝis, kaj Charles preskaŭ faligis ĝin.

La ne responditaj krioj de la infanoj daŭris, plialtiĝante laŭtone dum ili proksimiĝis al la hejmo de E-Z:

"Mi volas mian panjon!"

"Mi volas mian paĉjon!"

"Mi malsatas!"

"Mi soifas!"

"VAJ, VAJ, VAJ!"

"VAJ, VAJ, VAJ!"

"VAJ, VAJ, VAJ!"

Charles fermis la okulojn.

"Ĉu tio estas ĉio?" demandis E-Z.

"Kaj ni?" demandis Lia.

La brakoj de Karlo ektremis. Kvazaŭ la pezo de la libro premis sur liajn brakojn. Tiam la libro frape fermiĝis, kun tia intenseco, ke li antaŭen ŝanceliĝis kaj sidiĝis. Li krucis unu kruron super la alia, kaj lulis la libron kontraŭ sia brusto.

Ĝi ree frape malfermiĝis, same kiel la okuloj de Karlo, kaj denove la paĝoj moviĝis, kiel marherboj sur la oceana fundo. Ĝi frape fermiĝis denove. Tiam ĝi renversiĝis sur sian dorson. En la centro de la libro aperis kadro. Unue ĝi estis malplena, kvazaŭ ĝi atendus ion. Poste ĝi ekbriletis, dum filmo komenciĝis.

Basbala matĉo jam komenciĝis en la Stadiono Dodĝeroj. La Dodĝeroj ludis kontraŭ la Bierfaristoj. Kaj E-Z Dickens estis la kaptisto. Li estis malantaŭ la plato kaj ludis kiel profesiulo. En la spektantejo estis liaj gepatroj, tuj super la banko de la ludantoj, kuraĝigante lin.

TERA PAŬZO.

Dum kelkaj sekundoj, la sunlumo estis blokita, dum Ophaniel ekflugis en la ĉielon kaj direktis sin al ili.

"E-Z, mi nur volis diri al vi, antaŭ ol vi faros vian decidon, ke kion ajn vi decidos fari, aŭ ne fari, tio havos konsekvencojn por aliaj."

"Kiel ekzemple?" li demandis, ne forprenante la okulon de la kadrita versio de si mem kaj siaj gepatroj, kvankam ili ne plu moviĝis en ĝi.

"Pensu pri la akcidento... kio ne estus okazinta, en la mondo, se viaj gepatroj neniam estus mortintaj? Se vi neniam estus perdinta la uzon de viaj kruroj?"

Li ekrigardis en la direkton de sia Onklo Sam, poste al Samantha, Lia, kaj la ĝemeloj. Sen la akcidento, neniu el ili estus renkontiĝinta. La ĝemeloj neniam estus naskiĝintaj.

"Se mi decidos iri kaj plenumi mian revon, kio okazos ĉi tie?"

"Tio estas risko, kiun vi devos preni, kaj respondo, kiun mi ne povas doni al vi. Sed mi ja scias ĉi tion: vi estas la katalizilo kaj la gluo."

"Bone, dankon pro la informo."

TERA RESUMO

Ophaniel foriris.

"E-hm, ne dankon," diris E-Z.

Li rigardis, dum li kaj liaj gepatroj malaperis. La ekrano malpleniĝis. La kadro malaperis kaj la libro komencis leviĝi. Supre, supren, el la brakoj de Charles.

Charles staris kvazaŭ li ankoraŭ tenis ĝin. Fiksrigardante antaŭen en la nenion.

Kiam ĝi estis malproksime super ili, la libro ekflamis. Ĝi ŝprucis kaj kreis fetoron, antaŭ ol ĝiaj restaĵoj iĝis sufiĉe malgrandaj por esti forportitaj de la vento. Kaj la Vojaĝlibro pri Alternativaj Mondoj ne plu ekzistis.

Charles revenis al si mem, kiam la infanoj amase alvenis sur la straton de E-Z.

"Mi volas mian panjon!"

"Mi volas mian paĉjon!"

"Mi malsatas!"

"Mi soifas!"

"VAJ, VAJ, VAJ!"

"VAJ, VAJ, VAJ!"

"VAJ, VAJ, VAJ!"

"Ĉu mi rakontu al ili fabelon?" demandis Karlo.

"Tio ne povus damaĝi," diris Lia.

Karlo komencis rerakonti la fabelon pri La Tri Rokoĵoj. La infanoj ĉesis moviĝi, haltigis siajn kriojn dum ili pendis de lia ĉiu unuopa vorto – ĝis li abrupte haltis.

"Ho, ĝeno!" li kriis, rimarkante, ke lia tuta estaĵo malklariĝis kaj reaperis, kvazaŭ la tero havus malfacilaĵojn transdoni lian signalon."Atendu!" diris E-Z. "Ĉu vi havas ian konsilon por samrangulo?"

"Estas libroj, kies dorsoj kaj kovriloj estas la plej bonaj partoj – ne lasu, ke la via estu unu el tiuj. Mi sopiros vin ĉiujn!"

Iuj diras, ke en tiu preciza momento, radio de lumo malsuprenvenis, levis lin de la grundo kaj forportis Charles Dickens en la ĉielon. Iuj diras, ke li forrajdis sur Little Dorrit kaj ke neniu el ili estis iam ajn revidita. Ĉio, kion ili sciis certe, estis, ke Charles Dickens forlasis ilin tiun tagon kaj estis neniam plu vidita.

"VAJ, VAJ, VAJ!"

"VAJ, VAJ, VAJ!"

"VAŬ, VAŬ, VAŬ!"

FIZLE POP!

Anima Kaptilo alvenis. Ĝi malfermis sian pordon kaj pafis petardojn en la aeron.

Iuj el la beboj timis pro la bruo kaj iuj ĝuis ĝin, en ĉiuj kazoj ili ĉesis plori.

Dum ĝi pafis kolorojn en la aeron, ili kunfandiĝis por diri la jenon:

"ELVENU, ELVENU KIE AJN VI ESTAS!"

Kion ĝi volas?" demandis E-Z. "Aŭ ĉu mi diru, KIUN ĝi volas?"

"Ĉu temas pri mi?" demandis Sobo.

"Ne, ĝi estas por mi," diris voĉo malantaŭ ili. Ĝi estis la voĉo de Rosalie.

Ĉiuj turniĝis al io, atendante vidi fantomon aŭ spiriton, sed tio, kion ili vidis, estis nek unu nek la alia. Ĝi estis la esenco de Rosalie... tion solan ili sciis.

"Adiaŭ, kara Rosalie!" vokis Sobo.

Estis impona adiaŭo por la kara esenco de Rosalie, dum E-Z kaj lia teamo kriis, mansvingis, ĵetis kisojn kaj aklamis ŝin. Ĝi estis vera festo de ĉio, kion ŝi signifis por ili, dum iliaj karaj amikoj enpaŝis en ŝian Animan Kaptilon kaj ĝi forflugis.Nun kiam Karlo foriris, la infanoj rekomencis siajn kriojn,

"VAJ, VAJ, VAJ!"

"VAJ, VAJ, VAJ!"

"VAJ, VAJ, VAJ!"

En la fono, estis nova sono. La sono de piedoj, multaj piedoj, kurantaj – rapide.

Kiam ili enfluis en la straton de E-Z, la panjoj kaj paĉjoj kaj la infanoj reunuĝis kun siaj amatoj, kaj tiu reunuigo okazis tra la tuta tero.

"Bravo!" diris E-Z al sia teamo.

Ili adiaŭmanis dum Lachie, Baby, Haruto kaj Sobo forflugis.

Nun la solaj restintoj estis E-Z kaj Lia.

PLAŬ!

Unue alvenis Poppet.

BONJOUR!

Sekvite de Francois.

"Ho, ni tro malfrue venis," li diris. "Ni maltrafis ĉion!"

El la domo aŭdiĝis la krioj de Samantha. "Ho ne, io okazas al la beboj!"

Ĉiuj kuris enen al la beboĉambro. Jack kaj Jill profunde dormis.

Sam ĉirkaŭprenis sian edzinon. "Ili ŝajnas farti bone laŭ mi," li flustris.

"Sed ili ne fartas bone!" diris Samantha.

"Ĉio boniĝos," diris Sam.

"Ili ankaŭ ŝajnas en ordo al mi," diris E-Z.

"Vi nur atendu," diris Samantha. "Nur atendu kaj vi vidos. Mi ne estus kriinta, se..." ŝi balanciĝis kvazaŭ ŝi povus fali.

Ĉiuj observis kaj atendis. Nenio okazis dum dek, dek kvin, dudek, aŭ eĉ tridek minutoj.

Tiam subite, io ja okazis.

Flava lumo kaj verda lumo elradiis el la etaj korpoj de Jack kaj Jill.

"Hadz? Reiki?" ekkriis E-Z.

POP.

POP.

Jack kaj Jill sidiĝis, kiel pli aĝaj beboj kapablus fari. Kion Jack kaj Jill ankoraŭ ne povis fari.

Samantha svenis, dum Sam kaptis ŝin.

"Kion diable vi du faras?" postulis E-Z. "Foriru de tie – tuj!"

Hadz diris, "Kiel rekompencon ni petis esti homaj."

"Reiki diris, "Kaj ni bezonis korpojn."

"Ho, frato," diris E-Z, dum oni frapis ĉe la ĉefpordo.

"Ĉu iu hejme?" demandis PJ kaj Arden.

Epiloĝo

E-Z TAJPIS LA VORTOJN:
LA FINO.

Kontenta pri sia atingo kompletigi serion de kvar libroj, li fermis sian tekokomputilon.

"Rapidu, E-Z!" kriis viro malantaŭ li.

E-Z demetis sian kaptistan maskon kaj ĉirkaŭrigardis. Li estis malantaŭ la kaptista plato, kaptante por la Los-Anĝelesaj Dodĝeroj. La arbitraciisto forviŝis la pladon. Li stariĝis kaj eniris la benkon por rezervuloj, ĉar li estis la lasta ludanto forlasanta la kampon.

Li rekonis kelkajn el la ludantoj, dum li moviĝis laŭ la benko por rezervuloj, proksime sekvante ilin.

Li trapasis siajn fingrojn tra sia hararo, kiu estis tute blonda. Ĝi estis pli mallonga kaj pli proksime tondita ol iam ajn antaŭe. Kaj li estis pli alta, certe pli ol 6 futoj kaj 5 coloj. Kio diable okazis? Ĉu li dormis? Li pinĉis sin. Doloris.

"Vi estas sur la antaŭbatada cirklo, E-Z!" kriis la batotrejnisto.

Li trovis monitoron kaj rigardis sian reflekton. Li rigardis sin, kvazaŭ li estus fremdulo.

"Tero al E-Z," diris lia trejnisto.

"Pardonu, Trejnisto," diris E-Z, dum li direktiĝis al la hangaro por ekipaĵo de la dugelo. Lia batilo estis etikedita, same kiel la cetero de lia ekipaĵo. Li surmetis ĝin kaj enpaŝis en la cirklon por atendi baton.

Li alĝustigis siajn kubutprotektilojn, poste sin pretigis por la unua ĵeto. Kune kun sia samteamano ĉe la batplato, li faris kelkajn trejnajn svingojn. Dum li atendis, movo en la spektantejo malantaŭ la dugout kaptis lian atenton. Lia patrino kaj patro.

"Antaŭen, kaptu ilin, filo!" lia patro kriis. Li montris al siaj gepatroj la dikfingron supren, poste rigardis dum lia samteamano trafis unu-bazan baton kaj sekure atingis la unuan bazon.

E-Z enpaŝis en la batkeston, petis tempon, denove elpaŝis, kaj profunde spiris kelkfoje.

"Kolektu vin," li diris al si. "Mi ne volas seniluziigi la teamon. Fokusiĝu. Koncentriĝu."

Li levis sian brakon por sciigi al la arbitraciisto, ke li pretas, poste revenis al la batplato.

"Antaŭen, E-Z!" lia patrino vokis.

Li koncentriĝis kaj observis, kiel la unua ĵeto preterflugis. Verŝajne pli ol cent mejloj je horo. Li sin preparis por la dua ĵeto. Li svingis kaj maltrafis. Lia samteamano ŝtelis bazon kaj sekure alvenis al la dua.

Tio estas tro. Mi ne pretas. Mi devas vekiĝi. Mi devas vekiĝi – NUN.

La dua ĵeto preterflugis. Li svingis sed ne trafis. La tria ĵeto alvenis, kaj li trafis ĝin. Li spektis, kiel lia samteamano provis atingi la trian bazon, sed estis elĵetita. Li preskaŭ atingis la unuan bazon ĝustatempe, sed la alia teamo gajnis duoblan elĵeton. Kun du elĵetitoj, li reiris al la banko por surmeti sian kaptistan ekipaĵon.

"Vi kaptos ilin la venontan fojon!" diris lia patro.

Kvankam li ne atingis bazon, li estis en sia revo. Vivante sian revon. Sed kiel? Li rifuzis la oferton de la Vojaĝraporto pri Alternativaj Mondoj.

Eligu min el ĉi tie! Mi ne volas tion tiel! Kie estas Onklo Sam? Kie estas Lia? Kie estas la ĝemeloj?

Lian kapon plenigis ridoj dum li falis sur la teron, kaj daŭre falis. Ĝis li frape surteriĝis sur ligna planko, en kabano, aŭ barako. Sekundojn post lia alteriĝo, ĝi ekflamis.

Trans la ĉambro sidis knabineto. Unue, li pensis, ke tio estas Lia, sed tiu ĉi knabino havis ruĝajn harojn. Li provis veki ŝin, sed ŝi ne moviĝis.

Malantaŭ li, la antaŭa pordo estis forĵetita de siaj ĉarniroj. Malluma, mantelita figuro eniris, kun pli mallonga kapuĉa figuro. Ili kune forportis la knabinon eksteren.

"Helpu min!" li kriis.

"Helpu vin mem!" diris virina voĉo, la pli alta el la du figuroj, dum la muroj komencis kolapsi ĉirkaŭ li.

Li estis reen en la stadiono, surdorse sur la tero, rigardante supren en la okulojn de siaj gepatroj.

"Vi fartos bone," ili lulvokis.

DANKON!

Karaj legantoj,

Nu, ni atingis la finon de la E-Z Dickens-Serio. Mi ja esperas, ke vi ŝatis legi ĝin tiom, kiom mi ĝuis verki ĝin.

Ĉar vi akompanis min tra ĉi tiu serio, mia fina DANKON estas al vi, miaj legantoj. Vi estas mirindaj!

Kiel ĉiam, Feliĉan Legadon!

Cathy

Pri la aŭtoro

Cathy McGough estas kanada aŭtorino, kies verkaro ampleksas infanliteraturon, junularan fikcion, literaturan fikcion, psikologiajn suspensromanojn, poezion, novelojn kaj nefikcion. Ŝi loĝas kaj verkas en Ontario, Kanado, kun sia familio.

Ankaŭ de:

YA
A Mathematical State of Grace Complete Series
CHILDREN'S
Poetry for Chidren Inside of Me Series (8 BOOKS)
Jump Series (39 BOOKS)
NON-FICTION
103 Fundraising Ideas For Parent Volunteers With Schools and Teams (3RD PLACE BEST REFERENCE 2016 METAMORPH PUBLISHING)
FICTION
Interviews With Legendary Writers From Beyond (2ND PLACE BEST LITERARY 2016 METAMORPH PUBLISHING)
Thirteen Short Stories
POETRY
PAINTING WITH WORDS

www.ingramcontent.com/pod-product-compliance
Lightning Source LLC
LaVergne TN
LVHW041658060526
838201LV00043B/481